청명
清明

청명철에 비 어지렵게 내리니

길 가는 나그네는 시름겨워지네

술집이 어디 있는가 물으니

목동이 멀리 살구꽃 핀 마을을 가리키네

清明時節雨紛紛
路上行人欲斷魂
借問酒家何處有
牧童遙指杏花村

무적다가

無敵多家

無敵多家 3

신독 新무협 판타지 소설

초판 1쇄 찍은 날 § 2004년 12월 7일
초판 1쇄 펴낸 날 § 2004년 12월 17일

지은이 § 신독
펴낸이 § 서경석

편집장 § 문혜영
편집책임 § 유경화
편집 § 장상수 · 김민정 · 최하나
마케팅 § 정필 · 강양원 · 이선구 · 홍현경

펴낸곳 § 도서출판 청어람
등록번호 § 제1081-1-89호
등록일자 § 1999. 5. 31
어람번호 § 제2-0483호

주소 § 경기도 부천시 원미구 심곡1동 350-1 남성B/D 3F (우) 420-011
전화 § 032-656-4452 팩스 § 032-656-4453
http://www.chungeoram.com
E-mail § eoram99@chollian.net

ⓒ 신독, 2004

ISBN 89-5831-318-8 04810
ISBN 89-5831-315-3 (SET)

무적다가

無敵 多家

3 단장호곡(斷腸號哭)

신록 新무협 판타지 소설

Fantastic Oriental Heroes

도서출판
청어람

|목차|

제18장 질풍노도(疾風怒濤)

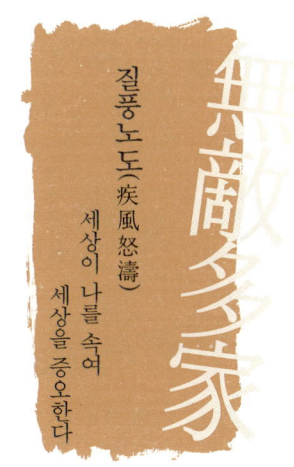

질풍노도(疾風怒濤)

세상이 나를 속여

세상을 증오한다

낮은

폭포가 떨어지는 계곡엔 깊은 소(沼)가 형성되어 맑은 물이 찰랑였다. 진파와 유현은 바위 턱에 앉아 물고기를 검으로 찔러 잡는 중이었다. 벽화는 홀로 떨어져 앉아 한쪽에 피워놓은 모닥불을 보며 물끄러미 생각에 잠겨 있었다.

진파의 귀에 갑자기 유현의 전음이 들렸다.

"너는 정말 신중하더구나."

진파는 고개만 돌려 유현을 바라보았다. 그런 말을 전음으로 할 필요가 무엇인가. 폭포에 따라 흔들리는 여울의 움직임을 관찰하며 유현이 전음을 이었다.

"언제 알았지?"

진파는 흠칫 표정을 굳혔다.

"무슨 말씀이세요?"

"나한테까지 감출 필요는 없지 않을까? 엇! 큰 놈이군."

유현의 검이 번개같이 물속을 찔러갔다.

그의 검에 커다란 물고기가 찔려 파드득거렸다. 가어(嘉魚)라고도 부르는 산천어였다. 심산계류에 사는 놈답지 않게 팔뚝만한 크기를 자랑했다.

"월척이군. 벽화야, 이것도 가져가라."

"……."

"벽화야!"

유현이 큰 소리로 부르자 화들짝 놀란 벽화가 그제야 대답했다. 어지간히 깊은 생각에 빠져 있었나 보다.

"예?"

"요놈 가져다가 구워야지."

벽화가 얼른 몸을 일으켜 유현에게 다가왔다.

발밑에 쌓인 나뭇가지를 하나 들어 통째로 산천어를 꿴 유현은 산천어의 목을 따고 벽화에게 건넸다.

"안 타게 잘 구워."

"……예."

다소 멍한 표정을 한 벽화가 산천어를 받아 들고 다시 모닥불 가로 돌아갔다. 벽화를 바라보던 유현은 진파에게 씨익 웃음을 보냈다. 진파는 미간을 찌푸린 채 유현을 바라보다 마침내 고개를 끄덕였다.

"어떻게 아셨어요?"

"만난 지 하루밖에 안 되었지만 네 성정은 어느 정도 알고 있다. 현성교도라는 이유만으로 그런 살기를 뿌릴 네가 아니야."

진파는 피식 웃음을 머금었다.

"절 너무 착하게 보시는 거 아니에요?"

"아니. 무림공적 운운하며 검을 드는 얼치기 정파 놈들이 아니란 걸 아니까. 그런 놈이었으면 내가 마성에 빠져 있을 때도 살수를 퍼부었겠지. 혹시 벽화가 자기 신세를 내게 이야기할 때 깨어 있었나?"

"……예."

"허! 네 능력은 갈수록 날 놀라게 하는구나."

"……유 숙의 마기를 접하고 전신에 잠재되어 있던 약력 중 일부가 폭발했나 봐요. 그래서 주화입마에 든 것처럼 보였겠죠. 일시에 내력이 폭주했으니까요."

"약력? 영약이라도 먹었나?"

"천년하수오를 먹었죠. 그놈을 지키던 뱀도 먹었구요. 머리에 빨간 돌기가 왕관처럼 있는 놈이었죠."

"끄응. 홍관백린사로군. 운도 좋지."

"이름은 처음 알았네요. 지금 벽화가 그놈 가죽을 몸에 감고 있어요. 웬만해선 다치지 않을 거예요."

"끔찍하게도 생각하는군."

진파는 괜히 물속에 검을 꽂아 넣었다. 거기엔 물고기도 없었다.

유현의 전음이 계속되었다.

"어디부터 들었나?"

"벽화가 자기 신세 내력을 얘기할 때부터요. 그때쯤 정신이 돌아왔어요. 하지만 깨어난 척할 수 없었어요. 너무 놀랐거든요. 그 탓에 다시 기혈이 폭주해서 잠시 또 정신을 잃었어요. 유 숙이 절 깨우기 전쯤에 간신히 기혈이 안정됐어요. 정신은 없었지만 유 숙이 베푼 추궁과혈의 효과가 남아 있었고, 아마도 제 몸이 스스로 움직였나 봅니다."

"그랬군."

유현은 진파의 얼굴을 힐끔 바라보았다.

담담하게 말하려 애쓰고 있었지만 진파의 얼굴은 잔경련을 일으키고 있었다.

"충격이 컸겠구나."

"소수마후가 된 건…… 벽화의 잘못이 아닌걸요."

조금 갈라진 목소리. 진파의 눈은 그 나이에 어울리지 않게 깊이 가라앉아 있었다.

"그래서 그놈을 죽이려 했나?"

"용서할 수 없는 놈들이에요. 벽화를…… 그렇게 만든 놈들이에요."

진파의 눈이 번쩍였다.

그 안에 깃든 맹렬한 적의와 광포한 분노를 발견한 유현은 작게 한숨을 내쉬었다.

"이제 어쩔 셈이냐? 벽화는 네게 사실을 말할 용기가 없어 계속 망설이고 있다."

"기다릴 생각이에요. 제게 말할 때까지. 언제까지라도요."

진파의 얼굴에 쓸쓸한 파문이 떠올랐다 사라졌다.

'하…… 큰일이군. 벽화에게 진파가 알아챘다고 가르쳐 주어야 하나? 이 녀석 상심이 꽤 크구나……. 벽화가 망설일수록 상처가 깊어질 게야……. 마음을 준 사람이 자신을 속이고 있다……. 그래, 그건 견딜 수 없는 일이지…….'

"유 숙."

"왜?"

"벽화에겐 비밀로 해주세요."

"꼭…… 그래야 하나?"

"벽화에게…… 직접 듣고 싶어요."

"……."

"유 숙!"

"알…… 겠네."

마지못해 대답한 유현의 눈이 깊이 가라앉아 작게 일렁이는 물결을 바라보고 있었다.

진파와 유현은 잠시 말이 없었다.

타닥타닥 타오르는 모닥불 소리만이 폭포수 소리를 뚫고 간간이 들릴 뿐이었다.

진파와 함께 여울물을 바라보고 있던 유현은 퍼뜩 한 생각이 떠올라 눈을 빛냈다.

'가만, 이 녀석이 내가 치료한 직후 깨어났다 했지?'

추궁과혈을 하면서 한동안 혼수 상태일 것이라 여겼는데, 놀랍게도 진파는 얼마 안 있어 깨어났다고 했다. 아무리 영약의 힘이라지만 대단한 체력이었다.

'그럼 어디까지 들은 거야?'

유현은 진파를 치료할 당시를 꼼꼼히 되짚어보았다.

진파의 무적신공에 마기(魔氣)가 깨진 후, 벽화가 엉엉 울면서 진파를 추궁과혈하기에 너무 위험할 것 같아 말렸다. 진파의 말에 따르면 그때는 분명 정신을 잃고 있었을 것이다. 자신이 보기에도 그랬다. 그때 유현은 벽화에게 왜 소수마후가 풍협의 자식과 함께 있냐고 물었다.

'그 말은 분명히 못 들었어. 확실히 의식이 없었으니까.'

진파를 치료한 후, 벽화의 과거를 들었다. 진파가 깨어났다고 말한

때가 바로 그때. 벽화의 과거를 듣다가 다시 정신을 잃었다고 진파는 말했다. 벽화의 이야기를 다 듣고 나서 진파가 풍협의 아들임을 유현은 그때 벽화에게 분명히 밝혔다. 진파의 말대로 그 순간 정신을 잃은 상태였다면 진파는 그 말은 못 들었을 것이다.

'과연 그때 정신을 잃고 있었을까? 자기가 풍협의 아들이라는 것을 못 들은 게 맞나?

깨어나서 한 말이나 행동들을 생각하면 진파는 분명 풍협이 아버지라는 사실을 모르고 있었다. 풍협에 대해 물을 때 보인 표정이나 풍협과 같은 무공을 익혔다고 좋아하던 진파를 생각하면 그것이 당연했다.

'풍협이 아버지라는 사실을 과연 이 애가 모르고 있을까?

벽화의 정체를 알고서도 함구했던 진파의 신중함이 마음에 걸렸다. 자신도 속을 정도로 감정을 드러내지 않았다. 현성교의 그놈을 만나 살기가 폭발하지 않았다면 아직도 모르고 있을 터였다. 그만큼 완벽했다.

'혹시 이 애가 날 시험하는 것은 아닐까?

유현은 물속에 검을 찔러 넣으며 피식 실소를 흘렸다.

'내가 언제부터 이런 걸 따졌던가……. 나도 그새 간이 콩알만해졌군.'

풍협의 당당한 모습이 떠올랐다.

그 아들이 지금 자신의 옆에 있었다.

풍협만큼 영리하고 당대의 풍협만큼 강하다. 그리고 풍협보다 훨씬 착하다.

'마음에 드는 녀석이야.'

유현은 물속에 찌른 검을 휘휘 휘저었다.

무적다가에서 어찌하여 자식에게 성(姓)을 가르쳐 주지 않는지는 유현도 모른다.

무적검보를 완전히 깨달으면 자기 신분을 저절로 알게 된다는 것까지만 풍협에게 들은 바 있었다. 어떻게 알게 되는지는 엷은 웃음으로만 답했던 풍협.

유현은 조금 망설였지만 진파에게 아버지와 가문에 대해 가르쳐 주기로 마음을 굳혔다. 자신만 모르고 세상은 다 아는 그런 바보 같은 짓을 진파에게 시키고 싶은 마음이 들지 않았다.

지금도 벽화 때문에 마음 고생을 하고 있는데, 이중의 부담을 주고 싶지 않았다.

'어차피 음양쌍괴도 따라다니지 않는데 방해할 놈들도 없고 잘됐지 뭘. 이봐, 풍협. 자네 가문에 무슨 사연이 있는지는 몰라도 마음 고생은 자네만으로 족하지 않나? 난 이 녀석이 더 이상 바보 짓하게 내버려 두고 싶지 않군. 뭐, 나중에 원망하면 한판 붙지. 자네에게 여섯 번 진보복이라고 쳐두세.'

마음을 굳힌 유현은 천천히 입을 열었다.

"할 말이 있네."

벽화가 듣지 못하도록 계속 전음으로 말하던 유현이 소리를 내 말을 걸자 진파는 의아한 얼굴로 유현을 바라보았다.

"난 자네 아버지를 알아."

"예?"

진파의 얼굴에 숨길 수 없는 놀란 빛이 가득 떠올랐다.

등 뒤에서 '아!' 하는 벽화의 탄성이 들렸다.

진파의 표정을 보며 유현은 내심 고개를 끄덕였다.

'역시 못 들었군. 그래, 그렇게까지 잔머리를 쓰는 아이는 아니지.'

"인격으로 보면 내가 형이지만 네 아버진 나보다 딱 한 살이 많아. 그래서 숙부라고 부르게 한 거야!"

진파의 경악한 표정을 보며 유현은 빙긋 웃었다.

'암! 인격으로 보면 내가 형이고말고.'

*   *   *

"한발 늦은 듯합니다."

"음."

장내를 돌아보는 집법사령의 보고를 들으며 제갈청인은 조용히 학우선을 부쳤다.

제갈우현이 진파의 종적을 발견한 후 서둘러 쫓아온 길이었는데, 아무래도 큰 격전이 있었던 것이 분명했다.

집법사령 일 인이 바닥에 떨어져 있는 임수의 팔을 들어 제갈청인에게 가져왔다.

"누구 팔인지 모르겠군요."

'저, 저 팔은?'

제갈우현의 눈이 찢어질 듯 부릅떠졌다.

검은 소매에 휘감긴 잘린 팔. 혈광파를 내뿜던 그 끔찍한 손을 제갈우현이 잊을 리 없었다. 자신을 흑혈고로 제압한 그 현성교도의 팔이었다.

'혹시 죽기라도! 그럼 난 어떻게 되는 거야!'

동선이 몰래 불러내 진파의 종적을 가르쳐 주어 우연을 가장해 일행을 여기까지 안내한 참이었는데……

앞이 막막했다.

'아, 아버님께 말씀드려야 하나? 아, 아냐! 내일 해독단을 먹지 못하면 흑혈고가 발동할 거라고 그랬어! 온몸을 파 먹는단 말야! 어떻게 하지? 어떻게 하지?'

제갈우현이 극도의 혼란에 빠진 사이, 제갈청인을 향해 태인 도장이 다가왔다.

"잠깐 그 팔 좀 봅시다."

"보여 드려라."

"옛!"

태인 도장은 집법사령에게 건네받은 팔을 들어 절단면을 유심히 살펴보았다. 그의 얼굴에 미세한 기쁨의 빛이 스쳐 지나가는 것을 제갈청인은 놓치지 않았다.

"무엇을 발견하셨는지……?"

"대단한 검공이구려. 절단면이 정말로 매끈하외다. 사람의 팔을 이 정도로 자르는 건 정말 대단한 경지라 할 수 있소. 최소한 검기를 일으킨 검에 의한 것이오."

"그자의 팔이오이까?"

제갈청인이 가리키는 이는 진파였지만, 그도 대답은 알고 있었다. 예상대로 태인 도장은 고개를 흔들었다.

"그의 팔은 아니오."

"그럼 그자의 검공일까요?"

"내가 알기로 그는 이 정도의 검을 익히지 못했소이다. 하지만 이건 분명 검에 당한 상처. 그와 새로 동행한 이가 대단한 검객인 듯하오."

"짐작 가는 이는?"

"이 정도 검을 갖고도 동굴 속에 갇혀 있을 만한 인물은…… 글쎄요."

'나도 짐작하는 인물이 두엇 되는데 당신이 글쎄라고?'

"중요한 것은 이 팔의 임자가 과연 누구냐는 것이오."

태인 도장의 말에 제갈청인은 힘을 주어 대답했다.

"그것은 그자를 잡으면 자연히 알게 되겠지요."

태인 도장과 제갈청인의 눈이 부딪쳤다.

태인 도장이 이곳까지 오는 동안 은밀히 일행의 수색을 방해했다는 것을 모르는 제갈청인이 아니었다.

'맹주가 사형인 이상 대놓고 방해하지는 못할 것이야. 맹주를 독대하면 태인의 태도에 대해 한마디 해야겠군.'

그때 푸드득 하며 전서구 한 마리가 제갈청인을 향해 날아왔다. 무맹에 보고하기 위해 날려 보냈던 놈이었는데, 답신을 가져온 모양이었다.

전서를 살펴보던 제갈청인의 입에 득의에 찬 미소가 떠올랐다.

"무슨 내용이오?"

제갈청인은 태인 도장을 보며 또박또박 대답했다.

"철가장주와 그 일행이 결정적인 증인을 확보해 우리 뒤를 따라 출발했다더군요. 내일쯤이면 합류할 수 있다고 합니다."

"철 아우가?"

"그렇소이다."

태인 도장의 얼굴빛이 변하는 것을 보며 제갈청인은 주위에 명했다.

"이곳에서 오늘 밤을 보낸다. 추격은 철가장주께서 합류한 이후에

한다."

"예!"

우렁찬 대답 소리를 들으며 제갈청인은 가볍게 학우선을 부쳤다.

*   *   *

"……그래서 자네 이름은 진파가 아니고 다진파일세."

유현은 충격에 빠진 진파의 얼굴을 보며 흐뭇한 웃음을 흘리고 있었다.

'반응이 굉장하군. 이 재미에 무적다가에서는 내내 이 장난을 하나? 풍협의 재미를 빼앗았으니 좀 미안한걸?'

유현은 잘 구워진 산천어를 뜯어 먹으며 진파의 반응을 느긋하게 즐기고 있었다.

방금 진파에게 풍협 다나철이 아버지임을 가르쳐 준 참이다.

헛바람을 내뱉으며 입 안에 있던 고기 조각마저 떨어뜨리는 바보 같은 모습이 정말 이야기한 보람을 느끼게 했다. 진파의 얼굴빛이 여러 차례 변하고 있었다.

'오빠가 이상해.'

벽화는 진파의 얼굴을 바라보며 왠지 불안한 생각이 들었다.

자신이 진파의 아버지와 잘 아는 사람이라며 이야기를 꺼낸 유현은 다급히 여러 가지를 묻는 진파를 모닥불 가에 앉히고 먼저 산천어를 구웠다.

잔뜩 기대에 찬 진파를 무시하며 산천어가 다 익을 때까지 질질 시간을 끈 유현.

먼저 배를 채우자며 산천어 한 마리를 맛있게 뜯어 먹고는 진파와 벽화에게도 먹기를 권했다.

그리고 이어진 이야기는 벽화도 알고 있는 진파의 신분에 대한 것이었다.

아버지가 풍협 다나철이라는 이야기.

진파의 성이 실은 다(多)씨라는 이야기.

진파가 무적다가의 당대출도객이고 공철과 손일연은 그를 호위하는 무적다가의 공봉이라는 이야기를 해준 것이다.

그런데 진파의 반응이 조금 이상했다. 한마디도 하지 않고 유현의 말을 듣기만 했다.

유현은 눈치 채지 못한 듯 스스로의 이야기에 도취되어 열을 올렸지만, 진파의 얼굴에는 충격 이외의 표정이 시시각각 나타났다 사라져 갔다.

웃지 않는 것은 이해할 수 있었다.

놀라는 것도 이해할 수 있었다.

그런데 진파의 이마에 핏줄이 돋아나는 것은 이해할 수 없었다.

서서히 얼굴이 붉어지는 것은 이해할 수 없었다.

'기쁘지 않은 걸까? 자기 뿌리를 찾았는데? 오빠…… 왜 그래?'

"그래 본명을 안 소감이 어떤가? 진(陳)은 자네 성이 아니고 이름의 일부야. 자네 아버지 다나철도 출도 당시에는 이름이 구리(具利)였다네. 거기에 다(多)씨 성을 붙이는 거지. 자기 신분을 알아내곤 이름을 바꾼 거야. 큭큭! 정말 대단한 장난 아닌가?"

유현은 말을 마치고 진파의 대답을 흥미진진한 표정으로 기다렸다.

'뭐라고 대답할까? 쿠쿠!'

그런데 진파의 얼굴이 갑자기 새빨갛게 달아오르기 시작했다.

'부끄러워서 그런가?'

다시 한 번 진파를 놀리려던 유현은 입을 다물 수밖에 없었다.

진파의 얼굴은 그저 상기된 정도가 아니라 점점 빨갛게 변해갔다. 이마의 중간부터 코에 이르는 부분까지 더 이상 붉어지기 힘들 정도로 달아오르는 얼굴. 마침내 뚝뚝 피가 떨어질 듯 짙은 선홍색으로 변해 가자 유현은 깜짝 놀랐다.

'주, 주화입마?'

벌떡 몸을 일으켜 진파를 향해 손을 뻗으려는데 진파의 손이 유현의 손을 탁 하고 쳤다.

"오빠!"

벽화가 깜짝 놀라 진파의 곁으로 다가서려는데 진파의 얼굴이 흉하게 일그러졌다.

"건들지 마!"

"오빠……?"

진파가 벌떡 몸을 일으켰다.

홍관백린사의 피가 튄 부분만 새빨갛게 달아오른 진파의 얼굴은 마치 금방 살인을 한 사람의 얼굴처럼 살기가 뚝뚝 넘쳐흘렀다.

"풍협이……."

으드득 하고 이를 가는 소리가 둔중하게 울렸다.

"그 대단한 풍협이 제 아버지라 이건가요? 고아인 줄 알았는데 멀쩡히 아버지가 살아 있다는 말이죠? 제가 태어나자마자 절 버리고 떠났단 말이죠?"

"풍협에게도…… 나름의 고충이 있었을 것이네."

"그만 하세요!"

진파의 얼굴엔 차가운 웃음이 떠올랐다.

"고충이요? 그래서 아들 이름을 그렇게 지었답니까? 아…… 그게 무적다가의 전통이라 그랬죠? 큭큭. 정말 개 같은 전통이네요. 할멈도 할배도 다 알면서 절 속였다는 거 아닙니까! 하! 무적다가의 공봉이라구요? 절 만난 강호의 선배들은 제가 풍협의 아들인 줄 다 알고 있었다 이거죠? 완전히 병신 된 거네요? 그 빌어먹을 아버지가 절 바보 병신으로 만든 거네요! 아버지요? 풍협이 아버지? 하!"

유현은 뜻밖의 반응에 당황해 그답지 않게 말을 더듬었다.

"이, 이보게, 무적다가의 전통엔 깊은 뜻이……."

"깊은 뜻은 무슨 놈의 깊은 뜻입니까? 유 숙도 알면서 모른 척해줬다 이거죠? 다들 날 갖고 논 겁니까?"

"이봐!"

유현이 벌떡 일어나 진파를 마주 보며 소리를 높였으나 진파는 고개를 마구 저으며 큰 소리로 고함을 질렀다.

"아버지고 지랄이고 다 필요없어요! 다 필요없어!"

"진정 좀 해!"

유현이 날카롭게 소리치며 진파의 어깨를 잡았으나 진파는 유현의 손을 냉혹하게 쳐내 버렸다. 타오를 듯 붉은 진파의 얼굴에 꿈틀거리며 힘줄이 불거져 나오기 시작했다.

"풍협이 아버지라고? 개…… 씨파!"

욕설을 내뱉던 진파가 돌연 발을 굴렀다.

유현이 말릴 사이도 없었다.

삽시간에 허공으로 뛰어오른 진파의 신형이 공중에서 방향을 확 틀며 미친 듯이 돌진해 날아갔다.

유현이 다급히 진파를 따르려다 벽화를 돌아보았다.

"어서 가자! 이번엔 정말 주화입마에 빠질 수도 있어! 완전히 이성을 잃었다!"

그러나 벽화는 멍하게 선 채 진파가 사라지는 뒷모습만을 바라보고 있었다.

"뭐 하니? 잘못하면······."

벽화의 울음 섞인 목소리가 유현의 말을 막았다.

"오빠는 자길 속인 게 제일 싫대요. 어떻게 해요? 내가 속인 걸 알면 나, 날 얼마나 경멸할까요? 어떡해요? 흑흑······."

유현은 대꾸할 말을 찾지 못하고 울고 있는 벽화를 다독일 수밖에 없었다.

어느새 진파의 그림자는 완전히 사라지고 보이지 않았다.

진파가 사라진 방향을 보며 유현이 탄식했다.

"허······! 내 저 녀석에게도 한(恨)이 있었음을 알지 못했구나······. 너무 경솔했어. 너무 경솔했어······."

머리가 뜨겁다.

얼굴은 더 뜨겁다.

이마부터 눈 언저리까지 얼굴에 기름이라도 붓고 불을 붙인 듯 뜨겁다.

온몸의 피가 안면에 몰린 걸까.

걷잡을 수 없는 울화가 터져 나왔다.

"죽어! 다 뒈져 버려!"

누구에게 하는 소리인지도 모른 채 진파는 되는 대로 고함을 질렀다. 아무렇게나 튀어나오는 알 수 없는 말들을 내뱉으며 그의 몸은 밤하늘을 가르며 무서운 속도로 날아가고 있었다.

있는 대로 내공을 끌어올린 탓에 현기증까지 피잉 돌 지경이었으나 개의치 않았다.

눈앞에 보이는 경물이 흐릿했다. 스치듯 사라져 가는 그 풍경마저 진파는 증오스러웠다.

발밑에 나무가 걸리자 진파는 그대로 걷어차 버렸다.

쫙!

산산이 부서진 나뭇가지가 진파의 정강이 쪽으로 튀었으나 엄청난 속도 때문에 스치지도 못했다.

"끄아아아아~"

전면에 자신을 가로막듯 우뚝 서 있는 커다란 바위에 진파는 그대로 일 장(一掌)을 갈겨 버렸다.

콰릉―

단 한 번의 손질에 십 장에 달하는 바위 상단이 그대로 가루가 되어 부서졌다. 그 사이를 뚫고 진파는 계속 몸을 날렸다.

가로막는 건 무조건 때려 부수며 돌진했다.

발에 걸리는 건 족족 걷어차 버렸다.

가슴팍을 치밀어 오르는 쓰디쓴, 이 개지랄 같은 더러운 욕지기를 없앨 수 있다면 무엇이든 할 것 같았다.

"뭐가 무적다가야!"

꽈꽈꽝―

"풍협이 아버지라고? 지랄하지 마―!"

우르르릉―

"개 씨발, 하나같이 날 갖고 놀아?!"

츄리리리리리릿― 슈카악―

양 팔목에서 떨쳐 낸 연혼사 스무 줄기가 전방을 휩쓸었다.

눈을 멀게 하는 광채가 번쩍했다 사라지자 진파의 앞을 가로막은 백양나무 숲이 통째로 쓰러지기 시작했다.

콰르르릉―

나무 둥치들이 쓰러지는 소리가 천둥이 휘몰아치듯 허공을 가득 채웠다. 먼지가 가득 피어올랐다.

"우아아아아아악~"

그 엄청난 먼지 속에서 진파는 부수고 찢고 뭉개 버리며 발광을 계속했다. 진파의 고함 소리가 멈추지 않았다.

크르르르르르―

진파는 자신의 앞에 버티고 선 검은 표범 한 마리를 잡아 먹을 듯 노려보고 있었다. 그리 크지 않은 몸집에 미려한 곡선을 자랑하는 보기 드물게 아름다운 흑표였다.

미친 듯 주위 사방을 다 때려 부수고 있는 중에 나타난 흑표.

진파에겐 자신을 막는 장애물로만 보였다.

구체적인 대상을 포착한 살기가 잔인하게 꿈틀거렸다.

윤기가 자르르 흐르는 흑표범의 털들이 올올이 곤두서 있다.

얼굴을 찌푸려 눈이 하늘을 향해 무섭게 치솟은 흑표는 잔뜩 등을 구부리고 꼬리를 빳빳이 세우고 있었다.

흑표가 새빨간 혀와 날카로운 어금니를 있는 대로 드러냈다.

카아아아—

그러나 진파에게 흑표의 위협 따위가 통할 리 없었다.

황야와 산야에서 수련하며 맹수들과 부딪친 게 부지기수였다.

노랗게 반짝이는 흑표의 눈은 두려움이 뒤섞여 있었지만 계속해서 쉬지 않고 진파를 위협했다. 그러나 지금 진파의 눈에 흑표의 마음 따위가 보일 리 없었다.

진파의 새빨간 얼굴이 꿈틀했다.

"이 자식이 어디서 이빨을 드러내!"

섬전 같은 발차기가 흑표의 머리를 노렸다.

카앙!

피하려 했지만 한낱 미물 따위가 어찌 무림고수의 발길질을 피할 수 있겠는가. 더구나 진파의 각법은 일류고수의 눈에도 제대로 보이지 않을 만큼 빨랐다.

흑표는 이 장여를 날아가 잘린 나무 둥치 사이에 그대로 쑤셔 박혔다.

진파의 얼굴이 꿈틀거렸다.

살기가 분출구를 찾아 맹렬히 소용돌이쳤다.

진파는 흑표가 구겨 박힌 곳으로 몸을 날렸다.

"또 개겨봐!"

진파의 발이 흑표의 옆구리를 걷어찼다.

퍼억—!

우드득.

흑표의 갈비뼈가 부서지는 소리가 무참하게 울렸다.

아직 죽지는 않았던지 머리가 부서진 채 애처롭게 가르릉거렸다.

카앙! 카르르르…….

"또 짖어봐! 새까!"

퍽퍽퍽!

진파는 흑표를 마구잡이로 짓밟았다.

새빨갛게 충혈된 눈은 가학적 쾌감으로 보기 흉하게 빛나고 있었다.

그때였다.

진파가 갑자기 발을 멈추었다.

"……!"

아우웅.

새끼 흑표범이었다.

이제 겨우 작은 고양이만한 녀석은 어디서 나타났는지 머리가 부서진 흑표에게 구르듯 다가가고 있었다. 비틀대며 몽그작거리면서도 새끼 흑표범은 열심히 기어갔다.

진파가 짓밟은 흑표의 새끼인 듯했다.

새끼 흑표가 부서진 어미의 머리에서 흘러내리는 피를 혀로 핥았다.

가르르…….

아직 죽지 않았는지 흑표범이 노오란 눈을 가늘게 떠 어린 흑표를 보았다.

혀로 핥아주려 했지만 이미 그럴 힘도 없는지 흑표는 가쁜 숨을 내뱉기만 했다.

어미는 숨을 가르릉거리고 새끼는 열심히 어미의 상처를 핥고…….

진파는 가만히 서서 멍하니 그 모습을 지켜만 보고 있었다.

점점 잦아드는 어미 표범의 숨소리와 함께 진파의 숨결도 낮아져 가고 진파의 얼굴색도, 눈빛도 차츰 제 색깔을 찾아갔다.

어미 표범의 숨결이 희미해져 갈수록 진파의 눈빛은 점점 무겁게 가라앉아 갔다.

그렇게 한 사람과 두 짐승이 쓰러진 나무 둥치 사이에 있었다.

어미 흑표범은 잠시 후 숨을 거두었다.

영역을 엉망으로 부순 낯선 인간에 맞서 두려움을 무릅쓴 채 나섰던 흑표는 진파에게 걷어차여 그렇게 한 생을 마감하고 말았다.

어미가 죽었는지도 모르고 새끼는 열심히 어미를 핥고 있었다.

너무 어려 진파에 대한 적의조차 없어 보였다.

표범답지 않게 굼뜬 움직임으로 보아 아직 젖도 제대로 떼지 못한 녀석이 분명했다.

"젠장……."

진파는 흑표범의 주검 앞에 스르르 주저앉았다.

"내가 무슨 짓을 한 거야……? 젖먹이가 있는 어미를 해치다니……. 전혀 생각도 못했어……."

새끼를 지키려는 어미 맹수처럼 흉포하게 덤비는 놈은 없었지만 진파는 그런 녀석은 한 번도 죽인 적이 없었다. 무모하게 덤비는 녀석을 보면 항상 주변을 살피고는 했었는데…….

진파는 열심히 어미를 핥는 새끼 흑표의 모습을 보다 자신의 머리칼을 움켜잡았다.

"한낱 미물도 제 자식을 위해 목숨을 거는데…… 내 아버지란 작자는……."

새빨갛게 충혈된 진파의 눈에 뿌연 물막이 고이기 시작했다.

휘황한 달빛 아래 진파의 어깨가 작게 흔들리는 듯 보였다.

새끼 표범은 아무리 핥아도 어미가 움직이지 않자 끼잉끼잉 소리를 내며 울기 시작했다.

진파는 새끼 흑표범이 듣기라도 하듯 조용히 중얼거리기 시작했다. 눈자위가 부풀어 있었다.

"미안해……. 니 엄마를 내가 죽였어……."

새끼 흑표범은 계속 울기만 했다.

"그래도 넌 좋겠다……. 엄마 젖도 먹어봤을 테니……. 난 젖 한 번 못 물어봤대. 날 낳자마자 돌아가셨대……."

진파의 왼쪽 눈에서 주룩 하고 눈물이 흘러내렸다.

이마를 감싸 쥐며 진파가 키득키득 웃었다.

"젠장……! 하긴 그것도 거짓말일지 모르지……. 나한테 엄마가 있기라도 했을까……?"

큭큭거리며 자조적으로 웃던 진파는 새끼 흑표범에게 고백이라도 하듯 말을 걸기 시작했다.

"너도 아빠 얼굴은 본 적 없겠구나……. 난 울 아버지가 엄마 따라서 같이 죽은 줄만 알았어……. 근데 살아 있대……. 살아 있으면서도 날 버리고 갔대……. 자기 성도 안 물려주고……. 이름도 진짜 좆같이 지어놓구 갔어……. 내가 싫었을까……? 귀찮았을까……?"

새끼 흑표는 계속 끼끼대기만 했다.

어미를 부르는 소리.

진파는 새끼 흑표에게 계속 말을 걸었다.

"어릴 때…… 지들 아빠가 목말을 태워주는 녀석들이 제일…… 부러웠어……. 엄마 자랑을 하는 놈들은 다 패줬지……. 그러면 부모들이 달려와 날 혼냈어……. 할아범이나 할멈한테는 이르지 않았지…….

꼭 엄마 아빠한테 혼나는 기분이 들어서 좋았거든……."

새끼 흑표범은 아무리 불러도 어미가 대답을 안 하자 진파에게 고개를 돌렸다.

고인 무릎에 올려놓아 늘어뜨려진 진파의 손가락이 보이자 새끼 흑표범이 비틀비틀 다가와 입에 물었다.

배가 고팠던지 녀석은 진파의 새끼손가락을 빨기 시작했다.

진파는 물끄러미 녀석을 바라보다 툴툴 웃었다.

"너도 바보구나……. 임마…… 난 니 어미를 죽인 원수야……. 너도 나처럼 속으려고 그래……? 속으면서도 그걸 모르고 병신같이 헤헤거릴래……?"

아무리 빨아도 젖이 안 나오자 녀석은 이빨로 진파의 손가락을 물었다. 발을 들어 손을 할퀴었다.

그러나 옥수공으로 단련한 진파의 손에는 생채기 하나 나지 않았다.

"소용없어, 임마. 니가 지금보다 어마어마하게 강해지지 않으면 내 몸에 상처 하나 못 입혀."

진파는 손을 뻗어 새끼 흑표의 뒷덜미를 잡고 눈앞으로 끌어 올렸다.

아직 세상의 어려움을 모르는 맑고 투명하기만한 눈빛.

진파는 새끼 흑표의 아랫배를 보다가 피식 웃었다.

"꼴에 너도 수컷이구나. 하지만 제 구실 하려면 한참 더 커야겠다."

잘린 나무 둥치에 비스듬히 기대앉은 진파는 새끼 흑표를 배 위에 올려놓았다. 그리고는 손을 뒤로 돌려 허리춤의 행낭을 뒤지더니 육포를 하나 꺼냈다.

"먹어."

새끼 흑표는 육포를 받아 물었으나 낑낑대기만 할 뿐 쉽사리 먹지 못했다. 아직 씹을 줄도 모르는 듯했다.

"아직 고기 먹는 법도 못 배웠구나……."

진파는 새끼 흑표의 입에 물렸던 육포를 자기 입으로 가져가 질경질 경 씹기 시작했다.

육포가 침과 섞여 말랑말랑해지자 진파는 조금씩 뱉어내 새끼 흑표에게 먹였다.

녀석은 배가 고팠던지 진파가 씹어준 육포를 세 개나 먹고는 빵빵해진 배를 부비며 잠이 들었다.

진파는 녀석을 조심스럽게 들어 옷깃 속에 따뜻하게 감싸 안았다.

새끼 흑표의 가냘픈 심장 뛰는 소리를 들으며 진파는 싸늘히 식어 있는 어미 흑표의 주검을 바라보았다.

"미안하다……. 황야에서 만나 싸웠다면 죽이지 않았을 텐데……. 이 녀석을 보호하려고 그랬다는 걸 눈치 채지 못했어……. 흥분해서 제정신이 아니었거든……."

진파는 밤하늘에 떠 있는 달을 올려다보며 중얼거렸다.

"사죄의 의미로 이 녀석은 내가 키워주마……. 강하게 키워줄게."

진파는 하염없이 시린 달빛을 바라보고 있었다.

* * *

그 시간, 진파의 뒤를 곧바로 따르지는 못했지만, 얼마 안 돼 뒤따르기 시작한 유현과 벽화는 더 이상 앞으로 나아갈 수 없는 상황에 빠져 있었다.

그들을 가로막은 한 명의 왜소한 그림자 때문이었다. 임수를 구해 사라졌던 동괴 동선이었다.

동선이 벽화에게 말을 걸었다.

"누나, 오랜만이네?"

영락없는 아이 목소리.

그러나 벽화의 대답은 날카로웠다.

"늙은이! 죽고 싶어 왔느냐!"

벽화의 입에서 싸늘한 호통이 터져 나왔다.

진파에 대한 걱정으로 마음에 전혀 여유가 없었던 터라 동선에 대한 감정이 그대로 폭발했던 것이다.

동선은 자신을 소수마후라는 괴물로 만든, 자신과 같은 소녀들을 실험 대상으로 마구 죽이던 추악한 원수였다.

동선의 어린 얼굴에 의외라는 빛이 떠올랐다. 그의 목소리가 제 나이대로 바뀌었다.

"호…… 완전히 의식을 되찾았나 보군. 정말 놀라워. 날 기억해 내다니……. 확실히 연구할 가치가 있겠어……."

"치워라!"

벽화의 몸이 흐릿하게 사라졌다 싶은 순간, 동선의 머리 위에 번쩍하고 나타났다. 벽화의 손이 하얗게 빛나고 있었다. 절정의 부풍무영과 소수마공의 현신이었다.

꽈릉—!

동선이 있던 자리가 폭음과 함께 움푹 파였다.

그러나 동선은 벽화의 반응을 미리 예상했던지 어느새 자리를 피하고 없었다.

좌측에서 웃는 소리가 들려왔다.

"흐흐……. 널 소수마후로 만든 게 나라는 걸 잊었느냐? 먹이고 가르치고 키운 은혜를 이런 식으로 갚으려 들다니……. 네게는 내가 사부이고 아비와 같다. 네 무공은 손바닥 들여다보듯 잘 알고 있지……."

"더러운 입 닥쳐랏! 누가 아비야! 우리 부모님을 죽인 것도 네놈들이 잖아! 네놈이 죽인 친구들이 눈도 못 감고 저승에서 통곡할 거다!"

벽화는 다시 몸을 날리려 했지만, 뇌리를 뒤흔드는 엄청난 충격에 비틀거려 중심을 잃고 말았다. 땅이 흔들리고 눈앞의 동선이 여러 명으로 보였다.

벽화는 초점을 잃은 눈으로 털썩 바닥에 주저앉고 말았다.

"으으……. 내 몸에 무슨 짓을……?"

동선의 득의만면한 음성이 들려왔다.

"넌 내가 만든 교의 도구야. 어떻게 의식을 유지하고 회복할 수 있었는지는 몰라도 내게 반항할 수는 없다. 네가 아무리 무적의 괴물이라 할지라도 나는 언제든지 네년을 통제할 수 있지. 네가 소수마공을 완성했다지만 내게는 대들 수 없어. 클클."

벽화는 몸을 일으키려 애썼으나 마음대로 몸을 세울 수가 없었다.

간신히 무릎을 세웠으나 세상이 빙빙 돌았다.

쿵.

벽화는 바닥에 머리를 박으며 쓰러졌다.

팔을 짚고 일어서려 했으나 땅바닥을 기기만 한다.

"이익!"

안간힘을 써도 그녀의 몸은 땅바닥을 헤집듯 빙빙 돌 뿐이다.

벽화가 뽀드득 이를 갈았다.

“이이이……!'

분노로 가득 찬 벽화의 얼굴이 잔뜩 일그러졌다.

벽화의 눈에 물막이 차 오르기 시작했다.

초점도 맞추지 못하는 눈으로 동선이 있을 만한 곳을 부릅떠 바라보았으나 헛되이 눈물만 흘러내렸다.

그때 유현이 몸을 날려 벽화의 앞을 막아섰다.

유현의 눈은 동선을 향한 채 굳어 있었다.

“아직 어린 소녀한테 너무하는 것 아니오?'

“네 정체는 도대체 무엇이냐?'

임수에게 몇 마디 듣기는 했으나 유현의 정체가 오리무중이었던 동선이 궁금하다는 듯 물었다. 동선의 태도에선 느긋한 여유가 엿보였다. 소수마후야 언제든지 제압할 수 있었고, 눈앞의 유현 또한 그리 대단하게 여기지는 않는 것이 분명했다.

유현도 동선의 실력을 알고 있기에 신중하게 동선을 대했다.

“선배 정도의 안목이면 내가 누군지 알 수 있을 텐데……?'

“호…… 선배 대접을 다 해주나? 글쎄, 본얼굴을 본다면 몰라도 그런 몰골로는 자네가 누군지 누가 알아보겠나?'

“그렇긴 하외다. 하지만 이 검을 본다면 내가 누구인지 알 수 있을 거라 생각하오만?'

유현은 천천히 검을 빼 들었다.

묵빛 검신이 달빛에 반사되어 차가운 기운을 내뿜었다.

“그 검은 묵정검(墨精劍)……? 네가 정말 검치 유현이냐?'

“그렇소.'

동선의 얼굴에 희미한 놀라움이 떠올랐다.

"놀랍구나……. 검치가 아직 살아 있었다니……. 그런데 네가 어찌 내 아이와 함께 어울리느냐? 강호독행(江湖獨行)은 검치의 신조 아니었나?"

"벽화는 선배 아이가 아니오. 선배는 그런 말을 할 자격이 없소이다. 그리고 내가 누구와 어울리든 그건 내 맘이외다."

동선이 킥킥 하며 웃음을 내뱉었다.

아이 얼굴을 한 동선이 쉿소리를 내며 웃는 것은 정말 섬뜩한 광경이었다.

"한동안 안 보이더니 많이 건방져졌군. 내가 강호를 활보할 때 네 녀석은 태어나지도 않았다."

유현은 긴장감을 늦추지 않고 동선의 여유있는 태도를 관찰하고 있었다.

'아무리 동괴라지만 너무 여유만만하군. 벽화는 언제라도 제압할 수 있다지만, 내 신분을 알고서도 이런다는 것은…… 무언가 준비해 온 게 또 있다는 말이구나. 일단 예봉을 피해야 한다.'

유현은 속내와는 달리 침착한 목소리로 동선에게 질문을 던졌다.

"진파에게 팔을 잘린 그 친구는 어디 있소?"

"흐흐……. 잘 있으니 걱정 말게나. 회복되면 직접 복수를 하겠다고 결의에 불타고 있지."

"외팔로는 힘들 텐데……?"

"염려놓게나. 진짜 팔보다 더 위력있는 걸 달아줄 테니."

"하긴 소교주쯤 되면 얼마든지 그럴 수 있겠지요."

소교주라는 말에 동선의 얼굴에 놀람이 가득 떠올랐다. 아직까지 현성교의 행사는 철저히 비밀로 되어 있건만!

"네놈이 어떻게?"

'기회다!'

동선의 얼굴이 경악으로 물든 틈을 타 유현은 얼른 벽화를 옆구리에 끼고 몸을 날렸다. 진파가 간 방향은 아니었지만 동선과 반대편으로 쏜살같이 날아가는 모습이 섬전과 같았다.

"호호."

동선은 눈앞에서 유현과 벽화가 사라지는데도 별다른 동요를 보이지 않았다.

그의 눈빛은 오히려 즐거워 보였다.

'소교주의 신분이야 알려져도 상관없겠지. 혈광파를 보고 넘겨짚었겠군……. 풍협의 자식이 없는 것이 좀 아깝지만 상관없겠지. 이제 소수마후의 위력을 만천하에 알릴 수 있겠군.'

벽화의 별빛 같은 눈망울을 떠올리던 동선은 고개를 흔들었다.

'귀엽긴 하지만 할 수 없지. 어차피 교를 위해 바쳐진 제물에 불과한 아이니까. 수아의 말대로 정을 품어선 안 된다.'

"게 섰거랏!"

얼굴과는 달리 다급하게 소리친 동선은 품 안에서 호각을 꺼내 볼을 부풀려 불었다.

삐이이이—

낮지만 멀리까지 울려 퍼지는 둔중한 호각 소리.

동선이 유현과 벽화의 뒤를 따라 몸을 날렸다. 동선의 주위에 십여 명의 검은 그림자가 유령처럼 떠올랐다. 그들은 동선을 호위하듯 비잉 반원을 그린 채 동선을 뒤따랐다. 동선을 제외하고는 아무도 땅에 발을 디디지 않았다.

　　　　　　*　　　　　*　　　　　*

진파는 누군가 다가오는 것을 깨닫고 번쩍 눈을 떴다.

날이 밝아오고 있었다.

'누구지? 벽화? 유 숙? 아니야. 발소리는 한 명이다.'

품속에선 아직도 새끼 흑표범이 쌕쌕 자고 있었다.

진파는 다시 눈을 감았다.

'건들지 않으면 냅두자. 귀찮아.'

들끓던 마음이 조금 진정되었다고는 하지만 지금은 아무도 만나고 싶지 않았다.

조용히 지나쳐 가주기만 바랄 뿐이다.

그러나 상대는 그럴 마음이 없는 듯했다.

턱!

무언가로 땅을 짚는 소리에 진파는 뜨기 싫은 눈을 억지로 떴다.

일 장쯤 떨어진 곳에 늙은 여승 한 명이 죽장을 짚고 서 있는 게 보였다.

낡은 승복을 단정하게 기워 입은 여승은 속세를 떠난 사람답게 평온한 낯빛이었다. 한 세월을 부처와 함께했는지 그윽한 미소가 얼굴에 담겨 있었다.

"시주가 이곳을 이렇게 만들었습니까?"

노니(老尼)의 음색에는 가벼운 질책이 담겨 이미 진파가 한 일임을 짐작하고 있다는 투였다.

"알면서 왜 묻나요?"

진파는 귀찮다는 듯 불쑥 반문했다.

"이곳은 신령한 숲입니다. 아아, 수천 년을 산 거목들이 이렇게 스러지다니……. 아미타불……."

진파는 벌떡 몸을 일으켰다.

귀찮았다.

이 자리를 빨리 뜨고만 싶었다.

그때 늙은 여승은 진파의 발치에 죽어 나자빠진 어미 흑표범을 보고 짧게 비명을 질렀다.

"아니!"

여승이 죽장을 끌며 빠르게 흑표범의 주검으로 다가섰다.

진파는 여승의 유연한 신법을 보며 눈을 빛냈다.

'이제 보니 무공을 숨긴 고수였군. 전혀 몰랐다. 대단한 고수구나…….'

진파는 긴장감을 느끼며 은밀히 공력을 끌어올렸다.

늙은 여승은 죽은 흑표범의 머리를 쓰다듬으며 가볍게 한숨을 내쉬었다.

"그렇게 사냥에 서툴더니…… 결국 이승을 하직하고 말았구나……. 가여운 것……. 아미타불……."

진파가 여승에게 말을 걸었다. 여승이 어미 흑표범을 알고 있는 듯했던 것이다.

"이 녀석을 아십니까?"

"그렇습니다. 흑표가 흔한 것은 아니니까요. 사천에 거하는지라 이 근처를 지나다 자주 보았지요. 사냥에 서툴러 멧돼지에 당한 것을 치료해 준 인연이 있지요……. 이 가엾은 것을 해친 것도 시주인가요?"

"……예."

"이 녀석은 새끼를 갖고 있었을 텐데…… 그 녀석도?"

늙은 여승의 질문을 듣기라도 했을까?

진파의 옷깃 사이에서 새끼 흑표범이 고개를 내밀고 귀엽게 울음소리를 냈다.

까웅.

"아! 너는 살아 있었구나. 다행이다……. 아미타불."

여승이 손을 내밀어 새끼 흑표를 안아갔지만 진파는 말리지 않았다. 왠지 늙은 여승에겐 저항감이 생기지 않았다. 승려여서 그런 것일까, 할머니라서 그런 것일까.

늙은 여승은 새끼 흑표범을 안아 이리저리 살피며 가볍게 목을 간질여 주었다. 녀석은 기분이 좋은지 눈을 감고 아양을 떨었다.

"기분이 좋아 보이는군요. 배도 불러 보이고. 무얼 먹었나요?"

"육포를 씹어서 주었습니다. 아직 씹는 법을 모르더군요."

순순히 대답하는 진파를 여승은 깊은 눈으로 바라보았다.

진파에게서 눈을 돌린 여승은 어미 흑표를 바라보며 한숨을 쉬었다.

"화장을 해주고 싶은데, 나뭇단을 모아주시겠습니까?"

"알겠습니다."

진파는 묵묵히 주위를 돌아다니며 잘리고 부서진 나무들을 한곳에 모아 작은 단을 쌓기 시작했다. 어미 흑표의 주검 옆에는 곧 평평한 나뭇단이 무릎 높이로 쌓였다.

"조금 더 높여주구려."

"예."

순순히 대답한 진파는 이리저리 움직여 불이 잘 붙을 만한 놈들로 골라 나뭇단을 높여갔다.

어미를 죽인 것이 미안했던지라 처음 본 여승이 시키는 대로 아무 말 없이 원하는 높이만큼 쌓아주었다.

"그 정도면 되었습니다. 이제 이 아이를 눕혀주시구려."

진파가 어미 흑표범의 주검을 나뭇단 위에 올려놓자 늙은 여승은 새끼 흑표범을 진파에게 건넸다.

목에 건 염주를 손에 들더니 진파에게 조용한 어조로 부탁했다.

"불을 붙여주시겠소이까?"

진파는 한쪽 무릎을 꿇고 손가락에 삼매진화를 일으켰다. 곧 나뭇단 전체에 불이 옮겨 붙으며 어미 흑표범의 주검이 불길에 휩싸였다.

늙은 여승의 광명진언(光明眞言)이 고요히 울려 퍼지기 시작했다.

"옴 아모가 바이로차나 마하무드라 마니 파드마 즈바라 프라바를타야 훔…… 옴 아모가 바이로차나……."

어미 흑표범의 뼈를 수습한 늙은 여승은 멍하니 서 있는 진파를 향해 말을 걸었다.

"그 아이는 키우실 생각입니까?"

"……예. 여기에 놔뒀다간 금방 죽을 테니까요……."

"선재로다……."

늙은 여승은 그윽한 웃음을 지었다. 한 점 그늘도 없이 깨끗해 보이는 얼굴과 눈빛은 진파를 향해 자애롭게 웃고 있었다.

"시주같이 정대한 분이 어쩌다 이런 실수를 하셨는지는 모르겠소만……."

진파는 늙은 여승의 눈을 물끄러미 바라보았다.

늙은 여승의 눈은 차분하게 가라앉아 맑기만 했다. 고통을 모르는 소녀의 눈이 아니라 그것을 보듬어 안은 각자(覺者)의 눈빛이었다.

갑자기 늙은 여승에게 말을 하고 싶어졌다. 그녀의 눈빛 때문이었을 까.

"들어주시겠습니까?"

노니는 자애로운 얼굴로 고개를 끄덕여 주었다.

"이제까지의 제 삶이 모두…… 거짓이었다는 것을 어젯밤 알았습니다……."

진파의 말이 중간중간 끊기며 이어졌다.

그동안 늙은 여승은 계속 진파의 얼굴을 보아주었다. 진파의 말을 들어주었다.

무적다가의 이름을 들먹이지도 않았고 풍협의 이름도 거론하지 않았다. 소수마후도, 현성교도 아무것도 말하지 않았다.

늙은 여승도 무림인처럼 보였지만 진파는 남의 일을 이야기하듯 자신의 심경을 나직하게 늘어놓았다.

그런데 이상했다.

그렇게 화가 났었는데, 그렇게 억울하고 지랄 같았는데 입으로 옮기자니 참으로 별것 아닌 것처럼 들려왔다.

아버지가 속이고 집안의 종복이 속이고 좋아하는 여자가 속이고 아는 사람들이 자신을 다 속이고……. 어쩐지 그저 그런 시시한 경극처럼 여겨졌다.

다 이야기하고 나니 꼭 무슨 부잣집 아이가 투정을 부리는 것처럼 들려 진파는 피식 웃고 말았다.

'이렇게 들리기도 하네……? 내 얘기 솜씨가 이렇게나 형편없었나……?

진파의 말을 다 들은 후에도 노니의 눈빛에는 변함이 없었다.

"이렇게 말하니…… 참 시시한 이유로 화를 낸 거 같네요……. 한심합니다……."

다소 씁쓸한 진파의 말에 늙은 여승은 슬쩍 미소를 머금었다.

"구구절절 가슴에 스민 것은 원래 말로는 표현이 안 되는 것이지요……."

"그런가요?"

"하지만 마음은 훨씬 가벼워졌을 게요."

"그렇긴 합니다."

진파는 저도 모르게 대답하곤 곧 고개를 끄덕였다. 어쩐지 마음이 많이 풀려 있었다. 아직 아버지나 공철 부부의 행동을 이해할 수도, 용서할 수도 없었지만 분노는 많이 풀려 있었다.

"버려야 얻는다는 말이 있소이다. 시주는 어린 나이에도 버리고 얻었으니 참으로 귀중한 체험을 했어요."

"버려야 얻는다라……. 제가 무얼 버리고 무얼 얻은 걸까요?"

"그건 시주만이 알 수 있는 것이지요."

진파는 무슨 말인지 잘 이해할 수 없었지만 왠지 그럴듯한 말에 고개를 끄덕였다.

"이제 어쩔 요량이시오?"

"우선…… 일행을 다시 찾아가야지요."

"시주가 좋아한다는 소녀와 아버지 친구 분 말입니까?"

"예."

"그리고는요?"

"할배하고 할멈이 절 따라다녀야 한다는데 어찌 된 일인지 제 곁에 없다 합니다. 본가에 들러 그들부터 찾을까 합니다."

진파의 사고가 정상적으로 돌아가기 시작했다.

늙은 여승의 얼굴에는 가벼운 웃음이 떠올랐다.

"그냥 넘어갈 생각은 아닌 듯 보이오만……."

진파는 오른손을 들어 주먹을 꼭 쥐었다.

"물론이죠. 당한 만큼, 아니, 두 배 세 배로 갚아줘야죠!"

진파의 눈가에 떠오른 굳은 결의를 보며 늙은 여승은 자애롭게 미소 짓고 있었다.

제19장 위험박래(危險迫來)

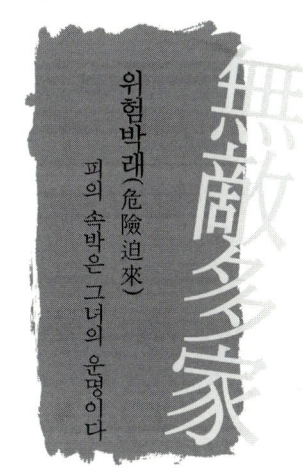

위험박래(危險迫來)
피의 속박은 그녀의 운명이다

'금정신니(金頂神尼)

였다니…….'

진파는 경공을 전개하며 방금 전 헤어진 자애로운 늙은 여승을 생각하고 있었다.

신니(神尼), 신과 같은 비구니.

아무에게나 붙는 별호가 아니다.

소림사의 금강대사(金剛大師)와 함께 춘추쌍금(春秋雙金)으로 불리는 이 시대 최고의 무승(武僧). 민간에서는 살아 있는 활관음(活觀音)으로 추앙받는 선승이 금정신니였다. 사천이 자랑하는 아미파 최고의 고승이 바로 그녀였던 것이다.

'열정 사태의 이야기를 할 걸 그랬나?

금정신니가 신분을 밝혔을 때 곧바로 열정 사태가 생각났다.

진파가 알기론 열정 사태는 바로 금정신니의 제자였다.

또 무적다가니 하면서 자신을 알아보는 것이 껄끄러워 그저 진파라고만 밝혔다.

잔잔히 웃으며 후일 아미산의 관음사에 꼭 들러주라 자애롭게 웃던 금정신니.

'진짜 스님을 만났어.'

진파는 자신의 마음을 눈빛만으로도 어루만져 주던 금정신니를 생각하며 빙긋 웃음을 머금었다.

가슴팍에서 묵아(墨兒)가 꼬무락거렸다.

"묵아, 답답해도 좀만 참아라. 곧 예쁜 누나 소개시켜 줄 테니."

새끼 흑표범에게 붙여준 이름을 부르며 진파는 벽화를 떠올렸다.

우연히 만난 여자.

자신이 누군지 모르던 여자.

갑자기 어려졌던 여자.

끝까지 아니라 믿었건만 소수마후였던 여자.

그리고 그 사실을 숨긴 여자……

마음이 아파왔다.

벽화가 원해서 소수마후가 된 것이 아니었다.

벽화가 모든 기억을 떠올린 건 겨우 사흘 남짓.

'그 애도 말하기 어려웠을 거야. 내가 몇 번이나 넌 소수마후가 아니라고 했으니까……'

진파는 신법에 가속을 붙였다.

한밤중에 어딘지도 모르고 달려왔으나 길을 찾기는 너무도 쉬웠다.

자신이 망가뜨린 흉물스런 산의 모습이 어젯밤 지나온 길을 너무도 극명히 가르쳐 주었다.

'완전히 돌았었구나. 쩝.'

어젯밤 벽화에게 매몰차게 말한 것이 마음에 걸렸다.

충격을 받은 진파를 위로하려던 벽화에게 '건들지 마!' 라고 소리쳤다.

자신을 농락해 속인 세상 사람들 중 벽화도 있다는 것이 그때는 너무도 싫었다.

처음엔 그 청순함에 반했고, 다시 만났을 땐 기억을 잃어 안쓰러웠고, 나중엔 일곱 살이 되어 당황스럽게만 했던 벽화. 벽화와 보냈던 날들이 주마등처럼 스쳐 지나가 빙긋 미소를 머금었다.

벽화가 너무나 보고 싶었다.

'다 이해한다고 말해 줄래. 고민하지 않게 해줄래. 벽화야, 오빠가 간다!'

진파의 머리카락이 바람에 휘날려 파라락거렸다.

"뭐야!"

어젯밤 함께 있던 폭포 밑에 도착했으나 아무도 없었다.

모닥불은 꺼진 지 오래였고, 유현과 함께 잡아 올린 산천어들은 새까맣게 불타 모닥불 위에 흩어져 있었다.

'내가 떠난 뒤 얼마 안 돼 둘이 따라왔나 보구나. 그런데 왜 못 만났지? 그렇게 난리를 피웠는데 찾지 못할 리가 없잖아?'

진파는 서둘러 되돌아가려다 모닥불 주위에 찍혀진 발자국들을 발견하고는 눈을 빛냈다.

'하나, 둘, 셋……. 절정고수급의 발자국들이다. 거의 흔적이 남지 않았어.'

재빨리 폭포 주변을 훑어본 진파는 팔짱을 끼었다.

흔들림이 멈추자 묵아가 고개를 내밀어 진파의 손을 핥았다.

까웅.

묵아의 목을 간질여 주며 진파는 폭포 주변에서 발견한 좀 더 뚜렷한 발자국들을 바라보았다.

'모닥불 가에서 나온 발자국들보단 좀 떨어지지만 일류급을 능가하는 고수들이다. 하류급들도 몇 명 섞여 있어. 무맹인가? 아니면 현성교?'

진파를 쫓을 사람들은 그 두 부류밖에는 없었다.

진파는 깊이 미간을 찡그렸다.

'무맹은 그 자식한테 알아듣게 말했으니 잘 해결될 줄 알았는데……. 아니면 현성교일까? 팔 잘랐다고 똘마니들을 끌고 왔을 수도 있겠구나…….'

어느 쪽이라도 가능성은 있었다.

진파는 십여 장 사방을 번개같이 오가며 무언가 찾기 시작했다.

"있다!"

맨발로 찍은 것이 분명한 발자국 하나가 어제 진파가 향한 방향으로 찍혀 있었다. 발가락이 선명히 찍혀 있고 발 주변엔 무언가 작게 끌린 자국이 남아 있었다.

'쇠사슬을 감은 유 숙의 발자국이야. 이 방향은 내가 어제 뛰쳐나갔던 쪽이야. 저들과 부딪치기 전에 날 뒤쫓았다는 걸까?'

묘하게도 유현의 발자국 주변에는 모닥불 가에서 발견된 발자국들이 하나도 보이지 않았다.

그들은 유현의 자취를 발견하지 못했는지 다른 방향으로 몰려가며 자취를 남겼다.

'최소한 삼십 명이다. 추적을 할 줄 아는 자가 없지는 않을 텐데……?'

진파의 머리가 팽이처럼 돌아가기 시작했다.

'벽화의 발자국이 없는 게…… 아! 내가 없으니 부풍무영을 썼겠군. 발자국이 남을 리 없지. 유 숙과 벽화가 저놈들을 만나지 않았다면 이 방향으로 벽화도 함께 갔을 거야. 하지만 추격을 분산시키려 둘이 헤어졌다면……? 아냐! 그랬다면 싸운 흔적이 있을 거야! 무조건 따로 도망갈 유 숙이 절대 아냐!'

진파는 유현의 발자국이 난 방향, 자신이 이제껏 되돌아온 방향으로 번개같이 달리기 시작했다.

'날 찾아오지 않은 게 이상해! 중간에 무슨 일이 생긴 거야! 벽화야, 벽화야!'

진파의 얼굴 가득 다급함이 떠올라 있었다.

'벽화의 발자국이 없는 게 아무래도 맘에 걸려. 혹시 다친 거 아냐? 그놈들의 습격에 벽화가 당했다면? 그래서 유 숙이 벽화를 업고 피신한 거라면……?'

진파의 눈동자에 차츰 새파란 살기가 떠오르기 시작했다.

'벽화를 해친 놈이 있으면…….'

으드득

진파가 부득 이를 가는 소리가 날카롭게 울렸다.

'다 죽여 버린다!'

그 시간, 유현은 벽화를 안은 채 전속력으로 경공을 전개하고 있었다.

어찌나 빨리 달리는지 그나마 몸을 가리고 있던 너덜너덜한 옷자락마저 떨어져 나가 여기저기 맨살이 드러난 채였다.

수염에 가득 덮여 표정은 보이지 않았으나 유현의 눈은 침중함으로 가득했다.

'괴물들이다. 이렇게 빠를 수는 없어!'

아무리 사지(四肢)에 쇠사슬을 감고 있고 동선에게 당해 힘을 못 쓰는 벽화를 안고 있다지만 자신은 환검을 특기로 삼는 신법의 달인, 검치였다.

그런데도 유현의 뒤를 쫓는 검은 그림자들은 그를 한 방향으로 몰고 있었다.

그것은 그들이 유현보다 반 배 이상 더 빠르다는 것을 의미했다.

그럴 수밖에 없었다.

힐끔 본 그들은 땅에 발을 디디지 않고 하늘을 훌훌 날고 있었다. 검은 피풍의를 머리까지 뒤집어쓴 똑같은 복장의 십이(十二) 인. 그들 중 한 명은 동선을 어깨에 앉히고도 유현의 등을 압박하고 있었다.

먼저 벽화를 치료하려고 추적부터 따돌릴 생각이었지만 저들은 전혀 쉴 틈을 주지 않았다.

'어디론가 몰고 있어. 또 다른 함정이 있나? 아니면 생포할 생각인가? 손해를 보더라도 여기서 저들의 포위망을 돌파해야 하나?'

유현이 내심 망설일 때였다.

품 안에 있던 벽화가 어느새 눈을 뜨고 있었다.

유현은 다급한 외중에도 웃어주는 것을 잊지 않았다.

마성에 빠져 자신을 잃었던 유현은 벽화의 처지를 너무나 잘 이해할 수 있었다. 그녀의 고민을 누구보다 잘 알고 있었다.

벽화는 아직 몸에 기운이 없는지 작은 목소리로 속삭였다.

"아저… 씨……. 절대 저들과 부딪치면 안 돼요……."

유현의 눈빛을 보던 벽화가 그의 마음을 눈치 챘는지 힘없이 고개를 저었다.

"저 애들은…… 모두 소수마후예요……."

유현의 눈이 커졌다가 곧 짙은 회의감에 휩싸였다.

발을 땅에 디디지 않는 것을 보며 설마 했지만 그들이 모두 소수마 후였을 줄이야…….

공력을 아끼느라 말을 하지 않고 있었지만 하마터면 입을 벌려 호흡 이 흐트러질 뻔했다.

열두 명의 소수마후가 자신을 쫓는다 생각하니 등골이 섬뜩해 왔다.

'여기서 뼈를 묻을지도 모르겠구나…….'

"아직 소수마공을 대성하지 못해서…… 저보다…… 조금씩 떨어지 기는 하지만…… 제가 정상이라도…… 상위 두 명이 모이면 당할 수 없어요……."

유현은 벽화에게 고개만 끄덕여 주고 최선을 다해 주위 경물을 기억 하려 애썼다. 포위망을 돌파하려는 생각은 저들의 신분을 확실히 알고 난 후 버렸다. 이대로 어떻게든 추격을 따돌려야만 했다. 신법이 처지 니 지형을 이용해야 한다.

'이 방향으로 가면 절곡이 나올 거야. 그곳에 몰리면 빠져나갈 데가 없다. 그전에 어떻게든 방향을 틀어야 해!'

유현은 벽화에게서 시선을 거둔 채 필사적으로 신법에 박차를 가했 다.

벽화는 유현의 휘날리는 수염을 바라보다 빙긋 미소를 지었다.

'아저씨…… 여자들한테 인기 많았겠네……. 입술이 멋있어…….'

문득 진파의 입술이 떠올랐다.

그때의 기억은 뚜렷하진 않았으나 관제묘에서 처음 만났을 때 분명히 진파에게 입맞춤을 했다.

'까칠까칠했어…….'

갑자기 못 견디게 진파가 보고 싶었다.

'기억해 내자마자 말해야 했는데……. 괜히 망설였어……. 오빨 놀리는 게 재미있긴 했지만…….'

맨몸에 홍관백림사의 가죽을 감고 진파를 놀려줄 때가 생각나 벽화는 아픈 와중에도 빙그레 웃음을 그렸다.

'오빠! 보고 싶어……. 어딨는 거야……? 벽화 아프단 말야……. 나 지켜준다며…… 오빠아……!'

가슴속에 뜨거운 기운이 왈칵 올라 찼다.

진파를 떠올리자 미안함과 애잔함이 뒤섞여 그리움만 더해갔다.

눈꼬리에서 눈물이 흘러내리는 게 느껴졌다.

'오빠……! 다시 만나면…… 다시 만날 수만 있다면…… 전부 다 말할게……! 나에 대해서 아는 건 모두 말할게……! 오빤 그래도 날 지켜줄 거지……? 그렇지……?

벽화의 눈에 흐르는 눈물이 조금씩 많아지고 있었다.

*　　　　*　　　　*

"왜 이쪽으로 가는 것이오이까?"

태인 도장은 신법을 전개하는 제갈청인의 옆에 붙어 의문을 표했다.

추적대 전체의 능력을 고려해 적당히 달리던 제갈청인이 태인 도장을 향해 귀찮다는 듯 고개를 돌렸다.

"추적대의 책임자는 이 제갈청인이오."

"지휘권을 문제 삼는 것이 아니외다. 단지 엉뚱한 방향으로 가는 것이 의아할 뿐이오."

진파 일행이 머물렀던 폭포수에 도착해 분명히 어느 방향으로 향했는지 파악한 뒤였다.

그런데도 제갈청인은 전혀 엉뚱한 곳으로 향하고 있었다.

맹주가 전권을 부여한 이가 군사인 제갈청인이었던지라 묵묵히 따랐지만 아무래도 이유를 알 수 없었다.

이 방향에서는 전혀 진파의 자취를 발견할 수 없었던 것이다.

제갈청인이 태인 도장을 바라보며 엷은 웃음을 띠었다. 가늘게 떴지만 날카롭게 빛나는 눈과는 대조적인 웃음. 태인 도장의 가슴에 찬바람이 스쳤다.

"도장께서는 우리가 그들과 멀어지면 멀어질수록 반가워하실 것 아닙니까?"

"빈도를 정에 치우쳐 맹주령을 무시하는 자로 생각하시는 게요?"

제갈청인은 아무 말 없이 입으로만 웃으며 태인 도장을 바라볼 뿐이었다.

태인 도장이 결연히 말했다.

"나는 어디까지나 무맹의 대의를 생각할 뿐이오!"

"맹주께서 대의에 어긋난 행동을 하신다면?"

"그러실 리 없소이다."

딱 잘라 부정하는 태인 도장을 잠시 동안 바라보다 제갈청인이 웬일인지 순순히 의문을 풀어주었다.

"제 아들놈이 그자와 대면해 죽을 뻔했다는 걸 기억하시겠지요?"

"물론이오."

"녀석은 세가의 명성이 부끄럽지 않게 경황 중에도 조치를 취했다 보고했소."

"조치?"

"그렇소이다. 간신히 몸을 빼는 그 급박한 상황에서도 그자의 몸에 천리향을 뿌려놓았다는구려. 전에 그자의 행방이 묘연해졌을 때에도 그자들의 도주 경로를 짚어낸 것은 결국 제 아들놈이지 않았소이까? 녀석은 신중하게도 아비인 내게조차 결과를 내고서야 말했소. 지금도 그 흔적을 따라가는 것이오. 그래서 저 녀석이 선두에 서 있는 게지요."

태인 도장은 일행의 선두에 서서 달리고 있는 제갈우현을 힐끔 바라보았다. 부상을 무릅쓰고 항상 맨 선두에서 달리는 제갈우현을 향해 집법사령들 내에서도 칭찬이 자자함을 태인 도장은 잘 알고 있었다.

"이해는 할 수 있소만 여전히 납득할 수 없소이다. 그렇다면 군사께선 그때부터 이 사실을 아셨다는 것 아니겠소. 왜 진작 모두에게 밝히지 않으신게요?"

제갈청인은 즉시 답하지 않고 태인 도장에게서 고개를 돌려 전방을 바라보았다. 그의 얼굴에 떠오르는 비릿한 웃음을 태인 도장은 똑똑히 볼 수 있었다.

"내 일부러 함구했소이다. 혹시 적의 간세라도 스며들었을까 해서 말이오."

태인 도장은 묵묵히 제갈청인을 바라보다 가볍게 고개를 젓고는 뒤로 처지기 시작했다.

태인 도장의 눈에 어두운 빛이 서렸다.

'당당한 오대세가의 일원이라는 자가 어찌 저렇게 음험하단 말인가……? 총명이 지나쳐 헛되고 헛되도다……'

제갈청인의 말이 맞다면 이 질주의 끝에는 진파가 기다리고 있을 터였다.

'풍협의 자식이……. 내가 본 진 소협이…… 열정 사태 일행을 참살했을 리 만무하다……. 하나 증거도 증인도 모두 확실하니……'

열정 사태 일행의 몸에 가득한 날카로운 상처 자국들은 연혼사 같은 미세한 병기가 아니면 절대 낼 수 없는 것들이다. 게다가 제갈세가의 장자인 제갈우현의 증언도 있었다.

진파에게는 너무나 불리하기만 한 조건들이었다.

'내 반드시 진실을 밝혀내리라!'

제갈청인의 뒷모습을 바라보는 태인 도장의 눈이 빛나고 있었다.

*　　　　　*　　　　　*

"소교주! 무맹 놈들이 오고 있습니다!"

임수는 아늑한 사인교에 기대어 눈을 감고 있다가 전음성에 번쩍 눈을 떴다.

"준비는?"

"절곡 주변에 완벽하게 은신해 있습니다."

"좋아. 대기하도록."

"존명!"

임수는 사인교의 벽에 기대었던 몸을 일으켰다.

"끄으으……."

절로 악하는 비명이 터져 나올 것만 같았지만 임수는 이를 악물고 미약한 신음만 흘렸다.

불로 지진 듯한 통증. 게다가 개미새끼가 수만 마리는 달라붙은 듯 극렬한 간지럼이 몰려왔다.

고통의 진원인 오른편 어깨를 바라본다.

휑한 어깨.

어제까지만 해도 이 어깨엔 힘차게 움직이던 팔이 달려 있었다.

전포(戰袍)를 걸쳐 수하들은 잘 몰라보겠지만 임수에겐 좁아진 어깨가 아프도록 잘 보였다.

진파의 얼굴이 저도 모르게 떠오르자 임수는 부드득 이를 갈았다.

"개…… 자식!"

임수의 눈에서 살기가 흘러넘쳐 뚝뚝 떨어질 것만 같았다.

스물셋.

약관을 갓 넘은 한창때다. 그 나이에 임수는 외팔이가 되고 만 것이다.

다소 자신감이 넘치긴 했으나 그림 속에서 튀어나온 것처럼 멋진 미남자였던 그의 얼굴이 핏기가 가신 원한만이 담겨 흉하게 일그러졌다.

"소교주……."

임수는 소리가 난 쪽을 향해 휙 고개를 돌렸다.

이런 모습은 아무에게도 보이고 싶지 않아 철저히 주변을 물린 터였다.

임수가 고개를 돌린 그곳엔 현성교도만의 전형적 흑의를 걸친 복면인이 한 명 서 있었다. 섬연한 굴곡으로 보아 여자였다.

복면인을 발견하자 질식할 듯한 살기는 많이 사그라졌으나 여전히 딱딱한 어조로 임수가 물었다.

"무슨 일입니까, 누님?"

"수아야……."

흑의복면인이 두건을 벗었다.

눈만 드러났던 두건을 벗자 아름다운 흑갈색 머리카락이 출렁이며 흘러내렸다.

지나치기만 하면 모든 남자들이 뒤를 돌아볼 만한 용모.

임수와 이목구비의 생김새는 조금씩 달랐지만 자세히 뜯어보면 비슷한 곳이 많은 얼굴이었다.

호수를 옮겨놓은 듯 아름다운 두 눈이 가히 봉목(鳳目)이라 할 만큼 눈부신 외모였다.

그러나 그녀의 아름다운 눈에는 수심이 가득 서려 있었다.

임수의 친누이이자 교주의 친손녀인 임아영(任阿瑛)은 나직하게 한숨을 내쉬었다.

"많이 아픈가 보구나……."

"이까짓 아픔쯤이야 얼마든지 참을 수 있습니다. 본교로 돌아가면 의수도 달 수 있으니 잃어버린 팔이 아쉽지도 않습니다. 너무 걱정 마십시오."

'그럴 리가 있겠니……?'

임아영은 의연하려 애쓰는 동생이 더욱 안타까웠다. 떼줄 수 있다면 자신의 팔이라도 떼주련만.

크면 클수록 아버지의 모습을 닮아가 더욱 사랑하는 동생이었다.

삼십 년 전의 혈사로 사지가 잘린 채 식물인간이 된 아버지.

의식도 없어 약물이 아니면 지탱조차 할 수 없는 목숨이었다.

딸만 하나 있고 대를 이을 아들이 없어 그 몸을 하고도 음약(淫藥)을 복용한 채 숱한 여자들과 목숨을 건 방사를 치러야 했다.

교주인 할아버지의 명령도 있었지만 언제 아버지가 죽을지 몰라 어머니가 선택한 방법이기도 했다.

어머니는 당신의 배가 아니더라도 아버지의 피를 이은 아들을 낳아 복수를 하고 싶었는지도…….

그러기를 육 년.

음약과 약물에 찌들어 아버지는 그만 세상을 뜨고 말았다.

그동안 단 한 번도 의식을 되찾지 못해 임아영은 아버지의 따뜻한 눈빛을 다시는 볼 수 없었다.

그녀의 나이 그때 겨우 여덟 살이었다.

너무 어릴 때 아버지가 불구가 되어 이제 그녀가 기억하는 아버지의 모습은 작고 초라한 병자의 모습뿐이었다.

아버지의 상을 치르고 교의 분위기가 나락으로 떨어졌을 그 당시.

절망 속에서 희망이 떠오르는 것이 세상의 이치였을까.

어머니의 수태 소식이 전 교도들을 들끓게 했다.

그때 수아를 배지 않았다면 어머니마저 세상을 떴을지도 모를 상황이었다. 그만큼 그녀의 체력과 정신력은 약해져 있었다.

간신히 수아를 낳았지만 산통을 이기지 못해 어머니마저 세상을 떴다. 그때부터였다, 아홉 살 임아영이 임수의 엄마이자 누나가 된 것은.

서른이 넘도록 결혼을 안 한 것은 오로지 임수 때문이었다.

임수는 그녀에게 동생이었고 아들이었으며, 남편이었고 아버지였다. 임수는 그녀의 모든 것이었다.

그런 동생이 아버지처럼 불구가 되었다.

임아영의 아픔은 세상의 누구도 이해 못할 그런 찢어지는 고통이었다.

임수의 입이 천천히 열렸다.

눈에서 새파란 광망이 쏟아져 나올 듯했다.

"정작 아픈 건 제…… 자존심입니다."

씹어뱉듯 우울하게 말하는 임수의 머리를 임아영은 다정하게 쓸어주었다.

"제가 어리석었습니다. 누님도 계시고 수하들도 있는데, 동 할아버지하고 둘이서만 다녔던 건 제 실책이었습니다. 상대의 능력을 제대로 파악하지 못한 것도 제 미흡함 때문입니다."

"운이 없었을 뿐이다."

"일후를 회수하고 무맹에 타격을 입힌다는 기본 계획은 철저히 마치고 돌아갈 것입니다. 그리고 그놈은 절대 용서할 수가 없습니다."

"그래서 이 일을 계획한 것 아니겠니? 오늘 이 절곡에 들어선 놈들은 한 놈도 살아 돌아가지 못할 것이야."

"누님이 반대하지 않아서 천만다행입니다."

"내가 그럴 리 있겠니? 세상에서 제일 소중한 건 다름 아닌 너란다."

"누님……."

임아영이 머리를 쓰다듬어 주자 임수의 기분이 조금 나아진 듯했다.

빙긋 웃어주는 여유를 보이는 동생의 머리를 임아영은 꼬옥 안아주었다.

'네 팔을 자른 놈은 오체분시를 할 거야……. 네 팔이 잘릴 때까지 멍청하게 굴었던 동괴는 응분의 보상을 받을 거야……. 널 무시하는 놈들, 널 다치게 한 놈들, 널 잘못 모시는 놈들은 모조리 이 누나가 죽여 없앨 거야……. 걱정 말아라, 수아야. 아무도 우리의 복수를 막을 수는 없다. 아무도…….'

그녀의 두 눈에는 집착을 넘어선 광기가 희미하게 맴돌고 있었다.

*　　　*　　　*

괴수의 아가리처럼 쩍억 입을 벌린 어두운 절곡(絶谷)의 입구.

제갈우현은 그 앞에 서서 꿀꺽 침을 삼켰다.

'가르쳐 준대로 왔지만…… 참 들어가고 싶지 않은 곳이구나…….'

동선이 일행을 데려오라고 했던 바로 그 장소였다.

천리향을 진파에게 뿌려놓았다는 것은 동선이 가르쳐 준 거짓말에 불과했다.

이곳까지 무맹의 추적대를 유인해 오면 흑혈고의 발작을 영원히 멈추게 해주겠다 동선은 약속했다.

아버지를 위험에 빠뜨릴지도 몰라 거절하려 했지만 동선은 소름끼치도록 키득키득 웃을 뿐이었다.

이곳에서 기다리면 진파와 벽화를 몰아준다고 했던가.

진파만 무맹의 반역자로 만들어주면 아무도 건들지 않겠다고 말했다.

제갈우현으로서는 선택의 여지가 없었다.

그 말의 진위를 따질 여유도 제갈우현에겐 이미 없었다.

단 한 번 시연한 흑혈고의 발작은 두 번은 죽었다 깬 듯한 끔찍한 고통이었다. 누군가 가슴속에 손을 넣어 심장을 쥐어뜯고 찢어버리는 것만 같은 그 고통을 다시는 겪고 싶지 않았다. 다시는…….

　"이곳에 있느냐?"

　제갈청인의 목소리가 들렸다.

　아버지의 부름에 제갈우현은 즉각 고개를 돌렸다.

　"예. 이곳으로 들어간 듯합니다. 이 절곡 안을 샅샅이 수색하면 곧 놈들을 발견할 수 있을 겁니다."

　"무리했나 보구나. 호흡이 거칠다. 이걸 먹도록 해라."

　제갈우현의 호흡이 눈에 띄게 흩어진 것을 본 제갈청인은 품속에서 세가비전의 요상단을 꺼내 주었다.

　"감사…… 합니다, 아버지."

　"녀석, 새삼스럽게. 어서 들어가자."

　"예."

　수없이 갈등과 번민을 반복했지만 끝내 아버지께도 사실을 말씀드리지 못했다.

　천하제일의 지자(智者)라는 아버지였지만 흑혈고만은 해독할 수 없다는 것을 제갈우현은 잘 알고 있었다. 당문에서도 해독 불가로 공표한 고독(蠱毒)의 최고봉. 그것이 바로 흑혈고임을 제갈우현은 너무나 잘 알고 있었다.

　'죄송합니다, 아버지……. 하지만 아버지나 맹주님의 목적에 어긋나지는 않을 겁니다…….'

　태현 진인이 진파를 보던 음모의 눈빛. 그리고 자신의 말을 너무도 쉽게 믿어주었던 아버지.

그것이 무엇을 뜻하는지 모를 제갈우현이 아니었다.

동선의 말이 거짓이 아니라는 단서가 붙어야 했지만 제갈우현은 자신에게 유리한 쪽으로만 해석했다.

요상단을 복용한 제갈우현이 절곡의 입구를 통과하려 할 때였다.

태인 도장의 목소리가 그들의 발걸음을 막았다.

"이 절곡은…… 너무 위험해 보이지 않소이까?"

제갈청인이 태인 도장을 돌아보았다.

"다소간 위험이 있다 해도 이만한 무력으로 그것을 두려워할 필요가 있을까요?"

삼십여 명이 넘는, 무맹의 정예들만이 모인 추적대였다.

후발대로 합류한 인원들로 인해 더욱 강력해진 무력을 자랑했다. 웬만한 군소방파쯤은 지금 모인 이들만으로도 지상에서 지울 수 있을 정도였다.

"그것은 아오만, 절곡의 지형이 아무래도 매복에 적합해 보이오. 사전에 조사를 했으면 싶소만."

태인 도장의 말에 제갈청인은 빙긋이 눈웃음을 지었다.

"선발대를 보내자는 말씀이시오?"

"그렇소이다. 이렇게 몰려들어 가는 것보다는 낫지 않겠소이까?"

"누구를 보낼까요?"

"나와 철가장이 맡겠소이다."

태인 도장은 그의 옆에 철탑처럼 버티고 선 철극양을 돌아보았다.

철극양의 머리가 힘차게 끄덕여졌다.

"좋습니다, 형님."

"저희도 가겠습니다, 아버님."

철극양의 뒤에 선 철정과 선지애가 나란히 목소리를 높였다.

철정만 오려 했으나 선지애가 바득바득 우겨 동행한 터였다.

그들을 바라보던 제갈청인은 만면에 웃음을 담뿍 그렸다.

"그러니까…… 도장과 철가장 쪽에서 선발대를 맡으시겠다……?"

"그렇소."

"허할 수 없소이다."

"이유가 무엇이오?"

제갈청인은 학우선을 부치며 고개를 휘휘 저었다.

"그렇게까지 할 이유가 없기 때문이외다. 지금의 무력으로 매복 따위를 겁낼 이유가 없소. 더구나 그들의 인원은 기껏해야 삼 인. 열 배가 넘는 인원이 매복을 겁낸다는 게 말이 됩니까?"

제갈청인은 일고의 가치도 없다는 듯 발걸음을 뗐다.

"갑시다."

"군사!"

"지휘권은 내게 있소!"

홱 고개를 돌리며 날카롭게 말하는 제갈청인에게 태인 도장도 더 이상 반론을 제기하지 못했다.

가벼운 한숨을 쉰 태인 도장이 천천히 발걸음을 옮겼다.

제갈청인은 앞장서 절곡으로 들어가며 비릿한 웃음을 한껏 지었다.

'어디서 잔머리를! 너희가 들어가 놈들을 피신시키려 한다는 것을 내 모를 줄 알고? 후훗! 제갈청인은 너희 머리 꼭대기에 앉아 있다!'

삼십여 명의 그림자가 절곡의 어두운 입구를 통과해 꾸역꾸역 들어갔다.

그것은 마치 괴수의 아가리로 자진해 들어가는 제물의 모습처럼도 보였다.

절곡 안은 들어갈수록 점점 넓어지고 높아졌지만, 그에 비해 점점
어두워졌다.

절곡의 양편에 버티고 선 벼랑이 마치 머리라도 맞대듯 가까워지고
있었기 때문이다.

꼭 삼각 모양의 어둡고 긴 통로를 걸어가는 듯했다.

일행의 중간쯤을 걷고 있던 선지애는 옆에서 걷고 있는 철정의 곁에
바싹 붙었다.

"철랑…… 이곳은 너무 음침해요."

철정은 선지애의 어깨를 감싸며 토닥여 주었다.

"풀 한 포기 보이지 않으니……. 지애, 내 곁에서 떨어지지 마시오."

"알았어요."

박박 우겨 철정의 강호행에 동행한 참이었지만 선지애도 강호에 나
선 것은 이번이 처음이었다. 낮이라서 아름다운 외모를 회복한 상태였
지만 짙은 면사가 드리워진 모자를 눌러써 그녀의 얼굴은 쉽게 보이지
않았다.

"그런데…… 철랑, 벽화 동생이 정말 소수…… 마후일까요?"

철정은 작게 한숨을 내쉬었다.

"나도 믿고 싶지 않지만…… 저들의 증언이 있었지 않소. 진파가 속
고 있는지도 모르오."

철정은 턱 끝으로 자신들의 앞에서 비틀대며 걷고 있는 네 사람을
가리켰다.

하오광이 개를 몰듯 끌고 가고 있는 그들은 고전륜과 양린, 엄창직

과 칠무종, 바로 전륜파의 네 왈짜들이었다.

소수마후가 살인을 할 때 목격자가 있었음을 알아내고 철가장에서 찾아낸 이들이 바로 이들 넷이었던 것이다.

고전륜은 그들의 앞에서 소수마후의 진짜 정체를 안다고 떠들었고, 그것이 바로 이벽화였다. 이벽화의 뒤를 쫓아다닌 고전륜이었기에 사실 확인을 위해 무지막지한 방법을 동원했으나 고전륜이 거짓말을 할 이유도 없었고, 엉엉 울면서 십팔대 조상에 대한 것까지 술술 부는 그가 거짓말을 하는 것 같지도 않았다.

철극양은 깜짝 놀라 이를 무맹에 보고하였으나 진파가 소수마후로 추정되는 여인—이벽화—과 함께 있다는 사실을 듣고는 스스로 추적대에 합류했던 것이다. 진파를 설득시키려고 고전륜을 데려왔으나 양린 등은 스스로 이곳까지 따라온 터였다.

진파를 걱정해 철정과 선지애도 동행한 터.

철정의 눈빛이 어두워졌다.

"더 안 좋은 것은 진파가 아미와 세가의 제자들을 죽였다는 사실이오. 성질은 급해도 그렇게 막나가는 친구가 아닌데…… 이해할 수가 없소."

"하 사형은 그 얘기를 듣고 진 소협을 마치 무림공적처럼 취급하더군요."

"음……."

하오광은 평소 친분이 있었던 제갈우현의 말을 강력히 지지하며 나섰다가 철극양에게 단단히 혼이 났지만 여전히 진파를 공적인 양 취급하고 있었다.

잘못을 저질렀다 해도 대제자라며 갱생의 기회를 철극양이 준 것이었으나 철정은 하오광이 동행한 것이 여전히 마땅치 않았다.

이제 광풍검을 써도 좋다고 허락을 받은 만큼 하오광이 부담스럽지는 않았으나 마치 식탁에 똥파리 한 마리가 날아다니는 것처럼 불쾌하기만 했다.

'아버님의 실수야……. 저런 자가 철가장의 대제자라니…….'

철정은 철극양의 결정에 강하게 반대하지 못한 자신을 다시 한 번 질책했다.

진파로 인해 마음이 급하지 않았다면 끝까지 반대했을 터였지만 철극수마저 검법을 다듬어야 한다고 폐관에 들었던지라 그냥 묵인했던 것이 실수였다.

'한 번 더 철가장의 이름에 먹칠을 하면 내가 가만두지 않겠다!'

철정의 눈이 하오광의 등을 바라보며 침착하게 빛나고 있었다.

'과연!'

절곡의 끝에 다다른 듯, 더 이상 나아갈 길은 보이지 않았다.

백여 장도 넘어 보이는 거창한 절벽이 절곡의 끝을 막고 있었다.

그 벽에 기대어 머리를 숙이고 한 여인을 안고 있는 인물이 보이자 제갈청인은 눈을 빛냈다.

"겨우 도망간 곳이 이곳이더냐! 무맹의 동도들을 해치고 어디까지 피할 수 있을 것 같던가!"

승리감에 취한 듯 제갈청인의 목소리에는 흥이 섞여 있었다.

"귀가 따갑군."

나지막한 목소리가 울리며 고개를 숙였던 인물이 머리를 치켜들었다.

덥수룩한 머리칼과 온통 수염으로 덮여 있는 그 얼굴은 제갈청인이 화상(畫像)으로 확인한 진파가 아니었다.

재빨리 안고 있는 여인을 확인한 제갈청인은 무맹에서 보내온 화상을 꺼내 들고 비교했다.

눈을 감고 있었지만 이벽화가 맞는 듯했다.

확인을 위해 제갈우현에게 고개를 돌렸다.

"소수마후가 맞습니다."

아들의 대답에 제갈청인은 입가에 희미한 미소를 드리우고 유현을 다그쳤다.

"그대는 누군가? 진파라는 자는 어디 가고 그대가 소수마후와 함께 있는가?"

"상대의 신분을 물으려면 자기 이름을 먼저 밝히는 게 무림의 도리지. 아버지한테 배우지 못했나?"

제갈청인의 수염이 파르르 떨렸다.

제갈청인을 놀리고 있었지만 유현의 목소리는 어딘가 피로해 보였다.

결사의 각오로 소수마후들과 맞부딪쳤지만 그로서도 열두 명의 소수마후를 상대할 수는 없었다. 소수(素手)의 소나기 속에서 내상을 입고 말았던 것.

그를 죽일 마음은 없었는지 계속 한 방향으로 몰기만 해 어쩔 수 없이 이곳까지 들어온 터였다.

다시 정신을 잃은 벽화를 안고 막다른 곳까지 쫓겼을 때 소수마후들과 동선은 어디론가 사라진 후였다.

그 후에 들이닥친 무맹의 추적대.

'나와 이들을 상잔하게 하려는 수작인가? 허…… 벽화의 신분을 이미 짐작하고 있는 듯하니 어찌한단 말인가? 이대로 현성교의 손에 놀아나야 한다는 말인가? 말이 통할 만한 인물이 하나라도 있었으면…….'

제갈청인은 아니었다. 힐끗 본 것만으로도 편협한 그릇을 짐작한 유현은 자신의 막을 겹겹이 막아서는 인물들을 주욱 돌아보다 눈을 빛냈다.

"태인!"

유현의 목소리에 반가움이 묻어났다.

"뉘시기에 빈도를 아시오?"

"검에 미친 바보를 벌써 잊었는가? 아무리 이 꼴이 되었다고 해도 자네라면 알아줄 텐데?"

"검치 유현?"

"맞네. 자네 많이 늙었구만."

검치라는 말에 무맹의 추적대에 가벼운 소요가 일었다.

검에 미친 바보라는 별호를 달고 있었지만 뉘라서 그를 무시할 것인가. 검으로만 따진다면 항상 다섯 손가락 안에 꼽히는 강자가 바로 그였다.

죽은 줄만 알았던 검치를 뜻밖의 장소에서 만난 태인 도장이 반갑게 발걸음을 옮기려는데 제갈청인이 그의 앞을 막아섰다.

"접근하지 마시오."

"그는 검치요! 군사께선 그를 모르시오?"

"소문은 들었으나 만난 적은 없소이다. 저자는 지금 소수마후와 함께 있소. 어찌 저자를 믿을 수 있다는 말이오."

"군사!"

제갈청인은 품속에서 맹주령을 꺼내 들었다.

그것을 본 태인 도장이 신음 소리를 내며 말을 삼켰다.

유현은 설레설레 고개를 저었다.

"여전히 답답한 곳이군. 정말 정 안 가는 곳이야."

"순순히 소수마후를 넘겨준다면 그대의 신변은 보장하겠소."

"소수마후? 후후. 지금 소수마후라 했소?"

"부정할 셈이오? 우리에겐 증인이 둘이나 있소이다. 당가의 여식이 소수마공에 살해되었음을 이미 두 눈으로 확인까지 했소."

"허튼 소리!"

유현의 굳은 얼굴을 바라보던 제갈청인은 집법사령들에게 짧게 명했다.

"저자를 제압하라!"

"존명!"

집법사령들이 일제히 몸을 날리려는데, 우렁우렁한 유현의 목소리가 절곡에 울려 퍼졌다.

"멈춰랏! 적의 음모에 넘어갈 셈이더냐? 지금 우리가 싸운다면 현성교를 이롭게 하는 것밖에 안 돼!"

"현성교?"

집법사령들마저 놀라 발을 멈추었다.

추적대 내의 소요가 방금 전과는 비교할 수도 없이 들끓었다.

현성교가 부활했다는 것은 종남혈사 이후 은밀히 알려진 사실이었으나 그들의 종적을 본 사람은 이제까지 단 한 사람도 없었던 터. 유현의 말은 그만큼 충격적이었다.

"정말 현성교도를 보았소?"

"그들은 어디 있소?"

제갈우현은 중구난방으로 떠드는 일행의 목소리를 단숨에 제압했다.

"그마안!"

맹주령을 치켜든 그의 말에 모두가 입을 다물었다.

제갈청인의 눈은 유현을 향해 날카롭게 빛나고 있었다.

"현성교라니 무슨 말이오?"

유현의 눈이 추적대의 한 사람 한 사람을 돌아보았다. 그는 천천히 숨을 들이키고는 단숨에 이야기를 토해냈다. 뱃속에서 토해지는 단단한 음성은 누가 들어도 진실을 말할 것만 같은 목소리였다.

"진파와 헤어져 그를 찾아가던 중 소수마후 열두 명과 마주쳐 간신히 여까지 피해왔소. 그들을 지휘하는 자는 바로 동괴 동선이오. 이 절곡 어디엔가 그들이 은신해 우리를 지켜보고 있을 거요. 이것은 함정이외다. 빨리 이곳을 피해야 하오!"

돌연 제갈청인이 큰 소리로 웃음을 터뜨렸다.

"푸하하하하! 지금 그걸 말이라고 하오? 거짓말을 하려면 좀 그럴듯하게 하시오!"

"내 말은 진실이오!"

"당신이 안고 있는 그 여자가 바로 소수마후인데 도대체 무슨 말도 안 되는 소리요! 거기다 열둘이라니! 지금 그걸 믿으라고 하는 소리요?"

"군사! 무맹의 회의 때에도 확인한 사실이 아니오? 섬서의 각처에서 동시에 소수마후의 흔적이 발견되었소. 한 명이 아닐 수도 있지 않소이까?"

태인 도장의 말에 제갈청인은 고개를 흔들었다.

"이치에 맞지 않소. 저 여자가 소수마후임이 분명한데 현성교에서
어찌하여 저들을 공격한다는 말이오? 그리고 열둘의 소수마후? 만약
그 말이 사실이라도 저자가 살아 있는 것을 어떻게 설명한단 말이오!
저자는 시간을 끌고 있을 뿐이외다."

"정말 한 치 앞도 모르는 인간이군."

유현이 나직하게 한숨을 쉴 때, 제갈청인의 서슬 퍼런 명령이 떨어
졌다.

"저자를 제압하고 소수마후를 포박하라!"

"존명!"

이십여 명의 집법사령들이 일제히 유현을 향해 쇄도해 들었다.

"한심한!"

유현의 허리춤에서 검은 검기(劍氣)가 환상처럼 뿜어져 나오며 그들
을 막았다.

십여 년 만에 강호에 모습을 드러낸 환월십오식이 빛나는 월광을 뿌
렸다.

"큭큭! 병신 같은 놈들!"

동선은 절벽의 끝에 엎드려 절곡에서 벌어지는 싸움을 내려다보며
킥킥 댔다.

유현 홀로 이십여 명의 집법사령을 맞아 고군분투하고 있었다.

"짜식! 좀 더 힘을 빼놓을 걸 그랬나? 꽤 잘 버티는데?"

아직 추적대의 수뇌부라 할 수 있는 이들이 나서진 않았지만 유현은

정말 성난 호랑이처럼 집법사령들을 상대하는 중이었다.

"이렇게 되면 재미가 없잖아. 좀 더 재밌게 해주지."

아이처럼 손뼉을 친 동선이 품 안에서 검은 광택이 은은히 도는 호각을 꺼내 들었다.

호각을 입에 문 동선이 볼을 부풀렸다.

아무 소리도 나지 않았으나 그의 볼은 일정하게 부풀었다 줄어들었다를 반복하고 있었다.

"어쭈? 버텨?"

동선이 다시 킥킥댔다.

"이년아! 넌 거부하지 못해. 소수마후가 괜히 마녀라고 불리는지 아느냐? 킥킥!"

동선의 눈에 장난스런 기쁨이 떠올라 물결쳤다.

동선의 볼이 다시 부풀기 시작했다.

그의 주위에는 머리까지 검은 피풍의를 눌러쓴 열두 명의 소수마후가 굳은 채 우뚝 서 있었다.

'아아악!'

벽화는 뇌리를 찢어발기는 듯한 고통에 번쩍 눈을 치켜떴다. 온몸이 부들부들 떨렸다. 의지를 넘어선 충동을 이기느라 벽화는 최선을 다하는 중이었다.

유현의 등이 보였다.

소수마후 열둘을 상대하기에는 버거웠지만 집법사령 이십여 명을 상대하는 환월십오식은 눈부실 정도였다.

검광이 미치는 범위가 오 장을 넘어섰다.

이십여 명의 공격을 그 자리에서 상대하면서도 유현은 침착하기 짝이 없었다. 전혀 내상을 입은 사람 같지 않았다.

간간이 왼팔의 쇠사슬을 휘두르며 집법사령들의 접근 범위를 제한하고 있는 유현.

그러나 유현은 자기 실력을 맘껏 발휘하지 못하고 있었다.

바닥에 뉘어놓은 벽화를 보호해야 했기에 장기인 신법을 전혀 살리지 못하고 있었던 것.

파앗—!

유현의 어깨에서 핏방울이 튀었다.

'피……!'

벽화의 눈에 서서히 실핏줄이 빨갛게 드러나기 시작했다.

'아아…… 아름다워……. 더…… 더…… 피가 더 필요해…….'

가슴이 세차게 뛰었다.

폭주하는 마차마냥 쿠콰쾅 뛰는 심장이 벽화의 이지를 점점 흐리게 만들었다.

머리를 가득 채우는 것은 피에 대한 갈망과 욕구뿐.

'머리를 터뜨리면 아름다운 피가 잔뜩 튀겠…… 지? 아아…… 안 돼! 아저씨야!'

다시 뇌리를 울리는 극력한 통증이 몰려왔다.

벽화의 눈이 점점 붉게 충혈되기 시작했다.

'아아…… 피가 그리워…….'

유현의 양 어깨가 파샷 하고 갈라지며 핏방울이 튀었다.

허공을 날아 자신의 얼굴로 떨어지는 핏방울을 벽화는 홀린 듯 바라보았다.

'모자라…… 모자라……. 한꺼번에 폭포수처럼 터지는 피 맛을 보고 싶어!'

벽화의 손이 스르르 움직이기 시작했다.

등을 돌린 유현은 전방에 신경을 쓰느라 벽화의 변화를 눈치 채지 못하고 있었다.

"타아아아아아압!"

유현의 강력한 기합성이 절곡을 가를 때, 벽화가 천천히 몸을 일으켜 앉았다.

제20장 절곡혈투(絶谷血鬪)

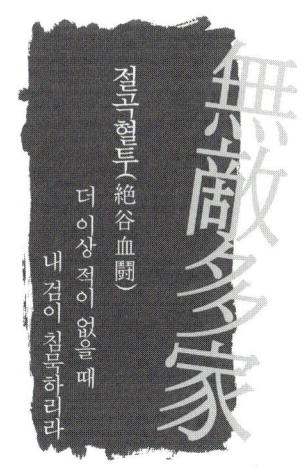

無敵多家

절곡혈투(絶谷血鬪)

더 이상 적이 없을 때
내 검이 침묵하리라

벽화의

손이 서서히 들렸다.

어깨가, 팔이, 손목과 손가락이 부들부들 떨리고 있었다.

새빨갛게 충혈된 눈은 극심한 고통과 번민을 드러냈지만 머리
속은 점점 새빨간 피만을 그리워하고 있었다.

'아…… 안 돼에에!'

억지로 손을 끌어내리려 했으나 이제는 온몸이 부들부들 떨려
온다.

그때였다.

"윽!"

유현이 그답지 않게 신음을 터뜨렸다.

신법을 전개하지 못하고 제자리에 선 채 수비만 하다 보니 그
의 능력을 온전히 발휘할 수 없었던 것. 내상을 입은 채 이십여

명을 상대로 여태 버틴 것도 유현이기에 가능한 일이었다.

한 치나 베어져 나간 유현의 어깨에서 쫙 하고 피가 튀었다.

한줄기 검붉은 핏줄기가 유현의 뒤에 서 있던 벽화를 향해 그대로 날아갔다.

'……!'

벽화를 향해 날아간 유현의 핏줄기는 벽화의 얼굴에 정통으로 뿌려졌다.

'피!'

벽화가 온몸을 부들부들 떨기 시작했다.

벽화의 고개가 하늘을 향해 있는 대로 젖혀졌다.

"까아아아아악~"

벽화의 처절한 비명이 절곡을 가득 메웠다.

"이제 시작이군."

동선이 비릿한 웃음을 머금었다.

"피의 정복자가 되는 게 내 딸인 네 운명인 게야. 킥킥."

유현이 벽화의 비명에 놀라 뒤를 돌아보다 엄중한 상처를 입으며 뒤로 튕겨나는 것이 눈에 보였다.

그런 유현을 벽화가 받아 안는 모습이 보였다.

유현을 뒤에서 받친 벽화의 손이 높이 들리는 것이 보였다.

"그래! 그놈부터 죽여라! 어서!"

동선의 입에 유쾌한 웃음이 떠올랐다.

"우히히! 저놈 얼굴을 가까이서 봐야 하는데……."

동선은 더 볼 필요도 없다는 듯 엎드린 바닥에서 몸을 일으켜 자신의 주위에 서 있는 소수마후들을 둘러보았다.

"드디어 일후가 우리에게로 돌아오나 보다. 니들 대장이 오는구나. 큭큭. 성대한 환영식을 준비하자꾸나. 니들 오늘 배가 터지도록 먹을 게야. 몇 놈 빼곤 죄다 쓸 만한 놈들만 왔으니 맘껏 포식해라. 흐흐."

동선은 한 명 한 명 가슴을 만져 주고 엉덩이를 쓸어주며 사열이라도 하듯 소수마후들의 사이를 지나쳤다.

벽화와는 달리 의식이 전혀 없는 소수마후들은 그런 동선의 손길에도 뻣뻣이 서 있을 뿐이었다.

"흐흐. 벽화 년은 이렇게 뻣뻣하지 않을 게야. 더 재미있겠지. 쿡쿡쿡."

다시 절벽 끝으로 돌아온 동선은 호각을 꺼내 입에 물었다.

"슬슬 시작…… 응?"

아래를 내려다보던 동선의 눈이 커졌다.

뜻밖의 광경이 그의 시선을 붙잡았다.

"이런……!"

동선의 얼굴이 와락 일그러졌다.

유현은 허공에 뿌려진 피가 얼굴에 떨어지는 것을 느끼며 흐릿한 눈으로 벽화를 바라보았다.

"왜……?"

벽화는 오른손을 자신의 어깨에 꽂고 있었다. 유현의 얼굴에 떨어진 피는 바로 벽화의 것이었다.

소수마후의 철벽 같은 몸도 절정에 달한 소수마공은 견딜 수 없었던 듯 네 손가락이 모두 뿌리 끝까지 어깨를 깊숙이 파고들어 있었다.

"아, 아저씨…… 그 늙은이가 절 조정하나 봐요……. 어서 도망가요……."

"벽화야……."

짧은 한마디로도 유현은 모든 상황을 짐작할 수 있었다.

자신을 해치기 싫어 스스로 어깨를 찌른 벽화의 마음이 유현의 가슴을 흔들었다.

유현은 피에 절은 오른팔을 들 수 없자 왼팔로 벽화의 어깨를 감싸 안았다.

철철 피를 흘리면서도 우두커니 서 있는 벽화를 품에 안고 유현은 다정히 등을 두드려 주었다.

뜻밖의 상황에 집법사령들도 모두 공격을 멈춘 상태였다.

벽화의 처절한 비명 때문에 위험을 무릅쓰고 뒤를 돌아보았던 유현. 그는 치명상에 가까운 엄중한 부상을 입었지만, 어쩐지 비장한 두 사람의 분위기에 집법사령들조차 바라만 보고 있었다.

유현이 쿨럭 목을 꿈틀거리며 죽은 피를 뱉어냈다.

실로 오랜만에 겪는 육체적 고통. 오랜 세월 동안 정신적 고통에만 시달렸던 유현에겐 생경한 아픔이었다.

"벽화야……."

"예에……?"

자신의 몸을 자해함으로써 피의 유혹을 간신히 벗어났지만 아직도 벽화의 정신은 혼몽한 상태였다.

유현은 벽화의 얼굴에 묻은 피를 닦아주며 다정하게 웃어주었다.

"넌 정말 멋진 여자야. 너 같은 여자를 위해 죽는 것은 사내의 영광이지."

"아저씨……."

그때 제갈청인의 명령이 싸늘하게 울렸다.

"무엇 하나? 저들을 어서 제압해!"

집법사령들이 주춤거리며 다시 움직이려 하자 유현은 벽화에게서 떨어져 한걸음 앞으로 나섰다.

"아저씨……."

"넌 거기 있어. 동괴 놈이 어떻게 했는지는 모르겠다만 다시 그럴 것 같으면 이번엔 어깨 말고 엉덩이를 찔러라. 거기가 살이 더 많아."

그 와중에도 농담을 한 유현은 흔들리는 몸을 굳건히 세웠다.

유현이 닦아주긴 했지만 아직도 시뻘건 피로 덮인 벽화의 눈에 뿌옇게 흐린 물막이 서렸다.

유현이 죽음을 각오하고 마지막 승부수를 띄우려 한다는 것을 느낌만으로도 알 수 있었던 것이다.

유현이 벽화를 등진 채 나직하게 말했다.

"꼭 진파를 만나게 해주마. 내 검치의 명예를 걸고 약속한다."

나머지 말은 심어(心語)로 전해져 벽화의 뇌리에 단단히 심어졌다.

혹시라도 벽화가 기억하지 못할까 봐 무리를 해서 전한 심어.

벽화는 평생토록 유현의 이 한마디를 기억할 것이다.

[진파가 나타나면 날 죽이라고 해라. 이걸 쓰면 다신 정신을 회복하지 못할 게야. 녀석은 꼭 이곳으로 올 거다. 녀석을 믿어라!]

그 말을 끝으로 유현의 몸에서 엄청난 마기가 폭발하듯 치솟기 시작했다.

진파가 무적심공으로 마기를 깨뜨렸지만 마지막 마성이 아직도 단

전에 잠재하고 있었던 것.

시간을 두고 차츰 없앨 생각이었지만 이것을 이런 식으로 사용하게 될 줄은 유현도 알지 못했다.

잠재된 마성을 폭발시켜 그 힘으로 벽화를 지킬 생각이었다.

뜻밖의 마기에 집법사령들도 잔뜩 긴장을 한 채 유현을 응시하고 있었다.

유현의 눈이 뻘겋게 달아오르기 시작했다.

그의 입에서 무시무시한 마성이 터져 나왔다.

카아아아아~

유현의 머리카락이 올올이 곤두서기 시작했다.

바로 그때였다.

절곡의 입구에서부터 엄청난 고함이 길게 여운을 끌며 울려 퍼진 것은.

불문의 사자후(獅子吼)처럼 웅대한 기상이 흘러넘쳐 절곡 안이 우르르 흔들렸다.

모두의 시선이 일제히 절곡의 입구 쪽으로 향했다.

"멈춰어어어어어어~!"

처음 들릴 때는 입구에 가까웠으나 삽시간에 고함 소리가 점점 커졌다.

절곡의 벽에서 투두둑 돌멩이들이 떨어져 내리기 시작했다.

공력이 약한 추적대의 일원들이 고막을 움켜쥐며 바닥을 뒹굴었다.

엄청난 속도로 가까워지는 고함 소리에 희번덕거리며 돌아가려던 유현의 눈이 서서히 제자리를 찾기 시작했다.

'……!'

그 정도 크기의 정대한 공력이 담긴 일성(一聲)이 아니었다면 유현은 영원히 마성에 사로잡혀 자신을 잃을 뻔했다.

유현의 얼굴에 희미한 미소가 피어오르기 시작했다.

유현의 몸에서 시시히 그 끔찍했던 마기가 사라져 갔다.

초점을 되찾아가는 그의 눈에 절곡의 벽을 사선으로 달리며 엄청난 속도로 가까워지는 검은 그림자가 보였다.

옷깃이 찢어질 듯 파라락거린다.

두 눈을 부릅뜨고 필사적으로 신법을 전개하는 그 모습은 유현이 익히 아는 풍협의 얼굴과 그대로 닮았다.

진파였다.

'저 녀석…… 저렇게 멋지게 생겼었나……?'

그 생각을 끝으로 유현은 우뚝 선 채 정신을 잃고 말았다.

유현과 벽화가 동선과 일장을 겨룬 곳을 발견한 진파는 두 사람이 위험에 직면했음을 즉각 깨달았다.

그때부터 자신이 가진 모든 능력을 발휘해 여기까지 최고 속도로 달리고 또 달렸다.

모든 내공을 용천혈로 쏟아 부으며 그야말로 최선을 다해 달린 것. 다시 그 속력으로 그 거리를 주파하라면 아마도 하지 못할 것이다.

유현이 모든 능력을 다해 달렸던 반나절 거리를 따라잡은 것만 보아도 진파가 얼마나 다급히 달려온지 알 수 있을 터!

절곡의 입구가 가까워지면서 어두운 통로를 뚫어보기 위해 진파는 안공(眼功)을 최대한 끌어올렸다.

그리고 보았다.

한바탕 격투가 절곡의 끝에서 벌어지는 것을.

그 끝에 피 칠갑을 한 채 서 있는 유현이 보였다.

등 뒤의 벽화를 막고 서 있어 벽화는 잘 보이지 않았지만 유현이 저 정도라면 벽화만은 무사할 듯했다.

유현은 그런 사내였다.

그러나 상황은 너무나 급박했다.

어찌 된 일인지 유현의 몸에서 다시 마기가 치솟고 있었다.

유현이 마성에 빠져들려 하는 듯 보였다.

진파는 모든 내공을 끌어올리며 길게 호통을 내질렀다.

무적심공이 운용된 세상의 무엇보다 강하고 정대한 기운이 그의 입을 통해 절곡을 통째로 흔들었다.

무맹의 인물들이 귀를 막으며 땅을 뒹굴었지만 진파는 개의치 않았다.

중요한 것은 유현을 구하는 것.

'유 수욱—!'

마기와 무적심공은 역시 상극이었던 듯 유현의 몸에서 서서히 마기가 사라져 감을 보고, 진파는 겨우 한숨을 내쉬며 사자후를 멈추었다.

그를 바라보는 삼십여 명의 멍한 눈은 안중에도 없었다.

진파는 절벽의 사면을 달려 그들의 머리 위를 통과했지만 너무도 뜻밖의 등장에 무맹의 추적대는 멍하니 진파의 신위(神威)를 바라만 볼 뿐이었다.

백 장이 넘게 떨어진 절곡의 입구에서 한소리 호통만으로 모두를 얼어붙게 했다.

이 거대한 절곡을 뒤흔들 정도로 정심한 공력.

견디지 못한 자들이 고막을 틀어막고 뒹굴었다. 조금만 더 고함 소리가 이어졌다면 엄중한 내상을 입을 자도 상당수였을 것이다.

마침내 진파가 유현의 앞에 내려섰다.

"유 숙!"

그의 눈엔 벽화를 위해 고군분투한 것이 분명한 유현만이 있었다.

뒷전에서 웅성거리는 추적대의 음성은 하나도 들리지 않았다.

황급히 유현의 상세를 살피던 진파는 작은 미소를 지었다.

의식은 잃었지만 무사했다.

잘만 치료하면 단단한 유현은 곧 정상으로 회복할 것이다.

그러나 유현의 뒤를 바라보던 진파의 얼굴은 그대로 딱딱하게 얼어붙었다.

어깨와 얼굴을 온통 피로 물들인 벽화가 유현의 등 뒤에 딱 붙어 정신을 잃은 상태였던 것.

진파의 고개가 무맹의 추적대를 향해 홱 돌려졌다.

이마에서부터 시뻘겋게 피어오른 핏빛 얼룩이 눈자위를 타고 삽시간에 내려와 콧등까지 뻐얼겋게 물들였다.

마치 얼굴의 반을 핏빛 가면으로 눌러쓴 듯한 기이한 모습.

무시무시한 살기를 뿜어내며 진파가 소리쳤다.

"다 죽여 버리겠어!!"

"저놈이냐?"

"……예."

절곡 안에서 날뛰는 진파를 바라보며 임수가 부드득 이를 갈았다.

임아영이 임수의 어깨에 손을 얹었다.

"저런 상대에게 당했다면 크게 부끄러워할 것이 없단다."

임아영의 눈은 진파에게 고정되어 있었다.

이십여 명의 집법사령들이 차륜진을 펼쳐 진파를 상대하고 있었지만, 연혼사에 걸린 대부분의 무기들은 단번에 수수깡처럼 잘려 나갔다.

몸을 날려 그들을 친다면 단숨에 도륙할 수도 있어 보이건만 진파는 유현의 앞에 떡 버티고 서서 단 한 걸음도 움직이지 않았다.

"누님은 지금 저놈을 칭찬하시는 겁니까?"

"내가 너에게 말했지 않니? 적을 인정해야만 적을 꺾을 수 있다고. 기억하니?"

"……."

"너는 내게 자만심 때문에 팔을 잃었다 말했지만 아직도 그걸 완전히 인정하지는 못한 모양이구나. 보거라. 얼굴빛이 저리 변할 정도로 흥분했지만, 저 둘을 지키기 위해 그 자리에서 움직이지 않고 있다. 아무나 저렇게 할 수 있는 게 아니지 않니?"

다정한 어조였지만 임아영의 나직한 말은 그 어떤 꾸짖음보다 날카롭게 임수의 가슴을 후볐다.

임수는 짙은 신음을 뱉어내며 임아영의 말을 어렵게 인정했다.

"누님의…… 말씀대로입니다……."

"저자의 연혼사에 당한 거니?"

"아닙니다……. 저놈의 검은…… 연혼사만큼이나 날카롭습니다."

임아영의 얼굴에 미소가 떠올랐다.

"옳지. 그렇게 상대를 인정해야만 상대의 능력을 바로 볼 수 있다. 그래야만 그자의 목을 따 뭉개 버릴 수 있는 거야."

"명심하겠습니다."

임아영의 시선이 다시 진파를 좇았다.

"그나저나…… 정말 상당한 자로구나. 솔직히 나도 저 정도일 거라고는 예상하지 못했다. 과연 무적다가야. 저 상태라면 무맹과 저들을 상잔시킨다는 애초의 계획은 성사시키기 어렵겠다."

"아직 무맹 쪽 고수들은 관망만 하고 있습니다."

제갈청인과 태인 도장 등을 가리키며 임수가 말했다.

"그들 중 일부는 저자의 편이라면서?"

"제갈청인 말고는 그럴 것입니다."

"미묘한 상황이야. 뭔가 계기를 만들어줘야 해."

"계기라……."

"좋은 생각이 있니?"

"마침 좋은 재료가 있지요."

임수가 빙긋이 웃음을 보냈다.

임아영의 얼굴에 흡족한 미소가 떠올랐다.

"그래야 내 동생이지. 이제야 너답구나."

"모두 누님 덕분입니다."

"그럼 우리 수아의 솜씨를 좀 볼까?"

"재미있을 겁니다."

임수는 무맹의 일원들이 몰려 있는 어느 한곳을 뚫어져라 바라보며 나직이 주문을 외기 시작했다.

"옴 치림 옴 치림 옴 치림 옴 치림 옴 치림 옴 치림 옴 치림 옴 치림 옴 치림……."

짧지만 고저 장단이 뚜렷한 주문은 목이 아니라 뱃속, 그 속에 단단히 웅크리고 있는 지옥의 마물(魔物)에서 흘러나오듯 음울하고도 짙은 살기가 배어 있었다.

임수가 손가락을 들자 미미한 검은 연기가 안개처럼 피어올랐다가 허공에 흩어져 사라졌다.

임수의 주문이 점점 빠르고 급박하게 이어졌다.

"저럴 수가……!"

제갈청인이 입을 떠억 벌리고 어처구니없다는 얼굴을 하고 있었다.

스물이 넘는 집법사령들.

그들이 누구던가.

맹주 직속의 감찰부대와도 같은 존재들이다.

각 대문파의 문제나 문파 간 갈등을 해결하기 위해 조직된 집단이니만큼 무맹 내의 그 어느 곳보다 막강한 무력을 자랑하는 곳이었다.

그런 그들이 마치 채찍에 쫓기는 망아지와 같은 꼴로 진파에게 휘둘리고 있었다.

손목에서 뽑아낸 스무 줄기의 연혼사에 부딪친 건 무엇이든 잘려 나갔다.

칼도, 검도, 창도, 아무것도 연혼사를 막을 수 없었다.

만일 진파가 유현이 기절해 선 곳을 막아서고 있지 않았다면 유현이나 벽화를 인질로 위협해 볼 수도 있었건만 그러한 틈도 용납하지 않았다.

진파의 쩌렁쩌렁한 일갈이 울려 퍼졌다.

"덤벼!! 덤비란 말야! 이 비겁한 새끼들아!!"

이제 거의 모든 무기를 잃은 집법사령들은 벽공장만을 사용해 진파를 공격했으나 연혼사의 사정거리 안으로는 감히 들어가지도 못하고 있었다.

'검치가 정신이라도 차린다면 상황은 더 어려워지겠구나. 저자가 수비가 아니라 공격을 해올 것 아닌가……? 돌파구가 필요해…….'

제갈청인이 생각에 잠겨 있는 사이.

제갈우현은 아비 옆에 딱 붙어서 진파를 지켜보고 있었다.

'전보다 훨씬 더…… 강해졌다…….'

진파의 무공진경은 눈으로 보면서도 믿을 수 없을 지경이었다.

한 달도 안 되는 사이 세 번을 만났으나 그때마다 그의 모습은 일신 우일신(日新又日新), 볼 때마다 가공할 성장을 보이곤 했다.

'저건 괴물이야…….'

은밀히 절곡 주변을 살펴보았으나 그가 찾는 동선의 모습은 보이지 않았다.

'그 늙은이가 시키는 대로 했는데…… 왜 아무 소식이 없는 거야? 전음이라도 보내줘야 할 거 아냐……? 이제 해독을 시켜주는 거겠지? 아니면 내 손으로 저 괴물 같은 작자를 없애기라도 하라는 거야……?'

진파가 입이라도 벌려 자신의 무고함을 주장하면 어찌 될까 전전긍긍했건만 진파는 그럴 마음이 전혀 없어 보였다.

자신과 고전륜이라는 자가 증인이 되어 이벽화가 소수마후임을 밝히면 되겠지만 태인 도장이나 철가장처럼 무적다가의 편에 설 인물들도 다수 있었기에 불안한 심정이 컸다.

이제 그 점만은 안심이었다.

'저렇게 날뛰는 게 나한텐 유리하긴 한데 말이야……. 응?'

제갈우현은 갑자기 뱃속에서 피어오르는 이상한 기운에 흠칫 몸을 떨었다.

창자 속에 무언가가 빠르게 퍼지듯 뱃속이 간지러워지기 시작했던 것이다.

'이게 뭐……? 컥!'

갑자기 내장이 끊어진 것처럼 견딜 수 없는 통증이 몰려왔다.

제갈청인에게 말을 하려 했으나 제갈우현의 입은 탁 닫히고 말았다.

제갈우현의 눈이 찢어질 듯 커졌다.

자신의 몸이건만 자기 마음대로 움직일 수가 없다.

마치 거인의 손이 꽈악 몸을 쥐어짜는 것처럼 부동사세로 선 제갈우현은 엄청난 압력에 온몸이 터져 나갈 듯했다.

'흐…… 흑혈고(黑血蠱)!'

자신의 의지와 무관하게 성큼성큼 앞으로 나서는 제갈우현의 몸.

마치 더 이상 전황이 늘어짐을 참을 수 없다는 듯 용감하게 돌진하는 모습이었다.

제갈청인은 휙 하고 자신의 곁을 떠나는 아들을 보곤 급하게 말렸다.

"우현아! 기다려라!"

그러나 제갈우현은 그 말을 듣지 못한 듯 벌써 전권으로 접어들고 있었다.

"우현아!"

제갈청인이 아들을 꾸짖듯 불렀으나 제갈우현은 결코 뒤를 돌아보지 않았다.

제갈청인은 몸을 날리려다 그 자리에 멈춰 서고 말았다.

자신은 추적대의 수장이며 무맹의 군사이다.

혈연에 연연해 지휘자가 추한 몰골을 보일 수는 없다는 생각이 제갈청인을 붙잡았던 것.

'저 녀석에게 무슨 생각이 있는 것이겠지. 믿어보자.'

전혀 생각지도 못했던 천리향을 들고 나와 추적대의 숨통을 틔워주었던 기특한 맏아들을 생각하며 제갈청인의 눈은 제갈우현의 등을 좇고 있었다.

진파는 두 다리에 잔뜩 힘을 주고 유현의 앞에 버티고 서 있었다.

유현과 벽화가 모두 의식을 잃은 상태였기에 진파는 그곳을 떠날 수 없었다.

머리가 터져 나갈 것 같은 분노가 온몸을 휘감고 있었지만, 진파는 끊임없이 자신에게 주문을 걸고 있었다.

'조금만 참아! 조금만! 유 숙이 정신을 차려 약간의 진력만 회복하면 저 자식들을 모조리 쓸어버리는 거야! 조금만 참아!'

연혼사 스무 가닥을 모두 사용하고 있었으나 두 팔의 궤적을 따라 두 줄기로 움직이던 예전의 연혼사가 아니었다.

스무 가닥 각각이 혼이라도 담고 있는 듯 이십여 명의 집법사령들을 휘몰아치고 있었다.

유현의 도움으로 깨달은 변검의 원리를 적용해 연혼사를 쓰고 있었던 것.

벌써 연혼추에 격중되어 다섯 명이 의식을 잃은 상태였다.

그러나 진파는 그 결과가 만족스럽지 않았다.

'제엔장! 연혼추를 떼내는 건데! 이젠 연혼추가 방해가 되는구나!'

애초에 연혼사엔 추가 달려 있지 않았다. 기관으로도 발출시킬 수 있고 내공으로도 발사할 수 있었지만 처음 연혼사를 받았을 당시엔 진파가 너무 어려 연혼사를 제대로 사용할 수 없었다.

그래서 공철이 달아준 것이 연혼추.

끝에 추가 달려 있어 살상력을 떨어뜨리긴 했지만 그만큼 손쉽게 다룰 수가 있었다.

그러나 이제 진파에겐 연혼추가 방해가 되었다.

연혼추만 아니었다면 연혼사에 진력을 실어 찌르는 공격도 가능했을 터인데.

진파는 무기만 베어버리고 상대를 완전히 제압하지 못한 것이 연혼추 탓임을 분명히 자각하고 있었다.

'약간의 기회만 생기면 연혼추를 떼어내자!'

그때였다.

집법사령들의 틈으로 참으로 밉살스런 얼굴 하나가 모습을 드러냈다.

열정 사태를 격퇴시킨 후 벽화가 말리지만 않았다면 그때 죽였을 놈.

무맹에 더 이상 자신을 쫓지 말라고 알리라며 목숨까지 살려줘서 보냈던 제갈우현이었다.

"네놈이 벽화를 이렇게 만든 원흉이구나!"

그렇게 좋게 좋게 말했건만 다시 추적대에 합류해 무맹의 첨병 노릇을 하다니!

진파는 주변을 힐끔 보다 발밑에 놓인 돌멩이를 발견하고는 그것을 허공으로 차 올려 띄웠다.

연혼사는 모두 상대를 정하고 있어 지금 궤도를 바꿀 순 없었다.

그러나 그 짧은 시간 동안에도 제갈우현이 눈앞에서 깝작대는 꼴만은 절대 봐줄 수 없었다.

진파는 눈앞에 떠오른 돌멩이가 가라앉길 기다려 그것을 힘껏 후려 찼다.

"죽어! 새꺄!"

쐐액—

단단한 차돌멩이가 엄청난 속도로 제갈우현을 향해 날아갔다.

제갈우현은 마치 돌멩이가 보이지 않기라도 하듯 거침없이 걸어오다 그대로 인중을 강타당했다.

퍼억!

제갈우현이 비명도 지르지 못하고 뒤로 나자빠졌다.

"후후."

임수의 눈에 짙은 웃음이 떠올랐다.

"저놈이 도와주는군요. 누님, 이제 재미있는 걸 보시게 될 겁니다."

임아영이 손뼉을 쳤다.

"이제야 네 생각을 알겠구나! 간단하고도 멋진 차도살인지계(借刀殺人之計)다!"

"감사합니다, 누님."

임수의 입에서 다시 그 어둡고 음침한 주문이 빠르게 흘러나오기 시작했다.

"옴 치림 옴 치림 옴 치림 옴 치림 옴 치림 옴 치림 옴 치림 옴 치림……."

"우현아!"

제갈청인의 외침을 들었는지 제갈우현이 비틀비틀 일어나기 시작했다.

돌멩이에 인중을 얻어맞아 앞니는 박살이 나 흩어졌고 입술에선 붉은 피가 뚝뚝 떨어져 내렸다.

그 얼굴을 하고는 고개를 돌려 제갈청인을 멍하게 바라보았다.

제갈우현의 눈에서 눈물이 흘러내렸다.

'으으……'

육체의 고통도 이젠 느껴지지 않았다.

몸은 여전히 누군가의 조정에 의해 멋대로 움직일 뿐.

뱃속을 휘달리는 흑혈고의 질주는 이제 아픔도 느껴지지 않았다.

온몸이 만신창이가 된 상태.

제갈우현은 제갈청인을 바라보며 그렇게 눈물을 뚝뚝 흘렸다.

'도와주세요…… 아버지……. 제에발……!'

제갈청인은 어처구니없는 표정으로 아들을 바라보고 있었다.

저게 무슨 꼴이란 말인가!

던진 것도 아니고, 발로 찬 돌멩이에 얻어맞아 땅을 뒹군 것도 수치스러운데 댓 살 먹은 꼬마처럼 아비를 보며 눈물을 흘리다니!

한바탕 꾸짖으려 입을 벌리려는데 아들의 모습이 심상치 않았다.

투둑. 투둑. 투투투투둑.

무언가 물방울 같은 것이 떨어지는 소리가 요란하게 들려왔다.

제갈우현의 발밑이 홍건해지고 있었다.

노오란 오줌발이 제갈우현의 바지를 뚫고 폭포수처럼 흘러내리고 있었다.

"노옴!"

마침내 분노를 참지 못한 제갈우현이 고함을 질렀다.

집안 망신도 유분수지, 오줌까지 갈기다니!

"저, 저……!"

하오광에게 붙들려 꼼짝도 못하던 고전륜의 눈이 휘둥그레졌다.

제갈우현의 오줌은 오줌만이 아니었다.

검게 변색된 피가 섞여 오줌의 색깔이 점점 변하고 있었다.

"우웩!"

제갈우현의 입에서 한 사발은 족히 넘을 핏덩어리가 뿜어져 나왔다.

역시 검게 변색된 피…….흑혈(黑血)이었다.

"우현아!"

깜짝 놀란 제갈청인이 번개같이 몸을 날렸다.

제갈우현의 몸을 잡은 제갈청인은 날렵하게 몸을 뒤틀어 그대로 전권 밖으로 물러났다.

바닥에 눕힌 제갈우현을 둘러싸고 후미에 남아 있던 추적대의 일원들이 비잉 둘러섰다.

"우웩!"

제갈우현이 토해내는 피가 점점 많아졌다.

제갈청인은 재빨리 제독단(制毒丹)을 복용하고 아들에게도 먹이려 했으나 제갈우현은 아무것도 삼킬 수 없었다.

꾸역꾸역 피를 토해내는 사람이 무엇을 삼킬 수 있겠는가.

두 눈과 콧구멍, 양 귀에서도 검은 피가 흘러내렸다.

제갈청인이 미친 듯 손을 휘둘러 제갈우현의 전신 대혈을 점하기 시작했으나 토혈의 속도를 늦출 수는 없었다.

"컥!"

제갈우현의 머리가 발딱 세워졌다.

눈꼬리에서 검은 피눈물을 흘리던 제갈우현이 제갈청인의 옷깃을 와락 움켜잡았다.

"우현아!"

"복… 수……."

그 말을 끝으로 제갈우현의 고개가 힘없이 떨어졌다.

제갈청인은 천하제일 지자라는 그의 명성답지 않게 하늘을 보며 절규했다. 생전 흐를 것 같지 않던 눈물 한줄기가 그의 눈에서 흘러내렸다.

"우현아아~!"

"오오! 정말 멋지구나! 언제 저렇게 개량해 놓은 거니?"

임아영의 찬탄에 임수는 흐뭇하게 웃었다.

"꽤 힘들었지요. 시간을 조절해야만 흑혈고를 사용할 수 있는 게 너무 갑갑해서 밀교 수법을 연구했습니다. 얼마 전 접목에 성공했지요."

"한데 걱정이구나. 저렇게 모두의 앞에서 피를 토하고 죽었으니 피 속에 흑혈고가 섞여 있지 않을까?"

임수가 큭큭 낮은 웃음을 터뜨렸다.

"평생 뒤져 봐도 한 마리도 발견할 수 없을 겁니다. 예전엔 흑혈고가 피 속에 남아 있었지만 이젠 모두 죽어서 녹아버리게 해놓았지요. 어떤 놈도 그 피 속에서 흑혈고의 잔해를 발견하지는 못합니다."

"정말 대단하구나! 네가 자랑스럽다!"

"감사합니다, 누님. 이제 새로운 국면이 되겠군요."

"그럴 테지. 동괴에게 연락해야겠다. 완벽한 마무리가 가능하겠다."

"물론입니다."

임아영이 사인교를 떠나 어디론가 사라졌다.

신속한 움직임으로 보아 그녀 또한 절정의 고수임이 분명했다.

임수는 진파를 뚫어져라 바라보았다.

"네 능력이 어디까지인지 마음껏 보여봐라."

잘린 어깨를 감싼 임수의 왼손이 힘껏 쥐어졌다.

뼈를 사무치는 고통이 엄습했지만 임수는 진파를 쏘아보는 시선을 늦추지 않았다.

"마지막으로 보이는 거니까 최대한 멋지게 보여봐. 크크……."

제갈우현의 시신을 조심스레 놓고 일어서는 제갈청인의 얼굴엔 싸늘한 살기가 서려 있어 말을 걸기도 힘들었다.

휙 몸을 돌린 제갈청인이 진파와 집법사령들의 대결장을 노려보았다.

아직도 유현이 정신을 차리지 못한 듯, 그 자리에 우뚝 버티고 서 있는 진파는 여전히 연혼사를 몰아치며 집법사령들을 농락하고 있었다.

"저놈을!"

"잠깐!"

몸을 날리려는 제갈청인을 붙든 태인 도장의 음성.

"뭐요!"

"군사의 아들은 독에 당한 듯 보이오. 아까 검치가 말했던 대로 현성교가 어딘가에 잠복해 있는지도 모를 일 아니오. 일단 이 자리를 피했다가 다시 옵시다!"

"그렇소! 내 아들은 독에 당했소이다! 저 비열한 녀석이 돌멩이에 독을 묻혔던 것이 분명하오! 뭐가 현성교란 말이오!"

"군사, 심정은 알겠지만 냉정하시오. 당신은 추적대의 수장이외다! 검은 피를 토하며 죽는 독 중엔 현성교의 흑혈고도 있소! 제발 신중하게 행하시오!"

제갈청인의 이글이글 타는 눈빛이 태인 도장의 눈을 똑바로 노려보았다.

"흑혈고? 내가 바보인 줄 아는가! 흑혈고에 당해 피를 토한 자는 피속에 그놈들이 잔뜩 섞여 있어! 저 피바다 어디에 벌레 새끼들이 있단 말인가! 엉!"

갑작스레 높아진 제갈청인의 높은 고함은 태인 도장이 뭐라 대답하기도 전에 쏜살같이 이어졌다.

"처음부터 맘에 들지 않았다! 네가 추적대에 들어와 한 일이 뭐가 있나! 사사건건 방해만 하고 저놈을 감쌀 생각밖에 없었지? 맹주께 네 행적을 낱낱이 보고하겠다! 한 번 더 날 방해하면 맹주령을 거역한 것으로 간주해 이 자리에서 처벌하겠다!"

제갈청인은 그 말을 끝으로 전권으로 몸을 날려 버렸다.

"남은 자들은 모두 나를 따르라! 이는 맹주령으로 내리는 것이다!"

제갈청인의 호령에 남아 있던 모든 이들이 제갈청인의 뒤를 따라 전진하기 시작했다. 그중에선 기다렸다는 듯 제갈청인의 뒤로 단번에 몸을 날리는 인물들도 있었다. 종남의 생존자 강철환이 그중 하나였고, 거검을 움켜쥐고 쏜살같이 쇄도하는 하오광도 그중에 있었다.

"허……."

제갈청인의 뒷모습을 보며 태인 도장이 깊은 탄식을 내뱉었다.

"형님!"

태인 도장의 곁에 있던 철극양이 나직하게 전음을 보냈다.

"이대로 있다간 정말 무맹과 무적다가가 등을 돌리겠습니다."

"나도 그게 걱정이네."

"어떻게 할까요?"

"우리도 일단 맹주령에 따라야지. 하지만 그가 무맹의 일원을 해치게 해서도 안 되고, 우리가 그를 해쳐서도 안 되네. 어려운 일이야……. 그가 아미와 오대세가원들을 죽였다는 건 아무래도 석연치 않아. 그에게 직접 들어봐야 하는데……."

"저……."

"뭔가? 말하게."

"아무래도 맹주님과 군사는 무적다가와 등을 돌릴 생각인 듯합니다."

"무엇이? 그게 무슨 말인가?"

"무맹에 들렀을 때 묘한 기류가 흘렀습니다. 이번 기회에 무적다가의 명성을 눌러보겠다는 느낌이 강하게 들었습니다."

"그런 말도 안 되는!"

태인 도장의 얼굴이 딱딱하게 굳었다.

현성교가 부활한 이 어려운 시점에 이 무슨 말 같지 않은 다툼인가!

"내 무맹을 탈퇴하는 일이 있어도 그렇게 되지 않도록 강력히 막을 것이네."

"저도 형님을 돕겠습니다."

"어서 가세!"

태인 도장이 급하다는 듯 훌훌 몸을 날렸다.

철극양은 아직도 남아 있는 철정을 돌아보며 짤막하게 말했다.

"너는 되도록 나서지 말거라."

"아버님……."

"네가 친구를 걱정하는 마음은 알겠지만 잘못하다간 돌이킬 수 없는 지경에 빠질 수도 있다. 여기서 저들을 지키거라."

"알겠…… 습니다."

고전륜의 형제들은 모두 파랗게 얼굴이 질려 절곡의 벽에 기대 몸을 웅크리고 모여 있었다. 그들을 힐끔 본 철정은 선지애와 함께 그들의 곁으로 다가갔다.

철정은 철극양이 몸을 날려가는 전권을 암울한 눈빛으로 바라보았다.

'친구…… 너는 너무 어려운 싸움을 하고 있구나…….'

진파를 돕고자 왔으나 진파를 도울 수도, 진파를 공격할 수도 없는 애매한 상황. 답답하기만 했다.

선지애가 살짝 철정의 손을 잡아주었다.

제갈청인의 찢어질 듯한 고함이 진파의 머리 위에 떨어졌다.

"끼놈! 죽어랏!"

아들의 죽음을 본 제갈청인은 완전히 이성을 잃고 있었다.

그의 허리춤에서 커다란 척(尺)이 모습을 드러냈다.

진파의 머리를 노리고 수직으로 떨어지는 자오척(子午尺)에는 오대세가의 한 가주답게 맹렬한 기세가 담겨 공기를 울렸다.

우우웅—

"너 잘 왔다!"

그렇지 않아도 집법사령들을 이끄는 수장이 제갈청인이라는 것을 진작 알아보았던 진파였다.

유현을, 벽화를 저렇게 만든 주범이 바로 제갈청인이라 짐작했기에 아까부터 노리고 있었다.

몸을 뺄 수가 없어 살기만 돋우고 있던 중 부나방처럼 날아든 제갈청인은 진파에게 기회를 준 꼴이었다.

진파의 허리에서 귀를 멀게 하는 검명(劍鳴)이 울리며 철우가 출현했다.

"검명!"

제갈청인을 뒤따르던 태인 도장의 얼굴에 놀라움이 가득 피어올랐다.

철가장에서 검을 받은 지 얼마나 지났다고 출수할 때 검명을 울린다는 말인가.

그 가공할 발전 속도에 태인 도장은 혀를 내둘렀다.

'과연 풍협의 자식이군!'

제갈청인은 오대세가 중에선 가장 무공이 떨어진다 알려져 있지만 그래도 당당한 다섯 축 중 하나.

적어도 진파와 대등하게는 겨룰 것이라 생각했지만 검명을 듣는 순간 태인 도장의 마음은 완전히 바뀌었다.

'위험한 건 군사야!'

태인 도장이 다급히 신법의 속력을 배가시킬 때.

진파의 검과 제갈청인의 척이 맞부딪쳤다.

콰앙─!

"우웩!"

단 한 수의 겨룸.

중검을 운용한 진파의 철우에 제갈청인의 자오척이 산산이 부서져 날아갔다.

온몸에 자오척의 잔해가 틀어박힌 제갈청인이 철우의 압박을 이겨내지 못하고 허공으로 튀어 올랐다.

"죽어랏!"

진파는 왼손을 떨쳤다.

검지손가락으로 연혼사 한 가닥을 강하게 팅기자 제갈청인과 제일 가까이 있던 집법사령을 상대하던 연혼사가 허공에서 방향을 바꾸며 눈부시게 쇄도했다.

슈파앗─

공기를 찢는 연혼사의 날카로운 기성.

진파의 붉은 얼굴이 꿈틀거렸다.

'한 놈!'

그때 챙 하는 맑은 검명과 함께 진파의 연혼사가 허공으로 튀어 올랐다.

진파의 얼굴이 일그러졌다.

태인 도장이었다.

제갈청인을 받아 안고 바닥에 내려선 태인 도장은 웅혼한 목소리를 한껏 높였다.

"모두 멈추시오!"

태인 도장의 호령에 진파를 공격해 가던 모든 이들이 손발을 우뚝 멈추었다.

청파검 태인 도장.

매화검을 버리고 스스로 새로운 검법을 창안한 인물.

화산파의 장문인이자 현 무맹의 맹주인 태현 진인보다도 강하다 알려진 그.

그의 일성은 절곡의 구석구석을 메아리치며 전원의 동작을 단숨에 멈추게 할 만한 힘이 있었다.

상대를 잃은 진파의 연혼사가 바닥에 떨어져 내리다 그의 손목으로 눈부시게 회수되어 돌아갔다.

촤라라라라락—

"무맹의 동도들은 모두 빈도의 뒤로 물러서시오. 어서!"

태인 도장의 말에 집법사령을 포함한 모든 이들이 차자작 뒤로 물러섰다.

강철환과 하오광이 아쉬움이 가득한 눈으로 진파를 바라보았지만 그들도 뒤로 물러섰다.

하오광의 눈에선 살기가 번뜩였다.

'저 괴물 같은 자식! 한꺼번에 공격해야만 저놈을 죽일 수 있었는데! 제엔장!'

진파 때문에 자신의 추한 면이 모조리 폭로되었던 하오광은 이번 기회를 놓친 것이 너무나 안타까웠다. 아무리 장주가 사면을 해주었다곤 하지만 이전의 위세를 다시 찾을 수 있을 리는 만무할 터. 진파에 대한 원한이 뼈에 사무치는 하오광이었다.

태인 도장의 품에 안긴 제갈청인이 희미하게 눈을 뜨더니 밭은기침을 쿨럭였다.

"도, 도장…… 맹주의 명을 잊지…… 마시…… 오."

"한숨 주무시오. 심각한 부상이외다."

태인 도장은 한숨을 내쉬었다.

단 한 수였지만 진파의 중검은 제갈청인의 수십 년 수련한 경락을 단번에 비틀어 뒤흔들었다. 실로 무서운 위력. 제갈청인이 다시 무공을 펼칠 수 있을지조차 의문이었다.

끝까지 자신을 압박한 제갈청인의 수혈을 짚어 집법사령 중 일 인에게 넘긴 태인 도장은 진파를 마주했다.

"진 소협, 오랜만이네."

"오랜만입니다."

태인 도장에게까지 살기를 뿜어낼 수는 없었던지 진파의 얼굴색이 점점 제 색깔을 찾아가기 시작했다.

한때 누구보다 동경했던 검의 달인.

강호행에서 처음 만난 태인 도장에게 마음의 위로를 받기도 했었다.

그도 자신이 무적다가의 당대출도객이라는 것을 알고 있었을 거라 생각하니 진파는 씁쓸한 마음이 먼저 들었다.

게다가 지금은 검을 마주 대해야 할지도 모를 상황이었다.

"진 소협, 손속이 상당히 매서워졌구먼."

"먼저 건드리는 놈들이 많더군요. 그런 놈들에게 베풀 자비는 배우지 못했습니다."

날이 서 있는 진파의 말을 들으며 태인 도장은 가볍게 한숨을 내쉬었다.

"도대체 무맹을 적대시해서 어쩌자는 말인가? 진 소협은 날 도와 소수마후의 행방을 찾기로 한 것이 아니었나?"

"도장께서는 잘못 알고 계시는군요."

진파의 얼굴에 매서운 빛이 떠올랐다.

한때 자신이 충심으로 동경했던 인물이었지만, 그렇다고 할 말을 삼킬 진파가 아니었다.

"그게 무슨 말인가? 진 소협이 무맹과 수차례 다투었음을 내 잘 알고 있건만."

진파는 자신의 앞을 가득 막아서고 있는 무맹의 일원들을 보며 당당히 말했다.

"선후가 틀렸습니다."

활짝 펼친 가슴과 두려움없는 목소리.

자신의 당당함을 믿는 자만이 낼 수 있는 자신에 찬 음성이었다.

"나는 무맹을 적대시한 적이 없습니다. 나를 적으로 대한 것은 바로 무맹입니다."

진파는 부릅뜬 눈을 빛내며 한마디를 덧붙였다.

"내 앞에 더 이상 적이 없을 때 내 검이 침묵할 것입니다."

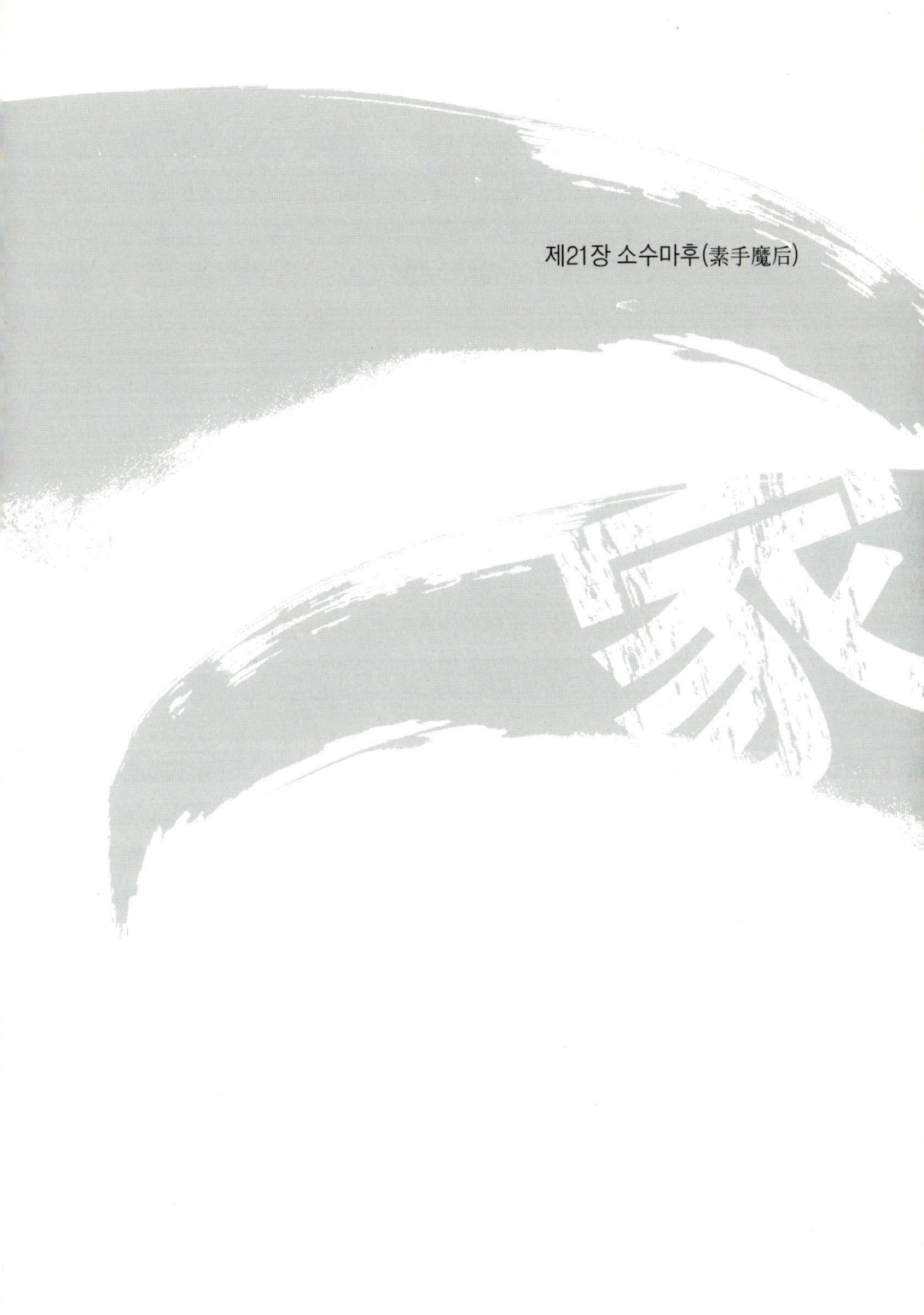

제21장 소수마후(素手魔后)

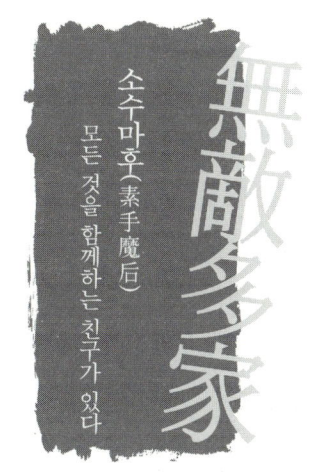

無敵名家

소수마후(素手魔后)
모든 것을 함께하는 친구가 있다

철극양은

떡 하니 입을 벌렸다.

진파의 성정이야 겪어봐서 알고 있었지만 유수한 선배들 앞에
서 저런 말을 내뱉다니…….

'니들은 다 내 적이다' 라 하는 것과 무엇이 다른가.

어이가 없었던지라 생각없이 말이 나왔다.

"자네, 그러면 안 되는 것 아닌가? 제발 가문을……."

"아우!"

철극양은 태인 도장의 말에 꾹 하고 얼른 입을 다물었다.

하마터면 무적다가의 전통을 자신의 입으로 깨뜨릴 뻔했다.

철극양의 눈동자가 빠르게 사방을 훑었다.

혹시라도 음양쌍괴가 들었을까 염려된 것. 공철의 협박이 아직
도 귀에 선했다.

'공 선배라면 철가장에 진짜로 불을 질러 버릴 거야……. 일이 이 지경이 되도록 둘이서 대체 뭘 했다는 말인가……? 아직도 무맹에 안 좋은 감정을 그대로 갖고 계신 건가……?'

철극양을 말린 태인 도장은 무거운 눈빛으로 진파를 바라보았다.

"정녕 뜻을 굽히지 않을 셈인가? 이 소저만 무맹에 넘겨주면 되는 것이네. 정 못 믿겠다면 자네도 같이 가면 되지 않겠나? 왜 우릴 믿지 못하는가?"

진파는 단호하게 고개를 흔들었다.

"그 말은 열정 사태께서도 하셨지만 거절했습니다. 저는 무맹을 믿지 않습니다. 무맹에서 생각을 바꾸는 것이 빠를 겁니다."

진파는 태인 도장을 마주 보며 양 손목을 서서히 눈앞으로 들어 올렸다.

진파의 오른손은 왼 팔목에 찬 철비갑에서 연혼추를 하나하나 떼어 내고 있었다. 연혼추의 머리를 눌러 돌리자 연혼사와 연결되었던 연혼추들이 진파의 손 안에 하나 둘 떨어졌다.

양 팔목의 철비갑에서 모두 연혼추를 떼어낸 진파는 소매 춤에 연혼추 열 개를 각각 갈무리해 넣었다.

그러는 내내 진파의 눈은 태인 도장의 눈을 도전적으로 노려보고 있었다.

진파의 행동을 보던 태인 도장의 얼굴이 납덩이를 먹은 듯 무겁게 가라앉았다.

연혼사에서 연혼추를 분리해 내는 의미를 너무도 잘 알고 있었던 것이다.

살상력을 억제하기 위해 붙여놓은 연혼추를 떼어버렸으니 이제 연혼사는 찌르는 공격에도 사용할 수 있었다.

본래 광마 이종이 사용하던 연혼사에는 추 같은 건 달려 있지 않았다. 어린 진파가 사용하기 편하도록 공철이 달아준 연혼추. 그나마 연혼사의 마력을 억제했던 연혼추를 제거했으니 진파의 팔목에 차인 연혼사는 이제 고금제일의 마병이라 해도 과언이 아니었다.

'정녕 연혼사로 사람을 죽일 셈인가? 내 앞에서 피를 삼가겠다 말했던 자네가?'

철극양의 안색도 태인 도장 못지않았다. 그러나 화급한 성미의 그는 분노가 먼저 치밀었다.

"이제 우리마저 죽일 셈인가? 열정 사태를 죽인 것처럼? 황보세가와 당가의 자식을 죽인 것처럼? 언제부터 그렇게 변한 것인가!"

진파의 얼굴이 다시 뻘겋게 달아오르기 시작했다.

철극양을 바라보는 눈매가 날카롭게 변했다.

"내가 그들을 죽였다고 누가 말했습니까?"

"그들 중 유일하게 살아남은 제갈우현이 그랬네. 이제 그마저도 자네가 죽였지만 말일세!"

진파는 철극양의 말에 긍정도 부정도 하지 않았다.

그러나 이마에서부터 눈 언저리까지 새빨간 얼룩이 다시 진파의 얼굴을 뒤덮었다.

진파가 광포한 웃음을 터뜨렸다.

"아예 내가 세상 사람들을 다 죽였다 하지 그러십니까?"

철정은 움켜쥔 주먹을 꿈틀거리고 있었다.

선지애가 철정을 보고 물었다.

"철랑, 왜 그러세요?"

"저러다간 저 녀석 진짜 위험할 거요. 지금 완전히 꼭지가 돌았소. 이제 위아래고 뭐고 안 가리겠구려. 원래 저런 놈이긴 하지만……. 큰일이오. 변명 같은 걸 할 생각이 없어 보이니……."

"진 소협이 그들을 죽인 게 아니란 말인가요?"

"보면 모르겠소? 저 녀석 성격에 죽였으면 죽였다 당당히 말하고 이유를 밝힐 거요. 지애한테도 말했지 않았소. 아버님께 직언을 해 설득한 놈이오."

"그렇겠군요……. 그럼 어쩌죠?"

"우리가 나서야겠소."

"우리 같은 말학이오?"

"그런 걸 따질 때가 아니오."

철정은 고전륜을 향해 고개를 돌렸다.

고전륜이 찔끔한 표정으로 눈치를 보았다.

고양이 앞에 선 생쥐 같은 몰골.

이 어디에도 천상천하 유아독존 화화대제의 면모는 보이지 않았다.

"그때 한 말을 기억하겠지?"

"예?"

"이 소저에 대한 말 말이다."

"예, 옙. 물론입죠."

"저 친구 앞에서 그 말을 해라, 내가 시키면."

"저, 저 괴물 같은 분 앞에서 말입니까? 시, 싫습니다."

"그럼 여기서 죽을래?"

"옛?"

"너는 전에 내 정혼녀와 그 손님에게 집적거렸던 과거가 있다. 용서해 주려 했는데 안 되겠다. 날 도와줄 생각이 없으면 여기서 죽어라!"

냉정한 철정의 음성에 고전류는 울상을 지었다.

양린을 돌아보는 그의 얼굴엔 애처로움이 가득 차 있었다.

"아우들……. 오늘 여기서 죽는가 보다……."

"형님!"

양린이 고전류의 목을 끌어안았다.

남자들끼리라 좀 남사스런 광경이었지만 그동안 어려움을 함께 몸(?)으로 나누었던 두 사람은 뜨거운 감정의 교감을 느꼈다.

산적과 쌍도끼는 둘의 교감에는 끼어들지 못하고 엉거주춤하게 서 있었다.

양린의 강력한 주장 때문에 따라오긴 했지만 그들은 사실 고전류에게 그리 큰 의리를 느끼진 않고 있었다. 그들이 아끼는 건 오직 양린뿐이다.

"형님! 걱정 마세요! 우리가 따르겠습니다!"

양린의 말에 고전류가 감격스런 표정을 지었다.

"오! 아우!"

산적과 쌍도끼의 얼굴은 '우리가 왜?' 하는 표정이었지만 양린이 돌아보자 언제 그랬냐는 듯 호한의 얼굴로 돌아갔다.

"형님들도 같이 가실 거죠?"

"무, 물론!"

선지애가 고개를 돌리며 웃음을 참았다.

이곳까지 오는 동안 수차례 보아왔으나 이들의 애정 관계(?)는 항상 복잡했다.

철정이 고전류의 어깨를 잡고 걸음을 옮기기 시작하자 선지애와 양린, 산적과 쌍도끼도 그들을 따랐다.

"어쩌다 또 저렇게 된 거니?"

여전히 교착된 상태로 보이는 전장을 내려다보며 임아영이 물었다. 동선에게 몇 가지 지시를 내리고 온 그녀는 그사이의 변화를 보지 못했던 것이다.

임수가 끌끌 혀를 찼다.

"아깝게 됐습니다. 제갈세가의 가주라는 놈이 한 칼도 막지 못하고 회복 불능의 중상을 입어버렸네요. 쓸모없는 놈……."

"그랬구나. 그럼 태인 도장이라는 자가 그 기회에 국면을 장악한 거니?"

"예. 명성으로 보자면 이 자리에 모인 자 중 제일이니까요."

"더 이상 상잔하는 꼴을 즐길 수는 없는 건가? 그냥 동괴한테 공격하라고 해야겠다."

"잠시만 기다리세요. 후미에 빠져 있던 이들이 나섰군요. 좀 더 지켜보지요."

"슬슬 지루하구나. 더 이상 변화가 없을 것 같으면 그냥 공격하라고 해야겠다."

"그러죠."

임수와 임아영은 장기판의 졸들을 보는 사람들처럼 아무 감정 없이 절곡의 아래를 바라보고 있었다.

철정은 진파 앞에 우뚝 섰다.

철극양이 만류하려 했지만 태인 도장이 그를 제지했다. 지금으로선 지푸라기 하나라도 잡고 싶은 심정이었다.

그냥 돌아가자니 맹주의 명을 어기는 것이 될 것이고, 힘으로 제압하자니 진파를 죽이지 않고서는 제압할 자신이 없었다. 어느새 진파는 그 정도로 강해져 있었던 것이다.

"내 앞에서도 그러고 있을 거냐?"

다소 장난기가 섞인 철정의 말에 진파는 잔뜩 돋우었던 살기를 차츰 누그러뜨렸다.

철정은 강호에 나와 처음 사귄 친구였다.

진파의 입이 그제야 열렸다.

"신수가 훤해 보이는구나."

"덕분에."

"뭐 하러 나섰어?"

"너 같으면 내가 니 꼴인데 안 나섰겠냐?"

"짜식."

진파의 기색이 눈에 띄게 풀리는 것을 본 철정은 고전류에게 손짓을 보냈다. 그의 부름을 받은 고전류이 염라대왕 앞에 끌려 나오는 것처럼 어기적거리며 걸어나왔다. 고전류에게 힘을 주려는 듯 양린이 옆에 서서 꽉 손을 잡았다. 그 와중에도 곱게 눈썹을 다듬고 입술을 칠한 양린의 모습이 마치 새색시와도 같았다. 그 둘을 따라 산적과 쌍도끼도 어색하게 발걸음을 옮겼다.

"이 사람 기억하냐?"

고전류의 얼굴을 바라보던 진파가 풋 하고 웃음을 터뜨렸다.

"천상천하 유아독존……?"

"그래. 다음은 화화대제였지, 아마?"

철정과 진파가 동시에 킥킥대며 웃음을 터뜨렸다. 고전륜의 얼굴은 벌겋게 달아올랐지만.

일촉즉발의 긴장이 감돌던 장내에 일순 부드러운 기운이 맴돌았다.

태인 도장이 안도의 한숨을 내쉬었다. 철극양은 아들의 등을 보며 만세라도 부르고 싶은 심정이었다.

"저 웃긴 양반은 뭐 하러 데려왔냐? ……어?"

"왜?"

"저기 두 아저씨도 안면이 있는데? 어이, 아저씨들!"

진파의 손짓에 산적과 쌍도끼가 푸르르 얼굴을 떨었다. 아까부터 진파의 얼굴을 알아본 터라 정말로 나오고 싶지 않던 참이었다. 그들의 손이 저도 모르게 엉덩이로 향했다.

"아는 사람들이야?"

"어쩌다 보니까."

"저 사람들, 여기 이 고전륜의 아우들이야."

"그래? 어쩐지……. 큭큭."

벽화에게 해를 입히는 줄 알고 산적과 쌍도끼를 다짜고짜 패던 때가 기억나 진파는 큭큭 웃음을 터뜨렸다.

"저 사람들한테는 좀 잘해줘. 내가 빚이 있거든. 네가 좀 보살펴 줘라."

"그래."

"근데 저 화화대제는 뭐 하러 데리고 왔냐?"

"동천현의 그 살인 사건 기억하지?"

"응."

"그 살인 사건에 목격자가 있었다는 것도 기억하니?"

"아! 그랬지. 근데?"

"이 사람이 그걸 목격했다. 옆에 서 있는 동생도."

그 말에 진파의 웃음이 씻은 듯 사라졌다.

진파의 얼굴에서 웃음이 사라지는 것을 본 철정은 아차 싶었다.

'이 녀석! 이 소저가 소수마후라는 걸 알고 있구나!'

진파가 벽화에게 속고 있는 줄만 알고 진파를 설득하려 했건만 알고 있었다니!

철정은 자신이 진파를 돕는 것이 아니라 막다른 골목에 몰아넣었음을 깨닫고 망연했다.

진파의 얼굴이 완전히 굳어 싸늘한 얼음덩이처럼 보였다.

"그런데 왜 저잘 이 앞에 데려온 거지? 그 사건이랑 나랑 무슨 상관이 있다고!"

철정의 전음이 진파의 고막을 때렸다.

"야, 임마! 어떻게 된 거야? 이 소저가 정말 소수마후야? 너 알고 있지? 그렇지?"

진파의 얼굴이 파르르 떨렸다.

"…그래. 벽화가 소수마후…… 야."

"그걸 알고도 이 소저를 감싸겠다는 말이냐? 너 미쳤냐?"

"너 같으면…… 선 소저가 남에게 납치되어 천하의 살인마가 되었다면 선 소저를 버릴 참이냐?"

"젠장! 진파야!"

"벽화가… 원해서 그렇게 된 게 아니야……. 난 벽화를 지켜주겠다고 약속했다……. 철 아저씨가 말했던 신념이란 게 어떤 건지…… 이제야 알 것 같아……."

갑자기 진파의 얼굴에 어떤 후련함이 떠올랐다.

다시 진파의 얼굴에 웃음이 피어올랐다.

"야 임마!"

"걱정해 줘서 고맙다. 하지만 내가 선택한 길이다. 명분 따윈 난 몰라. 내가 지키고 싶은 것을 지키겠다. 그 때문에 어떤 어려움을 당해도 좋아. 너는 빠져라. 너하고는 싸우고 싶지 않아. 적어도 여기서는."

"그게 네 뜻이냐?"

"그래."

철정이 갑자기 피식 하고 웃었다.

철정은 등 뒤에서 거검을 빼 들었다. 자기 키만한 거검이었지만 철정의 팔은 결코 흔들리지 않았다.

진파의 눈이 씁쓸하게 깜박였다.

"꼭 그렇게 해야겠냐?"

조금 섭섭했지만 철정의 마음도 이해가 갔다.

광풍검으로 인해 화산파에게 냉대를 당했던 철가장. 그 철가장을 세우기 위해 굴욕도 감내했던 철극양. 그 아버지를 안타까운 마음으로 바라보았던 철정…….

아버지를 위해서 든 검일 것이다.

진파도 철극수가 선사한 철우의 검병을 잡아갔다. 철정에게 연혼사를 쓸 마음은 없었다.

그런데 철정은 갑자기 선지애를 불렀다.

"지애, 이리 오시오."

"예."

망설임없이 철정의 옆으로 내려선 선지애. 그녀의 손을 잡고 철정은 진파에게 다가갔다.

중간에 서서 양편을 이리저리 보던 고전륜은 양린의 손을 잡고 철정의 뒤를 따르기 시작했다. 그래도 일행 중에 그들을 가장 잘 대해준 이가 철정이었기 때문이다. 산적과 쌍도끼도 양린을 따라 철정의 뒤를 따랐다.

자신의 옆에 서는 철정과 선지애를 보며 진파는 입을 벌렸다.

"야, 너 뭐……."

"지애는 이 소저를 좀 봐주시오."

"그럴게요."

생긋 웃어 보인 선지애가 진파의 등 뒤로 돌아갔다.

철정은 진파를 향해 빙긋 웃었다.

"너 뭐 하는 거야?"

"같이 있자."

"뭐?"

"니 말 아직도 기억해. 우리의 강호랬지? 내가 도와주마. 혼자서 짊어지지 말아라. 아버님과 태인 도장님을 잘 설득하면 좋게 해결할 수 있을 거야."

"야!"

철정은 묵묵히 진파의 어깨를 두드려 주고는 전면을 향해 거검을 고쳐 잡았다.

"아버님! 백부님! 저는 진파와 함께 모든 걸 같이 하겠습니다! 그것이 우리의 강호행입니다!"

철정의 외침에 고전륜과 양린 등의 얼굴이 파랗게 질렸다. 그제야 자신들이 무슨 짓을 저질렀는지 깨달은 것이다. 무맹과 적이 된 것. 고전륜이 입에 거품을 물며 뒤로 넘어갔다.

철극수가 입을 떡 벌리고 아들을 보고 있었다.

"저, 저……."

태인 도장이 그의 어깨를 두드렸다.

"정이가 잘한 것이네. 진 소협의 기세가 많이 누그러졌어."

"하지만 형님!"

"좋은 해결책이 있을 걸세."

태인 도장은 철정을 바라보며 빙긋 미소를 지었다.

'많이 컸구나. 그래, 어떻게든 잘 해결해 보자.'

철정이 어떤 마음으로 진파의 곁에 섰는지 너무도 잘 알 수 있었다. 자신의 심정도 그와 같았다. 어떻게 무적다가와 무맹이 등을 돌린단 말이던가.

그러나 태인 도장이 잠시 마음을 놓은 사이 진파를 향해 몸을 날린 인물이 있었다.

종남의 강철환이었다.

'이런!'

태인 도장은 혀를 찼다. 그의 심정을 모르는 것은 아니나 하필 이런 때에!

"어서 돌아오게!"

강철환은 태인 도장의 전음조차 무시했다.

그의 얼굴에 비장한 기색이 물씬 피어올랐다.

갑자기 나타난 강철환을 향해 진파가 물었다.

"누군가?"

"강철환이라 하오."

"용건은?"

"당신이 지키고 있는 소수마후를 내놓으시오! 종남의 피를 받아야겠소!"

"……!"

진파의 얼굴은 무표정했으나 그의 속마음까지 그런 것은 아니었다.

종남…….

그 새까맣게 탄 시체의 산을 진파는 분명히 기억하고 있었다.

난생처음 본 처참한 광경.

그도 그 광경을 보며 분노에 치를 떨었다.

'그래……. 그렇지……. 벽화가 그들도…… 죽였겠지…….'

잊고 있었다.

그녀가 소수마후로 어떤 살행을 저질렀는지.

'그건… 벽화가 원해서 한 게 아니야! 하지만…… 이 사람에게는…….'

진파가 갑자기 강철환에게 정중한 포권을 취했다.

"종남 혈사 때는 나도 그 자리에 있었소. 개왕 어르신과 노이각 분타주와 함께 현장에 제일 먼저 도착한 사람이 나요. 충심으로…… 애도를 표하오."

강철환의 얼굴 가득 뜻밖이라는 표정이 떠올랐다.

강철환도 포권을 취해 절도 있는 예를 표했다. 그러나 강철환의 얼굴은 여전히 싸늘했다.

"감사드리오. 하나 형장이 종남에 예를 표할 마음이 있다면 부디 그

소수마후를 내놓으시오. 이미 저자가 증언했소이다. 동천현에서 소수
마후가 양민들을 학살할 때 얼굴이 변하는 걸 보았다 했소. 그 얼굴은
바로 당신 뒤에 있는 저 여자요!"

진파의 주먹 쥔 손이 파르르 떨렸다.

어찌해야 한단 말인가!

그때였다.

"……당황하지 말거라."

유현의 전음. 진파는 뛸 듯이 기뻤지만 당장 뒤를 돌아보지는 않았
다. 유현은 아무 이유 없이 전음을 보낼 사람이 아니었기 때문이다.

"벽화가 소수마후라는 걸 저들에게 알려서 좋을 게 없다. 감출 수
있을 때까지는 감추는 게 좋아."

'그건 맞지만……'

나직한 전음이었지만 유현의 음성은 어느 정도 정돈되어 있었다. 나
름대로 기력을 회복한 것이 분명했다.

"종남을 습격한 건 벽화가 아니다. 다른 소수마후야."

'소수마후가 벽화 말고 또 있었단 말인가!'

그제야 떠올랐다.

동천현과 거의 동시에 서안과 감천에서도 비슷한 사건이 있었다는
사실이!

그러나 진파의 기쁨은 유현의 이어지는 전음에 차디차게 굳었다.

"벽화와 내가 이곳에 오게 된 건 동괴가 조정하는 열두 명의 소수마
후에게 밀려서이다. 지금도 어디선가 우릴 지켜보고 있을 거야. 이건
함정이다."

'열둘! 그렇게나 많이!'

소수마후 열둘.

진파는 소수마후였던 벽화와 손속을 나눈 경험이 있었다. 지금은 그
때와 비교도 할 수 없을 만큼 늘었지만 아직도 완벽히 이긴다 자신할
수 없었다.

그런 상대가 무려 열둘……

"어서 태인 도장과 힘을 합해 이곳을 빠져나가야 한다. 이제 시간이
없으니 설득할 여유도 없어. 유인이라도 해야 한다. 네가 벽화를 데리
고 절곡을 빠져나가거라."

"유 숙!"

"어서!"

그러나 그들의 의논을 비웃기라도 하듯 갑자기 공기를 찢는 파공음
이 절곡을 가득 채웠다. 현성교의 공격이 드디어 시작되었던 것이다.

아무런 조짐도 없이 갑작스럽게 터져 나온 파공음.

쐐액— 쐐—

절곡을 둘러싼 절벽 위에서 우박처럼 철시(鐵矢)가 쏟아져 내렸다.
새까만 별들이 하늘에 떨어지듯 엄청난 속도로 쇄도하는 화살비.

태인 도장이 제자리에 선 채 검을 떨치며 높이 고함을 질렀다.

"모두 모이시오!"

태인 도장의 검에서 무려 세 자나 되는 검기가 뻗어나며 허공을 향
해 자욱한 칼질이 시작되었다.

푸른 파도가 밀려가는 듯 면면부절 이어지는 검기의 파도.

그의 성명절기 청파검(靑波劍)이었다.

그를 따라 철극양의 철검도 하늘을 향해 내뻗었다.

그러나 화살은 너무 많았고, 집법사령들은 진파에게 대부분 무기를

잘린 상태였다. 손으로 막을 수 있는 화살이 아니었다. 무기를 든 사람들 모두가 최선을 다했지만 소나기처럼 쏟아지는 철시(鐵矢)를 모조리 튕겨내는 것은 불가능했다.

팟! 파파파파팟!

"컥!"

"아악!"

집법사령들이 그 한차례의 화살비에 셋이나 목숨을 잃었다.

부상을 당한 사람만도 다섯.

태인 도장은 철극양을 향해 고개를 돌리며 다급하게 소리쳤다.

"모두 좌측 벽으로 붙게 하게! 어서!"

한 호흡 차이로 다시 화살비가 쏟아졌다.

태인 도장이 거리를 좁히기 위해 허공으로 뛰어오르며 한소리 강건한 기합성을 내뿜었다.

"타아아아아아앗―!"

"왜 날……?"

"종남을 이어야 하지 않소."

조용한 진파의 목소리에 강철환은 씁쓸한 표정으로 고개를 끄덕였다.

"어쨌든…… 고맙소."

두 차례의 화살비가 쏟아질 동안 가장 불리한 위치에 서 있었던 사람은 바로 강철환이었다.

그만 홀로 떨어져 무맹의 편에도, 진파들의 편에도 속하지 않았던 것.

종남의 이대제자라지만 쇠뇌로 퍼붓는 손가락 두 개 굵기의 철시 다발을 혼자서 막기에는 역부족이었다.

위기에 처한 그를 연혼사를 떨쳐 내 구한 것은 다름 아닌 진파였다.

강철환은 복잡한 표정으로 진파를 응시했다.

"하지만… 종남의 원수를 포기할 수는 없소."

그 말에 진파는 고개를 가로저었다.

"당신의 원수는 벽화가 아니오. 종남의 원수는 바로 저들 중에 있소이다."

진파의 말에 고개를 돌리던 강철환의 얼굴이 단번에 딱딱하게 굳어버렸다.

절곡의 하늘.

양 옆의 절벽이 머리를 맞대듯 거의 붙어 있어 가는 틈새로 보이는 그곳에서 십여 명의 검은 그림자가 피풍의를 펄럭이며 바닥으로 내려 앉고 있었다.

허공을 떠다니는 것처럼 내려서는 그들은 모두 열두 명.

'허공답보를 열두 명이!'

그 경인할 위세에 강철환의 눈은 더 이상 치뜰 수 없을 정도로 커졌다.

"저, 저들은……?"

"현성교에서 만든 열두 명의 소수마후요. 저 중 한 명이 종남을 습격했을 거요."

"소수마후!"

강철환의 눈빛이 그 순간 변했다.

진파가 말릴 사이도 없이 그는 소수마후를 향해 신형을 날렸다.

"강형! 태인 도장님! 저 친구를 막으십시오!"

강철환과 거리가 조금 더 가까운 태인 도장에게 진파는 큰 소리로 외쳤다.

그러나 태인 도장은 진파의 말을 들어줄 수가 없었다.

그를 향해 곧바로 내리 꽂히듯 떨어진 소수마후를 상대해야 했기 때문이다.

슈우우우—

소수마공 특유의 허공을 가르는 소리가 날카롭게 울려 퍼졌다.

퍼퍼퍼펑—

검과 손이 부딪치는데 폭죽 터지는 듯한 폭음이 울렸다.

"젠장!"

태인 도장의 처지를 보고 곧바로 강철환에게 몸을 날리던 진파도 발을 멈춰야 했다.

그를 향해서도 소수마후 하나가 내리 꽂히듯 날아들고 있었다.

"죽어랏!"

강철환은 집법사령들을 향해 쇄도하는 소수마후를 향해 벼락같은 호통을 내질렀다.

그의 손에 들린 검에선 종남의 천하삼십육검이 노도처럼 펼쳐졌다.

소수마후의 등을 노린 것이었지만 부끄러움은 없었다. 상대는 어차피 살인 기계.

까까가가강.

"헛!"

천하삼십육검의 전 육식을 모두 펼쳤으나 그의 검격은 모두 소수마후의 등에 맞고 튕겨 나왔다.

'금강불괴인가!'

소수마후가 강철환을 향해 휙 몸을 돌렸다.

진파가 관제묘에서 보았던 바로 그 얼굴.

소수마후 열셋은 모두 같은 얼굴로 변신하는 능력이 있었던 것이다.

인형의 눈처럼 감정이 담기지 않은 투명한 눈이 강철환을 마주 보고 있었다. 그 눈빛만이 벽화와 다를 뿐이었다.

소수마후가 갑자기 기척도 없이 손을 떨쳤다. 뚜렷한 살기도 내뿜지 않아 감지하기도 어려운 공격이었다.

눈을 압박하는 하얀 손의 번개 같은 출수.

"헉!"

강철환은 그 순간 사부인 위만호와 죽은 사 형제들의 얼굴을 떠올렸다.

까맣게 타버려 표정조차 알 수 없었던 사문의 식구들.

두 다리가 잘린 채 말라 죽어 버린 사부.

강철환은 이를 악물었다.

"차앗—!"

멋들어지게 몸을 회전하며 허공에 거꾸로 선 채 소수마후의 눈을 노렸다.

'이곳만은!'

안구만은 누구도 단련할 수 없는 곳.

그러나 강철환의 의도는 수포로 돌아갔다.

깡!

강철환의 검은 쇳소리를 내며 튕겨났다.

소수마후가 이마를 내밀어 강철환의 검을 막아버렸던 것이다.

"제길!"

검의 탄력을 빌어 허공에서 몸을 회전하려는데 소수마후가 순식간에 강철환을 따라잡았다.

"이 마녀!"

연환삼련각을 펼쳐 소수를 걷어차려 했으나 그마저 수포로 돌아갔다.

강철환은 그 순간 비명을 내질렀다.

"아악!"

으드득.

소수마후의 손이 강철환의 양 발목을 갈고리처럼 거세게 움켜잡았던 것이다.

단숨에 발목뼈가 으스러졌는지 둔중한 고통이 머리끝까지 전해졌다. 강철환의 눈에서 불똥이 튀었다.

"이익!"

강철환은 생을 포기한 채 소수마후를 향해 검을 내뻗었다.

발목뼈가 으스러졌다면 무인으로서의 생명은 끝장이 난 것이나 다름없었다.

간신히 생명을 건진 어린 사제들의 초롱초롱한 눈망울이 떠올랐다.

'너희가 종남을 이어라! 내 이 괴물만이라도!'

그러나 강철환은 생애 최초로 끔찍한 비명을 질러야 했다.

"끄아아아아악~"

강철환의 양 발목을 잡은 소수마후는 그대로 양팔을 뻗어 강철환의 다리를 찢어버렸던 것이다.

강철환의 의식은 끊어졌다. 자신의 내장이 허공에 튀어 오르는 끔찍한 광경을 목도하면서……

"아아아아아악—!"

집법사령 한 명이 발버둥 치며 비명을 질렀다.

소수마후의 손에 머리를 잡힌 그는 두개골이 어긋나 빠드득거리는 소리를 들으며 소수마후와 입을 맞춘 상태였다.

"끄윽. 끄르르……"

더 이상 비명도 지르지 못했다.

엄청난 속도로 정혈이 고갈되어 가며 푸들푸들 몸을 떨기만 할 뿐. 한 사람의 목숨이 너무도 덧없이 스러졌다.

입을 뗀 소수마후는 빨간 혀를 내밀어 자신의 입술을 핥았다.

소수마후는 바싹 말라 빈 껍데기가 된 시신을 내던지고 다음 제물을 향해 손을 뻗었다.

무기도 제대로 갖추지 못한 집법사령들은 그들에게 너무나 손쉬운 먹이일 뿐이었다.

철극양과 태인 도장이 성난 호랑이처럼 날뛰며 싸웠지만, 그들마저도 소수마후 한 명씩만 대적할 수 있을 뿐……

남아 있던 부상자와 생존자들은 소수마후들의 손에 무참히 살해되기 시작했다.

"크륵!"

제갈청인의 머리를 움켜쥐고 눈앞으로 끌어올린 소수마후 하나가 고개를 갸웃하니 흔들었다.

정혈을 뺄 가치가 없다고 느낀 걸까.

소수마후는 그대로 손을 움켜쥐었다.

퍽!

무림 최고라는 두뇌가 덧없이 터지는 순간이었다.

'젠장!'

진파는 소수마후의 얼굴을 보며 계속 젠장을 외치고 있었다.

관제묘에서 처음 만났던 벽화의 얼굴이었다.

눈빛이 조금 다르다는 것 빼고는 완전히 똑같은 얼굴.

그 얼굴을 한 벽화와 입을 맞추었고 손을 섞었다.

그런데 지금 그 얼굴을 한 다른 소수마후가 진파의 목숨을 노리고 있었다.

'이건 벽화가 아냐! 괴물일 뿐이라구!'

고개를 세차게 흔들며 진파는 크게 외쳤다.

"받아랏!"

꽈쾅!

철정을 이용해 중검을 사용했지만 소용이 없었다. 소수마공의 위력은 정말 끔찍할 정도였다.

"젠장! 정아! 조금만 밀어붙여 줘!"

중검도 통하지 않자 진파는 철정에게 소리를 질렀다.

철정이 거검을 휘두르며 바람개비처럼 몸을 회전시켰다.

육 척에 달하는 검의 무게에 회전력을 실은 엄청난 검격.

미친 바람처럼 휘몰아치는 철정의 광풍검에 진파를 덮쳤던 소수마후가 주춤주춤 뒤로 물러섰다.

진파는 그 틈을 타 철우를 검집에 꽂고 양팔의 연혼사를 모두 뽑아 냈다.

츄리리리리릿—

하늘을 향해 치켜 올린 진파의 양손을 따라 연혼사 스무 가닥이 하나로 꼬여들었다.

"타아아아압!"

진파의 기합성과 함께 한줄기로 꼬인 연혼사에서 부우우웅 하는 강력한 소리가 울렸다.

"이제 비켜!"

진파가 몸을 떠올림과 동시에 철정이 뒤로 물러섰다.

전력을 다해 광풍검을 펼친 철정의 어깨가 심하게 들썩였다.

"이야야야야야~"

연혼사로 펼친 진파의 중검이 소수마후의 목을 후려쳤다. 유현의 쇠사슬도 잘라냈던 연혼사의 중검!

콰쾅!

그러나 둔중한 충격음만 들릴 뿐 소수마후의 목은 잘라지지 않았다. 옆으로 몇 걸음 비틀거리며 움직였을 뿐이다.

"젠장! 이제 뭘 어떻게 해야 하는 거야!"

악다구니를 질러대며 연혼사를 회수하려던 진파의 눈이 커졌다.

소수마후의 목은 자르지 못했지만 조금이나마 목을 파고든 것이 분명했다. 연혼사가 딸려오지 않았다.

"정아! 소수마후를 공격해!"

진파가 무언가 방법을 발견한 것을 깨닫고 철정은 남은 힘을 다해 다시 광풍검을 전력으로 떨쳐 냈다.

소수마후의 소수가 하얗게 번뜩이며 광풍검을 맞아갔다.

휘릭— 휘리릭—

진파는 전속력으로 소수마후의 주위를 돌기 시작했다. 진파의 신형이 한줄기 검은 유성처럼 흐릿하게 사라져 갔다.

간간이 새하얀 소수가 그의 뒤를 쫓았지만 철정이 제때에 잘 막아주었다.

"됐어!"

소수마후의 목을 연혼사로 친친 감은 진파가 몸을 젖히며 양팔을 당겼다.

꽈당!

진파와 철정의 협공에 밀리던 소수마후가 그대로 뒤로 자빠졌다.

"이야아아아아압!"

진파는 젖 먹던 힘까지 뽑아내며 양손을 당겼다.

소수마후가 벌떡 일어나려 했으나 진파가 더 빨랐다.

등 뒤로 메치는 진파의 엄청난 기세에 소수마후의 몸이 공중으로 부웅 떠올랐다.

"정아! 잘라!"

철정이 몸을 솟구쳤다.

진파가 감은 연혼사가 소수마후의 목을 파고드는 것이 똑똑히 보였다.

"차앗!"

철정의 거검이 소수마후의 목을 향해 내리 꽂혔다.

파샷—

그제야 소수마후의 동체와 목이 허공에서 분리되었다.

"모두 이리로 와요! 어서—!"

선지애의 날카로운 교성이 높이 울려 퍼졌다.

살아남은 사람들이 저도 모르게 그쪽을 바라보았다. 선지애의 목소리가 그만큼 높기도 했지만 확신에 찬 그녀의 목소리가 막다른 골목에 몰린 그들의 마음을 잡아끌었던 것이다.

그리고 그들은 보았다.

누구도 처치할 수 없을 것 같던 소수마후의 목을 날려 버리는 광경을.

"빨리 와요! 빨리!"

선지애의 목소리는 마치 희망의 종소리처럼 울려 퍼졌다.

"모두 전력(戰力)을 합칩시다!"

태인 도장의 말에 살아남은 무맹의 추적대가 진파와 철정을 향해 모두 달려갔다.

남은 인원은 겨우 열 명.

어느새 이십 명이 소수마후의 손에 목숨을 잃었던 것이다.

삐이이익—

날카로운 호각 소리가 울리자 그들의 뒤를 추격하려던 소수마후들이 그 자리에 우뚝 멈추어 섰다.

모두 열한 명.

진파와 철정에게 당한 소수마후를 빼고는 모두 말짱했다.

철극양과 태인 도장조차 단 한 명의 소수마후도 해칠 수 없었던 것이다.

소수마후들 중 한 명이 허공을 향해 몸을 날렸다.

절정의 어기충소로도 그 신법의 정교함을 따를 수는 없을 듯했다.

그야말로 바람이 떠다니며 그림자 하나 없다는 부풍무영다웠다.

허공에 뜬 소수마후는 절벽에서 몸을 날린 조그만 인물을 받아 들고 다시 땅으로 내려섰다.

그녀의 품에서 뛰어내린 조그만 인물은 절곡의 끝에 몰려 있는 이들을 바라보며 키득키득 웃기 시작했다.

"대단하네? 십삼후의 목을 끊다니. 그 대가가 얼마나 큰지는 알고 있겠지?"

중인들을 향해 빈정대며 키득거리는 사람은 바로 동괴 동선이었다.

제22장 절곡돌파(絶谷突破)

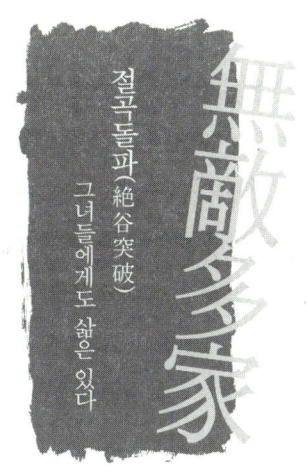

절곡돌파(絶谷突破)

그녀들에게도 삶은 있다

"저 개 같은

늙은이!"

진파가 튀어 나가려는 것을 유현이 막았다.

"기다려."

"유 숙!"

"일단 전열을 정비해야 한다. 아직 시간이 있어."

동선은 무슨 생각인지 소수마후들과 함께 선 채로 그들을 바라보고만 있었다. 독 안에 든 쥐들을 감상하는 것처럼 동선의 표정은 벌써 승리감에 젖어 있었다.

'또 무슨 속셈인가…….'

동선을 바라보는 유현의 눈이 미미하게 흔들렸다. 이제까지 현성교의 의도대로 휘둘리기만 했다. 지금도 절대적으로 불리한 상황. 동선의 모양을 보니 또 무슨 꿍꿍이가 있는 듯해 찜찜하기 그지없었다.

'어떻게든 여길 빠져나가는 게 최우선이야. 힘을 합쳐야 해.'

유현은 낭패한 몰골이 가득한 무맹의 일원들을 보다 태인 도장을 향해 말을 걸었다.

"어때? 내 말이 맞았지?"

"그렇군……. 나도 솔직히 반신반의했다네. 미안하이."

소수마후 열두 명에게 쫓겼다는 유현의 말은 솔직히 태인 도장도 선뜻 믿을 수가 없었다.

제갈청인에게 강하게 맞서지 못했던 것은 그조차 유현의 말에 확실한 믿음을 갖지 못했기 때문이다. 바로 그 때문에 살릴 수도 있는 아까운 목숨들이 너무도 덧없이 스러지고 말았다.

잠깐 사이에 무려 이십여 명의 무맹도가 소수마후들의 손에 희생당했고, 그 속에는 무맹의 군사인 제갈청인도 있었다. 현성교와 본격적으로 맞붙기도 전에 너무도 큰 타격을 입게 된 것이다.

"우선 전열부터 정비하세. 얘기는 나중에 하지. 잘못하면 여기서 모두 뼈를 묻겠네."

"알았네."

고개를 돌리는 태인 도장의 얼굴은 굳은 의지로 가득했다.

'이들만은 반드시 살려서 무맹으로 돌아간다!'

태인 도장은 어깨를 늘어뜨리고 풀이 죽어 있는 집법사령들을 독려해 곧 간단한 방자진(方字陣)을 짜기 시작했다.

"철 아우와 내가 선두를 맡는다. 후미는 진 소협과 정이, 오광이가 맡아. 집법사령들 중 무기가 있는 사람들이 양 옆을 사수한다. 그리고 유형은 두 소저를 데리고 저들과 함께 가운데에 서시게."

남은 일행 중 가장 무공이 처지는 전류파 일행은 태인 도장의 지목에 감격한 나머지 얼굴에 화기가 만발했다. 가운데에 있다면 그나마 가장 안전한 곳이 아니던가.

"힘이 되어주지 못해 미안하군."

"아니네. 자네에게 미안할 뿐이네. 이걸 복용하게."

태인 도장이 꺼내 준 요상단을 삼키며 유현은 지그시 고개를 끄덕였다.

철극양은 그때, 철정의 어깨를 가볍게 두드리고 있었다.

자신도 처치하지 못한 소수마후를 비록 진파와 힘을 합쳤다고는 하나 철정이 목을 베었다.

뿌듯함으로 가슴이 메어왔다.

여기서 살아 돌아가기만 한다면 철정의 명성은 단숨에 후기지수들 중 최정상을 달리리라.

"얘기는 나중에 하자. 네가… 정말 자랑스럽다."

"아버님!"

하오광은 철정과 철극양의 다정한 모습을 보며 치밀어 오르는 분기를 참을 수가 없었다.

'제기랄! 그 빌빌대던 정이 녀석이! 내가 장주가 될 수도 있었는데 모두 다 저놈 때문이다! 저놈!'

하오광의 눈은 진파를 향해 이글이글 불타올랐다.

진파는 벽화의 상세를 돌보느라 하오광을 향해 등을 돌린 상태.

앞에서는 감히 엄두도 못 내겠지만 생각 같아서는 그냥…….

"헉!"

하오광이 헛바람을 들이켰다.

진파가 고개만 슬쩍 돌렸던 것.

진파의 날카로운 시선과 그만 눈이 마주치고 말았다.

"너, 한 번만 더 그렇게 날 보면 눈깔을 아예 빼버린다. 철 아저씨가 자중하라고 했으면 그냥 기어, 짜샤! 아까처럼 또 앞에 나서서 나한테 깝죽대면 죽을 줄 알아. 수틀리면 저 소수마후들한테 그냥 던져 버릴 테니까."

낮지만 무시무시한 위협을 흘린 진파는 상대할 가치도 없다는 듯 휙 고개를 돌려 버렸다.

하오광은 시퍼렇게 질린 표정으로 비틀비틀 진파를 피해 뒤로 물러났다.

그 참에 그만 하오광은 양린의 발을 밟고 말았다.

"우읍!"

팔 척에 달하는 거구에게 발을 밟힌 양린은 비명이 터지려는 입을 자신의 손으로 틀어막았다. 이곳까지 오는 동안 그들을 가장 혹독하게 대했던 자가 바로 하오광이었다.

하오광이 스윽 고개를 돌려 양린을 바라보았다.

분출할 길 없는 분노에 차 있던 그에겐 양린은 화풀이 대상으로밖에 보이지 않았다.

"이 자식이 어디서 내 앞길을 막아!"

하오광은 진파에게 진정으로 하고 싶었던 말을 토하며 양린의 관자놀이를 향해 주먹을 날렸다.

빠악!

무림고수의 주먹을 일개 파락호가 어찌 피할까.

양린이 단번에 의식이 끊어지며 옆으로 날아갔다.

"린아!"

고전륜이 깜짝 놀라 양린에게 달려갔다.

퉁퉁 얼굴이 부어오르기 시작하는 양린을 끌어안은 고전륜의 얼굴에는 처음으로 분노라는 감정이 폭발했다. 고전륜이 하오광을 보며 절규를 토했다.

"우리가, 우리가 뭘 그렇게 잘못 했어어~ 우리 좀 그냥 놔두란 말이야아~"

하오광의 얼굴에 잔인한 미소가 떠올랐다.

"뭐야? 이 자식들이 어디서 개겨?"

아예 쓸어버리려 마음을 먹었는지 성큼성큼 걸음을 옮기려는데 그의 앞을 산적과 쌍도끼가 막아섰다.

덩치만큼은 하오광과 거의 비등했으나 그들이 어찌 하오광을 당할까.

그러나 양린이 당하는 것을 본 산적과 쌍도끼는 눈이 돌아가 있었다.

"모, 못 가!"

"이젠 별 거지발싸개 같은 놈들이 다……."

하오광이 주먹을 치켜 올릴 때였다.

조용한 음성이 울렸다.

"야, 곰 새끼! 너 조용히 안 하면 이번엔 불알을 아주 발라 버린다!"

진파의 목소리.

하오광의 얼굴이 푸들푸들 떨렸다.

진파에게 당한 굴욕적인 패배가 다시 떠올랐다. 아직도 그의 사타구니는 그때 당한 상처로 멍투성이였다. 이제 아침에 잘 서지도 않는다.

뒤도 돌아보지 않은 채 진파는 누군가에게 들으라는 듯 나직하게 투덜거렸다.

"저런 비열한 자식을 뭐 볼 게 있다고 사면을 해준담? 참 내, 속도 좋지!"

철극양의 얼굴이 수치감으로 인해 뻘겋게 달아올랐다.

철정의 체면을 봐주어 정면에서 뭐라 하지는 않았으나 아들의 친구인 진파에게 면박을 당한 것이나 마찬가지였다. 그러나 달리 변명할 말도 없었다. 그가 헛된 기대를 했다는 것이 이번 강호행으로 너무나 적나라하게 드러났기 때문이다.

"후……."

한숨을 쉰 철극양은 하오광에게 짧게 명했다.

"너도 가운데에 서거라."

"예?"

난데없이 위치를 바꾸라는 철극양의 말에 하오광은 얼결에 반문했다.

빠악—!

철극양의 아이 머리만한 주먹이 하오광의 머리통에 그대로 작렬했다.

"컥!"

팔 척의 거구가 그대로 땅바닥에 무릎을 꿇었다.

"네가 기절시켰으니 네놈이 저들을 책임져라. 그리도 몸을 아꼈으니 한 녀석 업고 가는 건 일도 아니겠지?"

고개 숙인 하오광의 얼굴이 흙빛으로 변했다.

소수마후들이 습격할 때 몸을 아끼느라 이리저리 피하기만 했던 모습을 철극양이 그 와중에도 보았을 줄은 꿈에도 몰랐던 것이다.

이어진 전음에 하오광의 얼굴은 완전히 똥색으로 구겨졌다.

"장에 돌아가거든 각오해라! 파문당하고 싶지 않으면 이번에 최선을 다해라, 이놈!"

'으으……. 진파 저놈 때문에……!'

그때 진파의 맑은 음성이 터졌다. 하오광을 상대할 때와는 완전히 다른 음색.

"벽화야!"

벽화의 의식이 돌아오기 시작한 것이다.

"으응……."

"벽화야, 정신이 드니?"

진파가 다급히 물었다.

벽화는 눈을 깜박였다.

초점이 맞지 않아 뿌옇게 흐린 눈을 보면서 진파는 눈시울이 뜨거워졌다.

'나 때문에…… 내가 이성을 잃어서……. 벽화야, 미안하다…….'

벽화의 눈동자가 차츰 또렷해지기 시작했다.

뿌옇던 시야가 조금씩 밝아지자 너무나 보고 싶던 얼굴이 벽화의 눈앞에 보이기 시작했다.

"오, 오빠……?"

"그래. 너무 늦게 왔지? 미안하다. 이렇게 많이 다치다니……."

진파의 목소리가 가볍게 떨려 나왔다.

벽화의 목소리도 조금씩 떨리고 있었다.

"나, 난……."

'말해야 해! 이젠 말해야 해!'

진파의 손가락이 벽화의 입술을 가볍게 눌렀다.

"됐어. 아무 말도 하지 마. 말하면 더 아플 거야. 우리 여길 나가서 얘기하자."

'난 소수마후야……'

진파는 벽화의 머리를 부드럽게 쓸어주었다. 선지애가 꼼꼼히 닦아주어 벽화의 얼굴엔 이제 핏자국 하나 보이지 않았다.

"이만해서 정말 다행이다……"

진파는 벽화를 자신의 가슴에 묻었다.

아프지 않도록 부드럽게 끌어안은 진파는 벽화의 머리를 쓸어 내리며 안도의 한숨을 쉬었다.

"고맙다. 이만해서 정말 고마워."

"오빠……"

'말해야 해! 아무리 무서워도 말해야 해! 더 이상 오빠를 속여선 안돼!'

"오빠…… 나…… 할 말 있어……"

진파는 조심스럽게 그녀를 품에서 떼어놓았다. 그러다 어깨를 잡았던 손을 흠칫 놀라 뺐다. 벽화의 다친 어깨였던 것이다.

벽화가 진파의 손을 따라 자신의 어깨를 보았다. 검은 천으로 친친 졸라 맨 어깨. 눈에 익숙한 천이었다.

진파의 옷을 살폈다. 진파의 검은 장삼 자락이 또 찢겨 있었다. 그것이 자신의 어깨를 친친 감고 있었다.

벽화는 눈시울이 뜨거워지는 것을 느꼈다.

'항상 오빠는……'

벽화는 천천히 진파의 어깨에 손을 얹었다. 진파의 어깨에 얼굴을 묻으며 울음을 터뜨렸다.

"흑! 오빠, 미안해……. 내가 잘못했어……."

진파가 벽화의 등을 토닥토닥 두드렸다. 그의 목소리도 떨리고 있었다.

"아니야……. 내가 잘못했다."

"오빠, 사실은……."

그때 갑자기 진파의 가슴속에서 까만 털 뭉치가 불쑥 고개를 내밀었다.

아웅!

흑표의 새끼 묵아였다.

"어머? 얘는……?"

"사연이 있어서……. 내가 키우기로 했다. 묵아라고 해. 이놈, 답답했나 보구나. 미안하다."

진파가 품속에서 묵아를 꺼내 벽화에게 건네주었다.

벽화의 품에 안기자 녀석은 기분이 좋은지 눈을 감고 목을 쭉 뻗어 기지개를 켰다.

눈물이 얼룩졌던 벽화의 얼굴에 살짝 웃음이 떠올랐다.

"귀, 귀여워."

"그래도 표범 새끼야. 그리고 숫놈이다. 그래서 널 좋아하나 보구나."

그때 유현의 목소리가 둘의 대화를 가로막았다.

"정신이 들었으면 벽화는 내 곁으로 오거라. 이야기는 나중에 해도 된다. 저들이 무언가 더 꾸미기 전에 빨리 빠져나가야 한다."

"아저씨…… 무사하셨군요."

"그래. 진파 덕분이다. 빨리 오너라. 곧 출발해야 한다."

"그렇게…… 해. 묵아는 이리 줘라. 다쳐서 안고 있으면 불편할 거야."

묵아를 건넨 벽화는 진파의 얼굴을 한 번 더 보고 유현의 곁으로 다가갔다.

진파도 아쉬웠는지 벽화의 등을 계속 보고 있었다. 하지만 지금은 싸워야 할 때였다. 품속에 다시 묵아를 넣으며 진파가 허리를 폈다. 그의 시선은 맨 앞에 서 있는 태인 도장을 향해 있었다. 진파가 걸음을 옮겼다.

벽화가 곁에 다가서자 유현이 나직하게 전음을 보냈다.

"이렇게 사람들이 많은데 지금 얘길 해서 어쩌자는 거냐? 여길 빠져나간 후에 해도 늦지 않는다."

그제야 주위에 무맹의 사람들이 가득 있다는 것을 깨달은 벽화가 낮게 물었다.

"어떻게…… 된 거예요?"

"현성교의 음모라는 것을 이들도 많은 희생을 겪고야 깨달았다. 지금은 힘을 합쳤다. 소수마후들이 모두 저기에 있지. 저들을 뚫고 나가야 한단다."

유현의 말에 고개를 돌리던 벽화는 안색을 굳히며 소수마후들을 바라보았다.

한때는 모두 정겹게 서로 의지하던 친구들이었다. 저 중엔 벽화가 언니라 부르던 이도 있었고, 친구들도 있었으며, 벽화를 언니라 부르던 아이도 있었다.

그들의 얼굴은 모두 소수마후가 지령을 수행할 때 변신하는 통일된 얼굴을 하고 있었으나 벽화는 눈빛만으로도 그들이 누구인지 한눈에 알아보았다.

벽화의 눈에 쓰린 아픔이 스쳐 지나갔다.

'저 애들은 아무것도 기억 못하겠지……. 오빠 아버지가 아니었으면 나도……'

벽화는 몸을 떨었다. 생각만 해도 끔찍했다. 사내들의 정혈만을 쫓아다녀야 하는 도구의 신세.

'응? 영이가 안 보이네……?'

염영, 소수마후가 된 소녀들 중 가장 어린아이였다. 자신을 언니라 부르며 무던히도 따랐던 아이. 그 아이가 보이지 않았다.

그때 유현의 음성이 들렸다.

"다행히 진파와 한 청년이 힘을 합쳐 소수마후 한 명의 목을 잘랐구나. 하지만 겨우 하나가 줄었을 뿐이야. 어려운 싸움이 될 것이다. 너는 내 옆에 꼭 붙어 있거라. 내가 업고 달리마."

벽화의 귀에 뒷말은 들리지도 않았다.

미칠 듯이 주위를 둘러보니 잘린 목 하나가 바닥을 뒹굴고 있었다.

아무도 그 목을 주시하지 않았다.

쓰레기처럼 방치된 그 목은 변신이 풀려 본래의 얼굴을 되찾고 있었다.

이제 겨우 꽃피려 하는 너무도 여린 얼굴.

벽화가 너무나 잘 아는 염영의 얼굴이었다.

'오빠가……. 오빠가……! 영아! 영아!'

벽화의 눈에서 뜨거운 눈물이 흘러내렸다.

[이제 알았느냐? 내 딸아……. 그들은 너와는 다른 사람들이다……. 너는 소수마후의 운명을 거역할 수가 없어……. 그들은 모두 네 적이야……. 그놈도 네가 소수마후인 줄 알면 널 죽일 게다……!]

벽화의 머리에서 느닷없이 울리는 목소리.

그것은 동괴 동선의 목소리였지만 벽화로서는 그것조차 구분이 가지 않았다.

염영이 죽은 충격으로 하얗게 비어버린 머리 속에서 동선의 목소리가 계속해서 속삭이고 있었다.

[아무도…… 너희를 이해할 수 없다……. 오직 나만이 너희 편이야……. 너는 소수마후……. 그것이 너의 운명이다……. 진파를 죽여라……. 그놈들을 모두 죽여 막내의 복수를 하거라……. 너는 소수마후… 그리고 모두를 이끌어야 하는 일후(一厚)이니라……!]

벽화의 눈빛이 차츰차츰 흐려지고 있었다.

"동괴가 시작했구나."

임아영이 턱을 괴며 빙그레 미소를 지었다. 너무나 아름다운 미소였지만 그녀의 눈은 차갑기만 했다.

"과연 일후의 정신을 다시 제압할 수 있을까요? 아까도 실패하지 않았습니까?"

"그때와는 상황이 다르지."

임아영은 임수를 바라보았다.

"너도 알고 있겠지? 저 아이가 어째서 일후로 뽑혔는지."

"예. 제련에 성공한 열셋 중에 모두의 구심점이 될 수 있는 자질이 있었다 들었습니다."

"그래. 그 자질이 무엇이었겠느냐?"

"소수마공의 성취도가 가장 높았지 않습니까?"

임아영이 고개를 흔들었다.

"일후를 뽑을 당시엔 이후(二厚)도 일후에게 그리 떨어지지 않았다. 어떤 일이 있었는지 지금 일후는 소수마공을 대성한 듯 보이지만 말이다."

"다른 이유가 있다는 말씀이군요."

"그렇지."

임아영은 멍하니 염영의 목을 바라보고 있는 벽화를 지켜보며 말을 이었다.

"소수마후를 제련하기 위해 순음(純陰)의 기가 뛰어난 여아들을 심산의 고립된 마을에서만 골라 납치했다. 증거를 없애기 위해 마을은 모두 없애 버렸지. 그렇게 해서 모은 인원이 모두 백 명이야. 그중에 살아남은 아이들이 저 열세 명, 아니, 이제 열둘이군."

임아영의 손가락이 목이 잘린 채 뒹구는 염영의 시신을 가리켰다.

"저기 죽은 십삼후는 원래 살아남아 제련에까지 들어갈 수 있는 자질이 아니었다. 겁이 많은데다 무공 습득도 더뎠지. 십삼후가 남을 수 있었던 건 일후가 도와주었기 때문이야."

"호……. 그런 것이 가능한 환경이 아니었을 텐데요? 살아남는 것만이 지상 목표가 되는 지옥도로 만든 것 아니었습니까?"

"그러니 일후가 대단하다는 것이지. 일후는 그 와중에도 동료들을 챙겼다. 일후의 도움을 받지 않은 소수마후는 거의 없어. 있다면 이후 정도? 나이는 저들 중 그리 많은 편이 아니다만 일후는 사실상 저들의 지도자야. 의식을 모두 잃은 상태에서도 소수마후들은 본능적으로 일후를 따르게 되어 있다. 그렇게 해야만 나중에 일후에게 모든 걸 바칠 것이고."

"으음……."

임수가 고개를 끄덕였다.

"그렇다면 십삼후의 죽음에 대단히 충격을 받았겠군요."

"그렇겠지. 일후는 대단한 책임감을 갖고 있는 아이니까. 지금이라면 동괴도 제압할 수 있을 게다."

"누님은 참 대단하십니다. 그래서 십삼후가 저놈을 습격하게 한 것인가요?"

임수의 손가락이 진파를 가리키자 임아영이 슬쩍 웃음을 머금었다.

"그렇지. 설마 그렇게 간단히 죽일 것이라고는 생각하지 못했지만 소수마후들 중 가장 떨어지는 십삼후라면 해치울 줄 알았다. 상처 하나 없다는 것은 내게도 좀 의외다만. 역시 연혼사는 무섭구나."

"그랬군요."

임수의 시선은 벽화를 향해 고정되어 있었다.

"좀 아깝군요."

"십삼후 말이니?"

"아니오. 십삼후야 없어도 그리 상관없으니 괜찮지요. 어차피 십후부터는 가외의 소득이니까 말입니다. 제가 아까운 건 일후입니다. 그 정도로 심지가 굳은 아이인데 결국은 소모품으로 쓰고 말 것이라는 게 아깝습니다."

"할 수 없는 일이지. 할아버지가 출도하시려면 일후가 필요하잖니."

"예, 그렇긴 하지요."

임수의 가라앉은 시선이 벽화를 예리하게 주시하고 있었다.

진파는 일행의 맨 앞에 서서 태인 도장과 전면을 바라보며 나직하게 전음을 주고받고 있었다.

"그게 가능하겠나?"

"모험이긴 하지만 방법은 이것밖에 없습니다. 마침 저 늙은이가 방심하고 있는 듯하고요."

'과연 저것이 방심한 모습일까? 무슨 꿍꿍이만 없다면 좋겠는데……'

태인 도장은 힐끔 동선을 바라보았다.

절곡의 출구를 막고 서 있는 열한 명의 소수마후 앞에서 동괴 동선은 빙글빙글 웃고 있었다.

가늘게 뜬 눈으로 인해 어디를 보고 있는지 무슨 생각을 하고 있는지 통 알 수가 없었다. 살짝 벌려진 입은 계속 웃는 듯 위로 말려 올라간 상태였다.

"자네 말대로 하세. 그런데 혼자서 가능할까?"

"해봐야 알겠죠. 지금으로선 그게 최선입니다. 그리고 철가장에서 양 옆을 지키고, 뒤는 무맹 쪽에서 막는 게 좋을 듯합니다."

"만약의 사태에 대비하자는 것인가?"

"예. 게다가 절곡 위에 있는 현성교도들한테는 쇠뇌가 남아 있을지도 모르니까요. 철가장의 검법은 넓은 범위까지 미치니 양 옆이 맞을 듯합니다."

잠시 진파를 바라보던 태인 도장이 고개를 끄덕였다.

'정말 많이 달라졌구나. 아니, 이게 본모습이었나……?'

"그렇게 하지."

태인 도장이 사방으로 전음을 보내기 시작했다.

그에 따라 방자진의 배치가 조금 달라졌다. 철극양과 철정이 양 옆의 선두에 섰고, 그 뒤와 후미에는 집법사령들이 자리를 잡았다.

"벽화야, 가자."

유현은 아직까지도 등을 돌린 채 멍하니 서 있는 벽화의 어깨를 잡았다.

아무 대답도 없는 게 이상했으나 진파에게 사실을 말할 시기를 놓친 탓이겠거니 심상히 넘어갔다.

유현은 고개를 숙인 벽화를 등에 업었다. 다행히 태인 도장이 전해준 요상단이 기대보다 많은 힘을 회복시켜 주어 경공을 펼치는 데는 별 지장이 없을 듯했다. 유현은 진파의 바로 뒤에 바싹 붙었다.

진파가 뒤를 돌아보았다.

유현이 씽긋 웃으며 엄지손가락을 치켜들었다.

그러나 벽화는 유현의 어깨에 머리를 묻고 있어 얼굴을 볼 수가 없었다.

벽화를 부르려던 진파는 그만 입을 다물었다.

태인 도장의 목소리가 울려 퍼졌던 것이다.

"갑시다!"

'왜 저러지……?'

머리 속에 의문이 스치고 지나갔으나 진파는 고개를 돌려 태인 도장을 따라 몸을 날렸다. 지금은 절곡을 탈출하는 것에 온 신경을 집중할 때였다.

태인 도장의 한소리에 이십 명이 채 안 되는 이들이 서로 보조를 맞춘 채 앞으로 달려가기 시작했다.

"모두 정신 바싹 차려! 화살도 경계해!"

칠극양의 호통이 메아리쳤다.

가운데에 선 전륜파 일행은 하오광이 업은 양란을 제외하고는 집법 사령들이 한 팔씩 꿰어 신법을 도와주었다. 그들의 맨 앞에는 바로 진파가 있었다.

진파는 매섭게 동괴를 노려보았다.

동괴가 호각을 부니 소수마후들이 스르륵 움직이기 시작했다.

거리는 길어봐야 이십 장!

그의 입은 약간 벌려진 채 여전히 웃고 있는 것처럼 보였다. 끊임없이 입술을 달싹였지만 너무나 미미한 움직임이라 모두의 눈에는 그저 웃는 것처럼만 보였다.

동선이 공중제비를 돌아 한 소수마후의 어깨에 앉았다. 그의 손가락이 전면을 향해 힘차게 뻗었다.

"딸들아, 가라!"

동선을 어깨에 앉힌 하나를 뺀 열 명의 소수마후가 일제히 공중으로 몸을 띄웠다.

도약도 없이 허공에서 갑자기 속력이 빨라지는 부풍무영. 그녀들은 한순간도 바닥에 발을 디디지 않았다.

마치 검은 독수리 떼가 허공을 나는 것만 같았다. 머리까지 덮은 검은 피풍의가 세차게 휘날렸다.

진파의 눈이 빛났다.

진파가 갑자기 대열을 이탈하며 앞으로 쭈욱 튀어 나갔다. 진파의 빈자리를 태인 도장이 홀로 메웠다.

마치 진파와 열 명의 소수마후가 정면으로 부딪치려는 양상.

동선이 피식 실소를 흘렸다.

"미친놈. 네가 아무리 무적다가라고 해도 소수마후 열은 못 당해!"

그 순간 진파가 왼쪽 절곡의 벽을 향해 양팔을 힘차게 뻗었다.

스무 가닥의 연혼사가 절곡의 벽을 파고들며 그대로 박혀 들어갔다.

진파의 몸이 허공으로 떠올랐다.

"타합!"

진파의 검은 옷자락이 순간 흐릿하게 사라졌다.

전력을 다해 펼친 유혼신법과 연혼사를 철비갑 안으로 끌어들이는 기관의 탄력을 합친 것.

진파는 눈 깜짝할 사이 소수마후 열 명의 발밑을 통과했다. 절곡 왼쪽 벽에 딱 붙은 진파가 한 마리 박쥐처럼 보였다.

"응?"

동선이 의외의 전개에 고개를 갸웃했다.

'제놈만 살겠다는 건가?'

바로 그때 귀를 멀게 하는 귀곡성이 날카롭게 울렸다.

츄리리리릿—

진파의 오른팔에서 열 개의 연혼사가 발출되었던 것이다.

은백색의 투명한 연혼사는 번개처럼 쇄도해 소수마후 열 명의 발목에 감겼다.

동선의 얼굴에 경멸 어린 표정이 떠올랐다.

'미친놈! 아무리 연혼사라도 소수마후는 자르지 못해. 너 혼자 열명의 소수마후를 막겠다고? 큭큭. 너도 외팔이가 되겠구나.'

동선이 보기엔 절대 불가능한 계획이었다. 부풍무영으로 전력을 다해 몸을 날리는 소수마후 열 명을 오른팔로만 막는다는 것은 말도 되지 않는다.

동선의 입술이 다시 꿈틀거리기 시작했다.

'넌 끝났어. 큭큭.'

연혼사가 거의 다 풀려 팽팽히 당겨질 무렵.

진파는 잔뜩 긴장한 표정으로 오른 손가락을 튕겼다.

연혼사 열 가닥이 허공에서 파르르 경련을 일으켰다.

바로 그때, 허공에서 탁 멈출 듯 보였던 열 명의 소수마후가 빙그르르 방향을 틀며 절곡의 왼쪽 벽으로 그대로 돌진했다.

꽈꽈꽈꽝—!

소수마후들이 절곡의 벽에 그대로 틀어박혔다.

"크흑!"

진파의 입을 비집고 고통스런 신음이 새어 나왔다.

오른쪽 어깨가 빠진 듯했다.

"뭐야!"

동선의 입에서 고함이 터졌다.

진파가 소수마후들의 돌진력을 힘의 방향만 바꿨던 것이다.

그로 인해 모두 벽에 틀어박히는 꼴을 면치 못하였다.

텅 빈 공간을 태인 도장이 선두를 짠 방자진이 나는 살처럼 통과했다.

"이후!"

동선이 호각을 입에 물며 크게 소리칠 때였다.

호각을 쥔 오른 손목이 갑자기 뜨끈하게 달아올랐다.

"뭐……."

동선은 생전 처음 보는 광경에 물끄러미 눈앞의 허공을 응시하고 있었다.

자신의 눈앞에 자기 팔목이 잘려 떠오르는 것은 동선으로서는 처음 보는 광경이었다.

"끄아아~"

동선의 비명과 함께 그제야 손목에서 피가 튀어 올랐다.

새빨간 피가 분수처럼 허공에 터져 나왔다.

동선이 손목을 잃는 것을 보며 임수는 답답한 듯 소리쳤다.

"누님, 왜 쇠뇌를 안 쓰시는 겁니까?"

임수의 질문에 임아영은 빙긋 미소를 지었다.

"벌을 주는 중이다."

"벌이요?"

"동괴가 부주의해 네가 팔을 잃었다. 그가 좀 더 주의 깊게 널 호위했다면 그런 불상사는 없었을 거야."

임수가 눈살을 찡그렸다.

"하지만 누님, 동 할아버지는 어릴 때부터 절 돌봐준 분이십니다."

"그렇다. 하지만 교 내에서 그의 입지가 너무 강해졌다. 소수마후를 통제할 수 있게 된 후부터였지. 어차피 그의 힘을 좀 약화시킬 생각도 있었어. 겸사겸사 잘된 거지."

임수가 나직한 한숨을 쉬었다.

"누님은 참 무서운 분이십니다."

"다 널 위한 것이다."

"이젠 도와주셔야죠."

"그래야겠지. 연혼사에 손목이 잘렸으니. 호호, 동괴가 많이 놀랐나 보구나. 슬슬 도와줘야겠다."

임수는 미간을 깊이 찡그렸다.

"왜 그러니?"

"이미 늦은 것 같군요."

"뭐?"

진파는 유령처럼 몸을 날려 벌써 이후의 머리 위까지 쇄도한 상태였다. 유혼신법과 연혼사를 이용한 쾌속한 움직임으로 동선의 시야를 따돌렸다.

동선의 손목을 자른 찰나의 틈을 타 방자진은 이미 무풍지대를 통과하듯 동선을 지나쳐 절곡의 입구를 향해 숨 가쁜 질주를 계속하고 있었다.

비명을 지르며 울부짖느라 동선은 진파를 시야에서 놓치고 말았다.

왼손의 연혼사는 무음(無音)의 병기.

연혼사가 마병이라 불리며 세인들의 공포를 자아냈던 것은 무엇이든 자를 수 있다는 예리함 때문이기도 했지만 그 은밀함에 힘입은 바가 더 컸다. 오른쪽의 연혼사는 귀를 멀게 하는 공포의 귀곡성을 토해내 이목을 흐렸고, 왼쪽의 연혼사는 아무 소리도 없이 가차없는 죽음을 선사했던 것이다.

동선이 벽에 틀어박힌 소수마후들에게 정신이 팔린 틈을 타 기척도 없이 동선의 손목을 감은 연혼사는 그대로 손목을 날려 버렸던 것이다.

소수마후들을 벽에 박으며 오른쪽 어깨가 탈구되었건만 진파는 그 즉시 어깨뼈를 끼워 맞추고 몸을 날렸다. 엄청난 고통을 수반했지만 그런 아픔 따위에 신경 쓸 때가 아니었다.

진파의 눈에는 오직 동선만이 보였다.

팔목이 아니라 목을 날려 버렸어야 했을 것을! 어깨가 빠져 균형만 잃지 않았다면 가능했을 텐데 아깝기 그지없었다.

그러나 기회는 한 번 더 있었다.

눈 아래로 소수마후 하나와 동선의 머리꼭지만이 보였다.

'늙은이! 이제 끝이다!'

소수마후를 조정하는 것이 동선이라 했다.

동선만 죽이면 소수마후들도 더 이상 움직이지 않을 것이다.

벽화도 완전히 자유를 찾을 것이다!

진파는 왼 손목을 파락 하고 젖혔다.

아무 소리도 내지 않는 왼손의 연혼사가 빛살처럼 동선의 백회혈을 노렸다.

'죽어랏!'

일직선으로 동선의 머리를 노리고 내리 꽂히는 열 가닥의 연혼사!

그 순간 동선을 안고 있던 소수마후가 고개를 치켜들었다.

아주 잠깐 진파는 고개를 하늘로 치켜든 이후와 정면으로 눈이 마주쳤다.

'빌어먹을!'

가슴속이 서늘해졌다.

십삼후를 죽일 때는 눈이 마주치지 않아 느끼지 못했지만 정말 기분 나쁘게도 소수마후들의 얼굴은 벽화가 변한 모습과 하나같이 똑같았다.

비록 눈빛이 약간 다르다고는 하지만 언뜻 봐서는 구분이 안 될 정도로 닮았다. 진파는 질끈 이를 물었다.

'벽화가 아냐!!'

이후가 고개를 드는 것을 느꼈을까?

동선이 따라 고개를 들다가 한껏 눈을 부릅떴다.

"이후!"

이후가 갑자기 신형을 움직였다.

동선의 머리를 노리던 연혼사는 간발의 차이로 이후의 어깨를 찔러 갔다.

캉캉. 카카카캉.

철판에 튀는 소리와 함께 연혼사 열 가닥이 모두 이후의 어깨에서 튕겨 나갔다.

"젠장!"

진파는 내리 꽂히는 기세 그대로 허리에서 철우를 뽑아 들었다.

챙 하는 맑은 소리와 함께 철우가 무서운 속도로 이후를 노리고 쏘아졌다.

이후의 하얀 소수가 철우를 맞아갔다.

한 손에는 동선을 안고, 다른 한 손으로는 진파를 상대하는 이후.

진파의 입에서 세찬 기합성이 터져 나왔다.

"타아아―"

엄청난 연환쾌검이 이후가 안고 있는 동선을 노리고 끝없이 펼쳐졌다.

동선을 안고 있느라 한 팔만을 쓰는 이후.

진파는 눈을 빛냈다.

동선을 죽일 유일한 기회였다.

'으…… 임. 아. 영! 네년이!'

동선은 이후의 품에 안겨 잘린 손목을 지혈하며 이를 갈았다.

조금 몰려 수세에 처해 있긴 하지만 이후는 진파를 상대로 잘 버티고 있었다.

그보단 오히려 절곡의 정상에서 자신들을 내려다보고 있을 임아영에 대한 분노가 더 컸다.

아끼던 십삼후였지만 벽화를 회수하는 방법으로는 적합하다 싶어임아영의 말을 따랐던 것인데, 쇠뇌로 지원을 하지 않는 그녀의 처사에 이가 갈렸다.

'교주님의 손녀라고 그렇게 귀히 대했건만, 교의 원로인 나를 이따위로 대하다니!'

자신을 거세하려고 일부러 그런 것이 틀림없었다.

'네년 뜻대로는 안 될 것이다!'

동선은 미친 듯 날뛰는 진파를 노려보다 괴소를 지었다.

'애송이! 내 손목을 자른 대가가 얼마나 큰지 가르쳐 주마!'

동선은 입을 가늘게 벌려 무언가 중얼대기 시작했다. 그러나 그 입술의 움직임이 너무 미약해 무언가를 말한다고는 가까이에서도 알아챌 수 없었다.

절곡의 입구에서 몸을 돌린 태인 도장 일행은 대부분 가쁜 숨을 몰아쉬고 있었다.

생애 펼친 경공 중 최고의 경공을 펼친 사람들이 대부분이었다.

몇몇 고수들을 빼고는 모두 숨이 턱까지 치받는 듯 헐떡거리고 있었다.

태인 도장은 아직도 동선을 노리는 진파를 보며 혀를 찼다.

"역시 젊군. 저러다 몸을 뺄 기회를 놓치겠어."

태인 도장이 진파를 향해 고함을 질렀다.

"진 소협! 어서 빠져나오게! 우린 다 나왔어!"

태인 도장이 수차례 소리쳤음에도 불구하고 진파는 들은 척도 하지 않았다.

동선을 노리는 그의 얼굴은 다시 시뻘건 가면을 쓴 듯 핏빛 얼룩이 선명히 드러나 있었다.

"아니, 대체 왜 저러는 것이랍니까? 우린 다 나왔는데! 계획이 성공했으면 빨리 나와야지!"

철극양이 안타까운 듯 고함을 쳤다.

대부분 진파의 행동을 이해하지 못하고 있었으나 두 사람만은 어두운 안색을 하고 진파를 바라보고 있었다.

유현과 철정이었다.

'너무…… 무리하는군.'

유현은 미간을 찡그렸다.

진파가 기를 쓰고 동선을 죽이려는 이유.

벽화 때문일 것이 뻔했다.

벽화를 소수마후로 만들었고, 아직도 벽화의 심신을 금제하고 있는 동선을 진파는 꼭 죽이고 싶을 것이다. 게다가 이 기회가 아니라면 동선 같은 노괴를 언제 다시 죽일 기회가 올지 아무도 알 수 없었다.

철정은 주먹을 꼭 쥐고 진파를 응원했다.

그의 주먹이 조금씩 떨렸다.

'해낼 수 있어! 힘내!!'

정혼녀가 있는 그는 진파의 마음을 누구보다도 잘 알고 있었다.

사내가 사랑하는 여인도 지키지 못한다면 도대체 그 힘을 어디다 쓸 것인가!

그때 갑자기 태인 도장이 고함을 질렀다.

"진 소협! 안 돼! 어서 빠져나와! 나머지 소수마후들이 움직이네! 어서!"

모두의 눈에 은은히 공포의 빛이 서렸다.

절곡의 벽에 단단히 틀어박혔던 소수마후들이 꿈틀거리며 빠져나오고 있었다.

소수마후들의 위력을 너무나 처절하게 맛본 그들은 저절로 한 걸음씩 뒤로 물러서고 있었다.

그러나 진파는 철우와 연혼사를 동시에 휘두르며 이후를 계속해서 압박하고 있었다. 태인 도장의 말이 들리지도 않는 듯했다.

"안 되겠소! 직접 데려와야겠소!"

태인 도장이 막 몸을 날리려 할 때였다.

절곡의 정상에서 엄청난 화살비가 일행을 향해 내리 꽂히기 시작했다.

마치 쇠뇌의 소낙비가 퍼붓는 양상.

"이런!"

안타까운 탄식과 함께 태인 도장의 검이 화살비를 향해 떨쳐졌다.

그 옆을 무기를 휘두를 수 있는 자들이 모두 나와 막았다.

"우욱!"

그러나 역부족이었다.

세찬 화살비는 그들의 몸을 조금씩, 조금씩 뒤로 물러서게 만들고 있었다.

마치 죽이려는 것이 목적이 아니라 절곡으로 다시 들어오지 못하게 막는 듯이, 화살비는 끝없이 이어졌다.

"진파야—!"

철정의 고함이 절규처럼 울렸다.

"제엔장!"

진파는 왼손의 연혼사를 다시 회수하며 저도 모르게 욕설을 내뱉었다.

동선을 죽일 수 있을 것 같은데.

조금만 더하면 저 얄미운 아이 모습을 한 늙은 머리를 날려 버릴 수 있을 것만 같은데.

닿지 않는다.

이후의 품에 꼭 안겨 창백한 얼굴로 가늘게 입을 벌려 웃고 있는 그 재수없는 머리를 날려 버리고 싶은데 그럴 수가 없었다.

이후의 부풍무영은 그가 죽였던 소수마후와는 비교도 할 수 없는 경지였다. 관제묘에서 맞부딪쳤던 벽화의 경지보다도 높았다.

표홀하게 허공을 떠다니며 아무 디딤도 없이 방향을 바꾸는 절고(絶高)의 신법.

진파의 유혼신법도 표홀함을 자랑하는 신법이었지만 부풍무영에는 다소 손색이 있었다.

철우와 연혼사라는 중장기 병기를 이용해 끊임없이 이후를 압박했지만 구석에 몰았다 싶으면 이후는 어느새 진파의 거리를 벗어나곤 했다.

때때로 가슴을 얼어붙게 만드는 새하얀 수강(手罡)이 진파를 노리고 들어왔다.

절곡의 입구에서 태인 도장이 무어라 소리쳤지만 진파의 귀에는 제대로 들리지 않았다.

온 신경이 모두 다 눈앞의 동선과 그를 보호하는 이후에게 맞추어져 있었다.

유리처럼 생기없는 이후의 눈동자. 아무 감정도 느껴지지 않고, 아무런 기미도 없이 공격을 퍼붓는 소수마후.

진파는 소수마후의 무서움을 뼛속 깊이 느끼고 있었다. 만약 두 손을 다 쓰는 상태였다면 대등하게 겨룰 수나 있었을까? 같은 소수마후였지만 그가 죽인 소수마후와는 수준 차가 너무 심하게 났다.

'어쩔 수 없다! 사초식을 사용하자!'

동굴 속에서 유현의 검강을 격퇴시켰던 사초식.

완성되지 않은 초식이라 내력의 흐름을 완전히 자기 것으로 하지 못해 위험이 큰 초식이었다.

그러나 지금이 아니면 동선을 죽일 기회가 또 있겠는가!

"야아아압―!"

철우의 검신이 진파의 손을 따라 빙글빙글 회전하기 시작했다.

어깨에서 팔로, 팔에서 손목으로 이어지는 회전의 고리가 갈수록 탄력을 받으며 점점 빨라지고 점점 커졌다.

회전하는 철우의 검신에 푸르디푸른 검기가 서렸다.

이후의 빠른 부풍무영도 삽시간에 철우에서 피어나는 푸른 검막(劍幕)의 범위를 벗어나진 못했다.

"헉!"

동선이 놀라 헛바람을 들이켰다.

그때 하얀 소수(素手)가 진파의 검막을 향해 눈부시게 쏟아졌다.

그리고 천지를 뒤흔드는 굉음이 터져 나왔다.

콰콰콰콰콰쾅!

"커억……!"

절곡의 벽으로 튕겨 나가 등을 기대고 선 진파의 입에서 주르르 핏물이 흘러내렸다.

그의 앞에는 반원을 쳐 그를 둘러싼 열한 명의 소수마후가 검은 피풍의를 휘날리며 우뚝 서 있었다.

그의 검막에 맞섰던 소수마후는 이후 하나가 아니었다.

어느새 몸을 날린 소수마후 열 명이 모두 손을 함께 썼던 것.

수비의 효과가 더 뛰어난 검막이 아니었다면 진파는 목숨을 잃었을지도 몰랐다.

눈앞에 동선을 안은 이후의 모습이 보였다.

동선은 검막의 여파에 휩쓸려 엄청난 내상을 입은 듯 보였지만 분하게도…… 살아 있었다.

쿨럭거리며 밭은기침을 내뱉었지만 어디로 봐도 죽을 놈 같지 않았다. 소수마후들이 그를 향해 조금씩 다가서는 것이 그 증거였다.

'제에…… 기랄……!'

가슴속에서 묵아가 꼬무락거리는 것이 느껴졌다.

녀석만 아니었다면 이 정도 부상을 입지는 않았을 텐데, 소수(素手)의 폭우 속에서 문득 묵아가 생각났다. 녀석을 보호하느라 팔을 멈추고 가슴을 가린 결과가 이 꼴이었다.

소수에 몇 대나 격중되었는지 헤아릴 수가 없었다.

진파는 털썩 무릎을 꿇고 말았다.

몸 안을 끊임없이 휘돌던 내력이 어디로 흩어졌는지 한 점도 모이지 않았다.

'제에… 엔장……'

눈앞이 흐려졌다.

제23장 단장호곡(斷腸號哭)

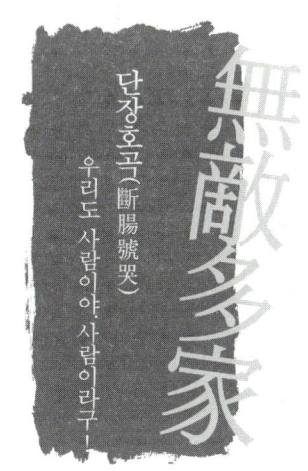

無敵多家

단장호곡(斷腸號哭)

우리도 사람이야 사람이라구─

　　"안 돼!

　진파야!"

　진파를 둘러싼 소수마후들이 차츰차츰 반원을 좁히는 게 보였다. 그 안에 있던 진파가 털썩 무릎을 꿇는 것이 보였다. 죽어도 무릎을 꿇을 녀석이 아니었다. 그만큼 엄중한 부상일 것이 분명했다.

　철정은 한걸음이라도 나서기 위해 무섭도록 거검을 휘둘렀으나 광풍검으로도 쇠뇌의 소낙비를 뚫을 수 없었다.

　보통 쇠뇌가 아니었다.

　무림에서 활을 사용하는 자가 극히 드물고 군사용 무기인 쇠뇌를 다루는 단체는 거의 찾아볼 수 없었지만, 무림고수만을 상대하기 위해 만들어진 현성교의 철시(鐵矢)는 태인 도장의 검을 잡은 손아귀마저 욱신거리게 만들고 있었다.

대부분 앞으로 나서는 것을 포기한 상태.

지금 검을 휘둘러 그나마 돌파를 노리는 것은 철정 부자와 태인 도장밖에 없었다.

유현 또한 마음은 간절했지만 간신히 경공을 펼칠 정도인 지금 상태에서는 아무 힘도 될 수 없었다.

'무적다가는… 음양쌍괴는 도대체 무엇을 하고 있다는 말인가……!'

왜 무적다가의 출도객이 홀로 강호를 헤맨단 말인가!

그때였다. 유현은 갑자기 등줄기가 가뿐해진 듯한 느낌에 고개를 뒤로 돌렸다.

없었다. 방금 전까지도 어깨에 고개를 묻고 있던 벽화가 없었다.

"엇?"

유현은 고개를 휘돌려 벽화를 찾다 두 눈을 휘둥그렇게 뜨고 하늘을 바라보고 있는 집법사령들을 볼 수 있었다.

그들의 눈길을 따라 시선을 돌리다 유현은 보았다.

허공에 둥실 떠올라 놀라운 속도로 쇠뇌의 소낙비를 향해 날아가는 벽화를.

"벽화야!"

유현이 소리 높여 벽화를 불렀으나 벽화는 돌아보지 않았다.

탕탕탕— 티팅— 티팅—

귀를 역하게 울리는 쇳소리만 가득할 뿐.

모두의 눈이 놀라움으로 가득 찼다.

벽화는 허공을 그대로 날면서 철시가 까맣게 내리 꽂히는 절곡의 입구를 그대로 돌파하고 있었다.

그녀의 몸에 닿은 화살들이 바위에 부딪친 파도처럼 산산이 튕겨 나가며 흩어졌다.

"저, 저럴 수가……!"

태인 도장이 그 틈을 타 몸을 날리려 했으나 벽화는 너무 빨랐고, 철시는 계속 내리 꽂히고 있었다. 도대체 얼마나 많은 화살을 준비한 것인가!

태인 도장은 바삐 검을 휘두르며 다시 원래의 장소로 물러설 수밖에 없었다.

태인 도장이 뒤로 빠지며 유현을 향해 와락 고개를 돌렸다.

"검치! 말해 보게! 저것이 소수마후의 부풍무영이 아니고 무엇이던가!"

유현의 얼굴에 떠오른 곤혹스러운 표정은 벽화에 대한 걱정이 뒤섞여 참담하기까지 했다.

'수가 없었음은 나도 안다……. 하지만…… 하지만…….'

태인 도장의 서슬 퍼런 목소리가 유현의 귀를 두드렸다.

"검치!"

"일후군요."

"그렇구나."

임수가 살짝 인상을 찡그렸다.

"무엇이 못마땅한 게냐?"

"결국 일후를 제압하지는 못했군요. 괜히 십삼후만 낭비했습니다. 저놈을 구하려고 숨겼던 정체마저 드러냈군요."

임아영이 높은 교소를 터뜨렸다.

"무엇이 우스우십니까, 누님?"

"정말 사내의 질투란 귀엽구나. 오호호호!"

"누님! 그게 아니라……!"

"네가 일후에게 관심을 갖다니 참 이상하구나. 어떤 여자한테도 관심을 갖지 않던 네가……?"

임아영의 얼굴엔 묘한 표정이 떠올라 있었다. 마치 사춘기에 접어든 아들이 처음 여자 친구를 데려왔을 때 어머니가 지을 법한 모호한 표정.

"아니라니까요!"

임수의 얼굴이 다소 붉어져 있었다.

임아영은 그런 임수가 귀여운 듯 머리를 쓰다듬고는 임수의 귀에 대고 속삭였다.

"수아야, 걱정할 게 없단다. 저 애는 지금 저놈을 구하려고 온 게 아니야. 얼굴을 자세히 보렴."

임수의 눈이 번쩍 빛났다.

"과연……."

벽화의 얼굴은 뽀얗던 십대의 그 얼굴이 아니었다.

이십대로 보이는 창백하고 어딘가 병적인 아름다움이 느껴지는 얼굴.

열한 명의 소수마후와 한 치의 다름도 없는 얼굴이었다.

"으흐흐흐……."

턱밑에 흐르는 피를 닦아내면서도 동선은 득의의 표정으로 웃음을 터뜨렸다.

"푸하하하하하!"

소수마후로 변신한 벽화가 그의 앞에 서 있었다.

십삼후를 희생해 가면서도 벽화의 제압을 노렸던 그 수가 성공했던 것.

벽화가 십삼후의 목을 보면서부터 끊임없이 심어(心語)로 벽화의 뇌리를 자극했던 것이 드디어 결실을 맺고 있었다.

입술을 끊임없이 달싹였던 것은 가끔 다른 소수마후에게 짧막한 명(命)을 전한 것 외에는 오직 벽화를 제압하기 위함이었다.

손목이 하나 날아가고 임아영에게 치욕적인 대우를 받았지만 엄중한 내상도 잊고 동선은 마음껏 웃을 수 있었다.

"흐흐……. 일후, 좀 더 다가와라."

벽화가 마치 인형처럼 두 걸음 앞으로 다가와 이후의 품에 안겨 있는 동선의 앞에 섰다.

"끅끅……."

동선은 숨을 삼키며 가래 끓는 듯 이상한 웃음을 터뜨리더니 벽화의 가슴에 손을 얹었다.

벽화의 양 가슴을 떡 주무르는 듯하며 동선은 날카롭게 벽화를 살폈다.

벽화의 얼굴엔 아무 변화도 없었다.

투명한 눈은 유리알처럼 움직이지 않았고, 주위를 둘러싼 열한 명의 소수마후와 똑같은 얼굴에선 조금의 표정도 발견되지 않았다.

"우헤헤…… 일후, 나를 품에 안아라."

동선의 말에 벽화는 이후의 품에서 조심스럽게 동선을 안아 들었다.

벽화의 가슴에 얼굴을 비비던 동선은 눈을 들어 진파를 노려보았다.

"아깝구나. 네놈이 정신을 잃어 이 꼴을 못 보다니. 우헤헤헤. 봐라. 벽화는 내 딸이야! 네 애인이 아니라고!"

동선이 누런 가래침을 뱉었다.

호선을 그리며 날아간 동선의 침이 진파의 얼굴에 턱 하고 떨어졌다.

"우히히! 자, 일후! 네 손으로 저 멍청한 놈의 목을 끊어라! 소교주께 헌상해야겠다!"

동선의 얼굴에 가학적인 쾌감이 짙게 피어났다.

비록 순진한 아이의 얼굴을 한 동선이었지만 그의 얼굴은 더 이상 착하고 순수하기만한 어린애의 그 표정이 결코 아니었다. 추악한 복수심에 불타는 일그러진 얼굴일 뿐이었다.

벽화가 진파에게 한걸음 다가섰다.

벽화의 손이 서서히 하늘을 향해 뻗었다.

절정에 이른 소수마공.

벽화의 손은 다른 소수마후들처럼 현란한 우윳빛을 뿜어내지 않았다.

담담한 서광이 어려 마공이 아니라 신공의 정화로도 보이는 벽화의 소수.

"그래! 어서……!"

동선의 얼굴에 승리에 찬 미소가 가득 떠올랐다.

"왜 저렇게 뜸을 들여?"

임아영이 애가 탄다는 듯 혀를 내밀어 윗입술을 핥았다.

소수마후로 변한 일후는 감질나게 손만 치켜든 채 진파를 죽이지 않고 있었다.

아주 짧은 시간이었으나 그마저도 임아영에게는 너무나 지루했다.

"아마 정신을 잃었을 겁니다. 정신이 들 때를 기다리나 보죠. 동 할아버지 성미 아시잖아요? 조금 참으십죠, 누님. 무적다가의 피가 끊기는 뜻 깊은 날 아니겠습니까?"

임수가 축배라도 들듯한 즐거운 표정으로 임아영을 돌아보았다.

임아영의 얼굴에도 아름다운 교소가 떠올랐다.

"그래! 좀 더 기다리지. 사랑하는 여자한테 죽는 남자라……. 오호호호! 정말 운치있는 죽음이지 않니?"

"구경꾼들도 많아 더욱 흥겹지요."

"그럼, 그럼!"

임아영은 아직도 절곡의 입구를 돌파하려 애쓰는 태인 도장 등을 바라보며 소리 높여 교소를 터뜨렸다.

"남은 화살을 모조리 쏟아 부어라! 철시는 어차피 회수하면 그대로 사용할 수 있어! 아끼지 말고 한 놈이라도 더 죽여!"

"존명!"

절도있는 대답과 함께 절곡의 입구로 향하는 쇠뇌의 소낙비는 이제 폭풍우처럼 변하고 있었다.

벽화의 품에 안겨 진파를 보고 있는 동선은 그 순간 아무런 말도 내뱉지 못하고 있었다.

벽화의 왼손이 그의 단전 속을 깊이 파고들어 있었던 것이다.

완성된 소수마공의 정화.

벽화의 소수는 동괴라 불리며 한 시대를 풍미했던 노괴물의 단전을 갈가리 찢어놓았다.

"뭐……."

동선의 마혈과 아혈이 순식간에 점혈되었다.

그동안 벽화는 여전히 한 손을 치켜들고 진파를 노리는 것처럼만 보였다. 그래서 다른 손을 움직여 동선을 제기 불능의 상태로 만들어놓은 것을 아무도 눈치 채지 못했다.

절곡 입구의 무맹원들은 발을 동동 구르며 소리소리 질렀고, 절곡 정상의 현성교도들은 쇠뇌를 쏘면서 느긋하게 일후의 부활을 감상하고 있었다.

벽화의 전음이 동선의 귀를 파고들었다.

단전이 파괴되고 꼼짝도 할 수 없었지만, 벽화의 차가운 음성은 동선의 귀에 너무도 똑똑하게 들렸다.

"늙은이…… 그동안 우리를 갖고 노느라 너무 즐거웠지? 우리 친구들을 죽이느라 너무 재밌었지?"

'아냐! 아냐! 너희는 모두 내 딸들이다! 나는 너희를 사자처럼 강인하게 키웠을 뿐이야! 내가 너희를 얼마나 사랑하는지 아느냐!'

그러나 동선의 생각은 벽화에게 결코 들리지 않았다.

벽화가 진파를 보던 동선의 몸을 빙글 돌려세웠다. 그것은 마치 동선이 진파의 죽음을 보는 걸 귀찮아하는 듯한 태도로 보였다.

동선의 눈이 벽화의 눈과 마주쳤다.

벽화의 눈은 유리알 같은 표정없는 눈이 아니었다. 활활 불타오르고 있었다. 그 눈 깊숙이 담긴 씻을 수 없는 원한의 불꽃을 바라보며 동선은 부들부들 몸을 떨었다.

'마, 말을 하게 해줘! 내가 얼마나 너를 사랑하는지 알려줄게! 이후!

삼후! 일후를 공격해라! 어서!'

그러나 진파와 벽화를 비잉 둘러싼 다른 소수마후들은 동선의 생각에 전혀 반응하지 않았다.

내공이 사라진 그는 더 이상 심어를 전개할 수 없었던 것이다.

벽화의 목소리가 뚝뚝 끊어져 들렸다.

"기억을 찾은 후, 제일 먼저 생각한 게 뭔지 알아? 바로 너를 죽이는 거다. 늙.은.이! 이제 네놈의 심령 제압은 내게 통하지 않아!"

갑자기 벽화의 눈에 뿌연 물막이 서리기 시작했다.

"네놈은 나와 내 친구들의 부모 형제들을 모두 죽였어. 불쌍한 친구들을 노리개처럼 학대했지. 간신히…… 살아남은 영아마저 날 제압하기 위해 죽게 만들었어! 네놈들 마음속엔 인간의 마음이라는 게 없는 거냐? 우리가 사람이 아니라 나무 토막으로 보이니? 우린 사람이야! 사람이라구!!"

하늘을 향해 치켜든 오른손을 그대로 둔 채 살짝 고개를 숙인 벽화의 눈에서 한 방울 눈물이 똑 하고 떨어졌다.

동선은 그 눈물을 볼에 맞으며 덜덜 떨었다.

벽화가 일으킨 무형의 살기는 동선이 아니면 누구도 알아챌 수 없었지만 마주 대한 동선은 지옥의 고통을 맛봐야 했다.

동선의 몸은 가뭄에 말라붙은 논바닥처럼 쩍쩍 갈라지기 시작했다. 하얀 동자의 살결은 쭈글쭈글한 검버섯 핀 살갗으로 급격히 퇴화해 갔다. 그 살갗마저 갈라지며 동선의 새빨간 피부가 툭툭 불거져 나오기 시작했다.

동선의 눈이 점점 커지기 시작했다.

눈알이 안공을 비집고 밖으로 솟아오르기 시작했다.

'끄아아아아아아아~'

입을 벌려 비명이라도 지르고 싶었지만 잔뜩 벌린 그의 입에서는 아무런 소리도 나오지 않았다.

시뻘건 피가 피어오르며 동선의 두 눈알이 퍽 하고 밖으로 튀어나왔다.

끔찍한 고통에 제압된 몸을 부들부들 떨고만 있는 동선의 귀에 벽화의 마지막 전음이 들렸다.

"이렇게 곱게 죽일 수밖에 없는 게 한이다. 지옥에서 기다려라! 우리를 이렇게 만든 네놈들 현성교를 모조리 죽여 버리고 우리도 지옥으로 가마! 지옥 끝까지 쫓아가 수백, 수천, 수만 번이라도 너희를 갈가리 찢어 죽여주마!"

벽화는 그 전음을 끝으로 하늘을 향해 치켜들었던 손을 그대로 내려쳤다. 하얀 소수가 동선의 목을 향해 쇄도했다.

동선의 머리가 허공으로 떠올랐다.

수도(手刀)에 의해 잘려진 머리에선 피조차 튀지 않았다.

절정에 이른 소수마공의 위력!

벽화는 동선의 목 잘린 시신을 내동댕이치며 발로 밟았다. 우드드드득 하며 갈비뼈가 박살나는 소리가 처참하게 울렸다.

벽화의 손이 번개같이 진파의 허리를 꿰어 잡았다. 벽화는 진파를 왼팔에 안아 들고 절곡의 벽을 따라 수직으로 솟구쳤다.

벽화의 입에서 높은 고함이 터져 나왔다. 뱃속에서부터 목을 통과해 머리를 통해 울리는 듯한 기이한 소리. 절곡의 벽이 지진이라도 만난 듯 우르르 흔들렸다.

슬프도록 높이 울리는 그 소리에 갑자기 열한 명의 소수마후가 앞을 다투어 벽화를 따라 몸을 날렸다.

백여 상의 높이를 단숨에 치솟아오르는 벽화는 사람이 아니라 한 마리 검은 독수리였다. 그 뒤를 따라 열하나의 검은 독수리가 벽화를 따라 일렬로 몸을 날리고 있었다.

절벽의 끝에 거의 도달한 벽화는 아래를 힐끔 내려다보았다.

소수마후들의 서열에 따라 조금씩 무공의 격차가 있었던 것을 생각한 것이다.

벽화는 자유로운 오른손을 절곡의 벽에 깊숙이 박아 넣었다.

자신의 바로 뒤를 따르는 이후를 내려다보며 벽화는 심어를 보냈다.

[언니, 발을 잡아!]

그러나 이후는 멍하니 벽화를 바라볼 뿐 결코 발을 잡지 않았다.

벽화의 속눈썹이 파르르 떨렸다.

그녀의 눈에 엷은 물막이 드리워졌다.

벽화는 이를 악물며 모두에게 다시 심어를 보냈다.

[이후(二厚) 이하는 모두 윗사람의 발목을 잡는다!]

그제야 이후의 눈동자가 움직였다.

여전히 감정이 담기지 않았지만 이후의 손은 벽화의 발목을 단단히 움켜잡고 있었다.

'언니……'

벽화를 제외한 나머지 소수마후들은 남의 명령을 따르는 살인 강시 같은 존재가 되어버렸다. 더 이상 언니라 불러도 알아듣지 못하고 벽화를 기억하지도 못한다. 그녀들은 다만 명령에 따를 뿐이었다. 벽화의 눈에서 눈물이 고여 흘러내렸다.

삼후부터 십이후까지 모든 소수마후가 앞선 이의 발목을 잡고 절곡에 매달렸다.

　십일후와 십이후는 단숨에 잡지 못하고 절곡의 벽을 몇 차례 소수로 꽂아 몸을 날린 후 잡았다.

　모두 일렬로 매달린 것을 확인한 벽화는 다시 심어로 명령을 내렸다.

　[십이후부터 차례로 절곡의 정상으로 오른다—! 눈앞에 보이는 놈들은 모조리 죽여라! 모조리—!]

　젖어 있는 벽화의 심어는 가슴속을 쥐어짜듯 절박한 절규였다.

　소수마후들은 십이후부터 윗사람의 등을 올려 차며 차례차례 절곡을 오르기 시작했다.

　한 명이 오를 때마다 절곡 위에서 비명 소리가 점점 크게 울려 퍼졌다.

　마지막으로 이후가 자신의 어깨를 밟으며 절곡의 정상으로 휘리릭 넘어가자 벽화는 오른손을 벽에서 빼내며 힘차게 발을 굴렀다.

　벽화의 눈자위가 빨갛게 충혈되어 있었다.

　벽화는 빠드득 이를 갈았다.

　'모조리 죽인다! 우릴 이렇게 만든 놈들을 모조리 죽인다! 모조리!'

　"피하십시오!"

　복면을 쓴 현성교도 하나가 임아영과 임수를 보며 다급하게 아뢰었다. 은은히 떨리는 그 목소리에는 짙은 두려움이 담겨 있었다.

　절곡의 정상에서 쇠뇌를 쏘아대던 현성교도.

　임아영과 임수가 동선과 함께 교를 나서며 데리고 나왔던 내단의 고수들. 그들 한 명 한 명이 족히 무맹의 집법사령들과 자웅을 결할 수 있는 일류를 넘어선 고수들이었다.

그러나 소수마후들한테는 상대가 되지 않았다.

늑대의 무리 속에 뛰어든 검은 호랑이들을 방불케 했다.

백여 명이 넘던 교도들이 어느새 절반 가까이 줄었다.

이리저리 허공을 날아다니며 수박을 터뜨리듯 머리를 부숴 버리는 열한 명의 소수마후. 살인을 한다는 죄책감도 살인을 즐기려는 유희의 표정도 없었다. 그저 명령받은 대로 그들은 적을 분간하고 몸을 날려 상대를 죽일 뿐이었다.

그들의 뒤편엔 절곡의 끝에 서서 오연히 살육의 장을 바라보는 벽화가 있었다.

왼손엔 진파가 허리를 잡혀 매달려 있고, 절곡에서 불어오는 바람으로 인해 그녀의 검은 옷자락이 파라락 세차게 나부꼈다.

임수가 감탄성을 토했다.

"아름… 답군……."

임수의 눈은 벽화를 바라보며 꿈이라도 꾸는 듯했다.

임아영도 고개를 끄덕였다.

"과연 일후야. 전장의 여왕 같은 태도구나."

"이런 곳에 저렇게 어울리는 모습을 할 수 있는 여자는 다시없을 것입니다."

"그래, 그래. 인정한다."

임아영의 얼굴에 교소가 떠올랐다.

"얼마나 좋니? 이제 일후를 네 품에 안겨주마."

"기대하겠습니다."

예상보다 침착한 임수의 반응에 재미없다는 듯 피식 웃음을 지은 임아영은 침착한 태도로 두 손을 모아 수인(手印)을 맺었다.

그녀는 입술을 파르르 떨며 가파른 목소리로 주문을 외기 시작했다.

"훔리지리지 시바바 나자아 옴 남지구 다못삼 먁삼 남지시 따아 모나…… 훔리지리지……."

파지옥진언(破地獄眞言)을 거꾸로 외는 임아영의 목소리가 귀청을 찌를 듯 점점 높아져 갔다. 임아영이 마침내 수인을 맺은 손을 치켜들며 고함을 내질렀다.

"주인을 잃은 소수마후들은 새로운 주인에게 복종하라! 모두 손을 멈춰랏―!'

카아아아아~

현성교도들을 도륙하던 소수마후들이 일제히 고함을 지르며 머리를 감싸 쥐었다. 그들의 눈은 임아영과 벽화의 모습을 번갈아가며 바라보고 있었다.

'저년도…… 우릴 제압할 수 있단 말인가!'

절곡의 끝에 선 벽화가 몸을 떨며 입술을 깨물었다.

염영의 죽음을 대하고 흔들린 마음속을 가차없이 파고들었던 동선의 심어. 그것을 이겨낼 수 있었던 것은 풍협이 심어준 무적심공 덕분이었다.

동굴 속에서 진파가 검결을 연구할 때 풍협의 심공과 같은 것인지 확인을 하느라 검보에 적힌 구결을 따라 운기를 해보았던 것이 큰 도움이 되었다. 미약하지만 그녀의 몸속에 흐르고 있던 무적심공의 흐름을 자기 것으로 만들 수 있었다. 동선에게 막 제압되려던 무렵 불길처럼 치솟아오른 무적심공이 벽화의 뇌리를 단단히 보호해 주었던 것이다.

그러나 그린 벽화도 임아영의 주문에 머리가 뒤흔들리고 있었다. 나머지 동료들은 하나같이 우뚝 멈춰 서서 혼란에 빠진 상태였다.

'저것들부터 공격하는 건데…….'

진파를 보호하느라 몸을 사린 것이 천추의 한이었다.

벽화는 이를 악물며 있는 대로 소수마공을 끌어올렸다. 벽화가 하늘을 바라보며 고함을 내질렀다.

벽화의 입에서 다시 머리를 통해 터져 나오는 것만 같은 기이한 두성(頭聲)이 터져 나왔다.

"끼이이이이야아아아아아~"

현성교도들이 머리를 움켜잡으며 바닥을 뒹굴었다.

주문을 외던 임아영이 울컥 피를 토하며 쓰러졌다.

듣는 사람을 하염없는 슬픔과 절망의 나락으로 떨어뜨리는 기이한 소리. 내장을 갈가리 찢는 듯한 슬프디슬픈 호곡성이었다.

그 소리를 들은 소수마후들이 일제히 벽화를 향해 몸을 돌렸다.

[이후 이하는 모두 이쪽으로 와! 그년은 우리의 주인이 아니다!]

벽화의 심어에 열한 명의 소수마후들이 검은 피풍의를 휘날리며 벽화의 주위로 모여들었다.

벽화는 손가락을 들어 임아영과 임수를 가리켰다.

[똑똑히 기억해 둬! 저것들은 우리의 철천지원수다! 언젠가 저놈들을 모조리 죽여 버려야 한다! 모두 잊지 마―!]

벽화를 포함한 소수마후 열두 명이 임수와 임아영을 뚫어져라 바라보고 있었다.

벽화를 제외하고는 아무도 눈에 감정이 담겨 있지 않았지만, 절곡의 끝에 선 열두 명의 소수마후가 한결같이 눈을 치뜨고 노려보는 것은 저절로 오금이 저릴 만한 공포스런 모습이었다.

"언젠간 네놈들을 모두 지옥으로 보내주겠다! 우리가 당한 것을 천만 배 되돌려 주마!!"

벽화의 음성이 절곡의 정상을 쩌렁쩌렁 울렸다.

[가자!! 이후는 내 몸을 부축해!]

벽화의 심어엔 어딘가 다급함이 섞여 있었다.

이후가 벽화를 슬쩍 부축하며 열두 명의 검은 그림자가 절곡을 박차고 날아올랐다.

그들은 사람이 아닌 것만 같았다.

검은 피풍의를 휘날리며 한 번도 땅에 발을 딛지 않고 날아가는 소수마후 열두 명.

그들을 바라보던 살아남은 현성교도들이 털썩털썩 자리에 주저앉았다.

"수아야, 어서 전열을 갖추고 저들을 추적하자!"

임아영이 입가에 흐르는 피를 닦아내며 다급히 소리쳤다.

임수는 멍하니 사라져 가는 소수마후들을 지켜보다 고개를 흔들었다.

"저들은 이미 우리 손을 떠났지 않습니까? 일후의 명만 듣는데, 이 인원만으로 쫓아서 어쩌자는 겁니까? 할아버님의 노여움이 크시겠지만 일단 본교로 돌아가 인원을 보충해야 합니다."

"아냐!"

임아영이 세차게 고개를 흔들었다.

그녀는 멀어지는 소수마후들을 가리켰다.

"봐라. 일후는 이후에게 부축을 받고 있어! 내 주문이 효과가 없었던 게 아니야! 일후가 너무 강했던 것뿐이야! 너와 힘을 합치면 일후를 제압할 수 있다. 일후만 제압하면 모든 소수마후를 회수할 수 있어!"

임수의 눈이 커졌다.

힘차게 고개를 끄덕인 임수는 좌우를 둘러보며 바삐 명령을 내렸다.

"부상자를 호송할 최소 인원만 남기고 모두 저들을 추적한다. 이대로 교에 돌아가면 무거운 처벌만이 기다릴 뿐이다. 모두 사력을 다해 쫓아야 한다!"

교주의 처벌이란 말에 모두 바싹 긴장한 모습으로 지친 몸을 일으켜 세웠다.

부산스럽게 움직이는 수하들을 바라보다 임수는 고개를 돌려 벽화가 사라진 곳을 뚫어져라 바라보았다.

'널 반드시 내 것으로 만들겠다. 반드시!'

＊　　　＊　　　＊

"으으…… 더는…… 못 가요……. 완전히 사라졌지 않습니까……."

고전류이 가쁜 숨을 토해내며 땅바닥에 널브러졌다. 그를 따라 양린과 산적, 쌍도끼도 그대로 바닥에 쓰러졌다.

소수마후들에게 둘러싸인 채 아득히 허공으로 사라져 가는 진파를 쫓아 남은 이들이 모두 전력을 다해 달린 참이다.

끝까지 그들과 보조를 맞추던 선지애가 탄식을 토했다.

"그래요……. 어차피 우리 능력으로는 따를 수 없을 거예요. 기다려야겠네요."

선지애는 이미 보이지도 않는 앞서 간 사람들을 가늠하며 고개를 흔들었다.

꼭 벽화가 진파를 죽이는 줄만 알았다.

철정의 태도가 이상하다 여겨 무언가 있다고는 여겼지만 벽화가 설마 진짜 소수마후일 줄은 생각도 못했다.

그것도 모든 소수마후들이 절대 복종하는 그런 존재였다니.

'진 소협을 해치지는 않을 텐데…… 그럴 거면 애초에 죽였을 거야…….'

벽화가 절곡에서 내질렀던 그 애통한 고함이 귓가에서 떠나지 않았다.

벽화와 함께했던 시간은 채 하루도 되지 않았다.

그 묘한 빈틈이 엿보이는 이상한 태도가 동정심을 불러일으켰는지 벽화는 처음부터 남 같지 않았다.

그런 그녀가 소수마후란 누명을 쓰고 쫓긴다는 얘길 듣고 가만히 있을 수 없었다. 그래서 철정을 쫓아왔건만.

소수마후였지만 벽화에 대한 선지애의 감정은 변함이 없었다.

그 슬픈 고함. 그것은 절규처럼 들렸다. 자신의 신세를 저주하는 애통한 비명으로 들렸다.

'너무…… 불쌍해…….'

선지애는 망사 속으로 손을 넣어 슬쩍 눈을 훔쳤다.

고전륜이 그녀의 기색을 훔쳐보다가 흠흠거리며 나섰다.

"흠……. 소저, 무엇이 그리도 슬프신 것입니까? 이 고전륜에게 털어놓으시지요. 제가 여자의 마음은 꽉 잡고 있는……."

고전륜의 말은 더 이상 이어지지 못했다.

양린이 어느새 일어나 고전륜의 불알을 발로 찼던 것이다.

"캭!"

이상한 소리를 지르며 떼굴떼굴 바닥을 구르는 고전륜에게 얼굴이 시뻘겋게 상기된 양린이 버럭 고함을 질렀다.

"형님! 아직도 정신 못 차리고 껄떡댑니까! 그만 좀 정신 차려욧! 그렇게 고생하고도 아직도 화화공자 타령입니까! 볼썽사나운 짓 그만 좀 하라구요!"

선지애는 화를 낼 기회도, 웃을 기회도 잡지 못하고 애매한 표정으로 고전륜과 양린을 바라보고 있었다.

산적 엄창직이 나직하게 속삭였다. 상대는 물론 쌍도끼 칠무종이었다.

"야, 아무래도 린이가 질투하는 것 같지?"

"같지는……? 저건 질투야. 린이가 여기 오는 동안 정말 이상해졌지 않냐?"

"뭔 소리야? 원래 이상했잖냐. 정말 좋은 녀석이다만 알짜배기 순종 산적처럼 생긴 놈이 화장은 뭐 하러 하냐? 눈썹은 또 뭐 하러 다듬어? 다 형님한테 잘 보이려고 그런 거라고."

산적과 쌍도끼는 서로에게 나직하게 속삭인 것이었지만 그 자리에 있던 모두의 귀에 너무도 똑똑하게 들렸다.

선지애가 드디어 참지 못하고 까르르 웃음을 터뜨렸다. 이들 사 형제의 애정 관계는 정말로 이상했다. 말은 저렇게 하지만 산적과 쌍도끼가 양린을 바라보는 눈 또한 아우를 보는 눈이 아님을 선지애는 잘 알고 있었다.

네 명 중 주먹이 가장 센 양린이 팔뚝을 걷어붙였다.

"형님들, 다시 한 번 씨부려 보쇼!"

그의 곱게 단장한 얼굴은 새색시처럼 붉게 달아올라 있었다.

"아, 아니…… 그게 아니구……."

"뭐가 아니에욧!"

새된 어조를 흉내 낸 굵직한 양린의 호통이 터졌다.

그때 갑자기 선지애가 날카롭게 경고했다.

"조용히! 누가 오고 있어요!"

아이처럼 투닥거리던 전륜파의 음성은 순식간에 사라졌다.

그들의 앞을 막아선 숲이 조용히 흔들리는 것을 그제야 느낄 수 있었다.

잔뜩 긴장해 허리춤에서 검을 빼어 들던 선지애는 휴 하는 한숨과 함께 표정을 풀었다.

진파와 벽화를 따라갔던 사람들이 돌아왔던 것이다.

선지애는 철정을 향해 쪼르르 달려가 팔짱을 끼었다.

"철랑!"

철정의 지친 얼굴에 반가운 웃음이 떠올랐다.

"지애, 무슨 일은 없었지?"

"그럼요. 결국 못 따라잡은 건가요?"

"음, 공중을 날아다니니 종적도 남지 않고……. 어쩔 수 없었어."

철정이 침울한 얼굴로 고개를 끄덕였다.

태인 도장과 유현 등의 얼굴도 굳어 있긴 마찬가지였다.

태인 도장은 앞에 서 있는 유현의 어깨를 턱 하고 잡았다. 그의 표정이 심상치 않았다.

"이제 말하게! 자넨 이 소저가 소수마후라는 걸 알고 있었던 거지?

혹시 진 소협도 알고 있는 것인가?"

유현이 시친 얼굴을 돌려 어깨 너머로 태인 도장을 바라보았다.

딱딱하게 굳은 태인 도장의 얼굴에는 사실을 밝혀내겠다는 강한 집념이 서려 있었다.

"알고 있네. 나도 진파도 얼마 전에야 알았지."

"그런데도 우릴 막았단 말인가! 그런데도!! 종남을 멸문시킨 그 소수마후야!!"

"그건 벽화가 한 짓이 아니네! 그리고 나머지 소수마후들도 그저 희생양들일 뿐이야! 종남을 멸한 건 현성교일세!!"

"검치!"

"제발 그 고리타분한 생각 좀 버려! 삼십 년 전에 한 실수를 되풀이할 셈인가!"

태인 도장이 꾸욱 입을 다물고 유현을 형형한 눈빛으로 노려보았다. 유현도 지지 않고 태인 도장을 노려보고 있었다.

철극양이 둘 사이에 끼어들었다.

"지금 이럴 때가 아닙니다. 일단 좀 마음들을 가라앉히십시오."

철극양의 커다란 덩치가 끼어들자 자연스레 둘의 눈싸움은 막을 내렸다. 서로의 얼굴이 보이지도 않았다.

유현이 한걸음 물러서 천천히 숨을 내뱉었다.

유현은 놀란 눈으로 태인 도장과 자신을 바라보는 이들을 향해 말을 꺼냈다.

"모두 앉아 숨이나 좀 돌립시다."

유현의 말에 모두 적당히 자리를 잡았다.

"자네도 앉게."

태인 도장은 잠시 묵묵히 유현을 바라보다 그 자리에 털썩 가부좌를 틀고 앉았다.

"조금 긴 이야기가 될지도 모르오."

서두를 꺼낸 유현은 자신이 동혈 속에 어떻게 해서 갇혔는가부터 진파와 벽화를 만난 이야기, 벽화에게 들은 소수마후에 대한 이야기, 동선과 소수마후들에게 쫓긴 이야기를 가감없이 이야기해 주었다.

사방에서 혀를 차는 소리와 함께 은은한 탄성이 뒤섞여 나왔다.

태인 도장의 표정이 무겁게 가라앉아 있었다.

"결국… 업(業)이란 말이군."

"그렇지……."

태인 도장과 유현의 알 수 없는 대화에 철정이 의문을 표했다.

"업이라뇨? 잘 이해가 가지 않습니다만……."

"네가 나설 곳이 아니다."

철극양이 묵직한 음성으로 주의를 주었으나 태인 도장이 고개를 흔들었다.

"아니네. 적어도 오늘 이 자리에 있는 사람들은 알 자격이 있어. 눈앞에서 동료들이 죽어 나갔고, 모두 다 죽을 위기를 넘긴 사람들이야."

"하지만 형님, 그것은……."

"괜찮네. 덮어둔다고 마냥 감출 수 있는 게 아냐. 이미 그들이 다시 나선 이상 우리도 철저히 실상을 알 필요가 있네. 적어도 이 자리에 있는 이들만이라도 말야."

태인 도장은 철정과 하오광, 집법사령들 중 중년이 되지 않은 이들을 바라보며 말을 이었다.

"삼십 년 전에 커다란 혈풍이 불었다는 것은 자네들도 들어서 알 것이네."

"현성교와의 대전(大戰)이라면 알고 있습니다."

"그렇겠지."

고개를 끄덕인 태인 도장은 가볍게 한숨을 토했다.

"혹시 그 안에 저희는 모르는 무슨 비사(秘事)라도……?"

선지애의 조심스러운 질문에 유현은 고개를 흔들었다.

"비사는…… 더러운 일일 뿐이야."

태인 도장은 유현의 얼굴을 잠시 바라보다 다시 모두를 향해 이야기하기 시작했다.

"청해(靑海)에서 발원한 현성교가 중원 병탄을 목적으로 침공해 중원무림인들이 힘을 합해 막아냈다는 것이 자네들이 아는 전부일 걸세."

철정 등이 고개를 끄덕였다.

그 후에 무맹이 설립되어 장차 더 있을지도 모를 환난에 대비하고자 했던 것이 삼십 년 평화의 출발이라 모두 알고 있었다.

"그 바로 일 년 전에 청해의 끝에 있는 곤륜파에서 구파일방의 회합이 있었네."

"당시의 장문인들과 일대제자 하나씩을 거느린 그야말로 엄청난 회합이었지. 정파무림의 최고 수뇌들이 한데 모인 것이었어."

철극양의 부연에 유현이 피식 웃음을 터뜨렸다.

"최고? 그 최고들이 무슨 짓을 했는지 잊었나?"

유현의 비아냥거림에 철극양의 얼굴이 붉게 달아올랐다.

태인 도장이 철극양에게 자중하라는 듯 손을 내저었다.

그의 음성이 계속되었다.

"구파일방이 회합을 갖는 것은 드문 일이 아니었지만 그때는 곤륜파에 모였다는 것이 특이했지. 머언 청해의 끝까지 간다는 게 쉬운 일이 아니라서 곤륜파에서 회합을 가진 것은 백여 년 만의 일이었네."

태인 도장의 눈빛이 어두워졌다. 과거를 회상하는 그의 눈엔 말 못할 비감이 서려 있었다.

"문제는…… 장문인들을 수행하는 일대제자들이 하나같이 혈기방장한 나이들이었다는 것이네……."

"오만불손이겠지."

"검치!"

마침내 참지 못한 철극양이 유현을 바라보며 소리쳤으나 태인 도장은 철극양을 조용히 말렸다.

"틀린 말이…… 아니야."

"형님!"

"얘기나 계속하세나……."

"알겠습니다……."

철극양이 못내 불만스러운 듯 잔뜩 찌푸린 얼굴로 유현에게서 고개를 돌렸다.

"당시 장문인을 수행했던 일대제자들 중 다섯 명이 곤륜의 산문 밖으로 나들이를 갔네……. 너무 답답했던지라 바람이나 쐬자는 의도였지만, 중간에 젊은 혈기로 경공 내기를 했다네……. 그러다 한 계곡에서 이상한 광경을 목격했지……."

태인 도장의 목소리는 점점 낮아지고 있었다.

"노파 네 명을 등에 짊어지고 가는 젊은이들을 발견했네……. 그들을 은밀히 따라갔지……. 왠지 심상치 않은 분위기였거든……. 모두 재미있는 사건이 일어나기를 기대했다네……. 멀리 곤륜까지 왔지만 너무 지루한 여정이었어……."

철정은 태인 도장의 말을 들으며 그도 그곳에 있었다는 것을 직감적으로 깨달았다.

'백부님이 관련된 일이었던가……?'

"그때…… 나는 사형을 제치고 수행제자로 뽑혔다는 데 조금쯤은 우쭐해 있었네……. 그건 장문제자로 인정받았다는 것과 다름이 없었지……."

철극양이 안쓰러운 얼굴로 태인 도장을 외면했다. 그로선 더 듣기가 괴로운 과거사였다. 바로 그 사건에 대한 죄책감으로 태인 도장이 화산의 장문인 직을 고사했던 것이다.

태인 도장의 평온했던 얼굴이 서서히 일그러지기 시작했다.

"그들은 독수리 떼가 자욱하게 날아다니는 황량한 계곡으로 들어섰네……. 그곳에 노파들을 내려놓더군. 그리고 돌아서는 게야……. 아직 살아 있는 노인들을 말일세……. 머리 위로 독수리 떼가 까맣게 날고 있더군……."

태인 도장은 괴로운 듯 이마를 짚었다.

"독수리들이 노인들을 덮치더군……. 젊은 우리들은…… 그 반(反)인륜적인 행위에 무섭게 분노했네……. 그들이 노인들을 독수리 떼의 먹이로 버렸다고 여겼지……. 노인들을 덮치는 독수리 떼를 단칼에 죽여 버렸네……. 그런데…… 노인들을 메고 온 젊은이들은 오히려 우리에게 무기를 빼 들고 덤벼들었어……. 우리는 그 뻔뻔스러움에 모두다 분노했네……. 성미 급한 종남의 위도천이 한 명의 목을 날려 버렸

지……. 그들은 알 수 없는 언어로 고함을 지르며 우리에게 덤벼들었
네……. 남은 세 명의 인원만으로도 위도천을 궁지에 몰아넣더군…….
우리도 합세했네. 그들 중 겨우 한 명만 살아남아 도망쳤지……. 우리
는 물론 그를 쫓지는 않았네. 노인들을 돌보는 게 더 급하다고 생각했
거든……. 그런데…… 우리를 원한에 가득한 눈빛으로 노려보던 노파
들이 모두 다 자결을 했다네……. 바위에 머리를 박아 스스로 목숨들
을 끊었지……."

태인 도장의 얼굴이 점점 더 침울하게 변해갔다. 그의 표정이 딱딱
하게 굳어 있었다.

"우리는 시신들을 묻어주고 그곳을 떠났네……. 곤륜에 돌아와 우
리와 같은 배분이었던 일진자(一眞子)에게 그 이상한 이야기를 해주었
지. 그때 그가 지었던 표정을 아직도 잊을 수가 없네……."

태인 도장은 후 하고 한숨을 쉬더니 천천히 눈을 내리 감았다. 태양
을 보기가 부끄럽다는 듯.

"그들은 자신들의 관습에 따라 장례(葬禮)를 치르고 있었던 것이었
네……. 그때까지만 해도 우리는 조장(鳥葬:시체의 처리를 새에게 맡기는
장례 풍속)이라는 것이 있다는 것을 상상도 하지 못했으니까……. 더구
나 살아 있는 사람을 새에게 맡긴다는 발상은 생각도 못했네……. 그
것이 가장 신령스러운 죽음이라 믿는 사람들이 있다는 것을 몰랐던 게
지……."

태인 도장은 더 이야기하기가 힘들다는 듯 유현에게 고개를 돌렸다.

"나머지는…… 자네가 이야기해 주겠나……?"

"그러지."

유현이 고개를 끄덕여 주자 태인 도장은 자리에서 일어서 뚜벅뚜벅

걸음을 옮기기 시작했다. 태인 도장의 어깨는 힘없이 처져 있었다.

그의 등을 바라보던 유현이 고개를 돌리고 간결하게 상황을 설명하기 시작했다.

"그들이 바로 현성교(玄星敎)를 믿는 이들이었네. 새가 하늘로 육신을 옮겨다 준다고 그들은 믿고 있어. 산 채로 새에게 공양하는 것은 현성교에서도 공덕을 많이 쌓은 최고 신자들만이 가질 수 있는 영광이야. 그걸 방해한 것이지. 게다가 신관들을 죽이기까지 했네."

유현의 눈이 가늘어졌다. 수염이 가득해 눈밖에 보이지 않았지만 그의 얼굴에는 짙은 조소가 떠올라 있었다.

"그때 구파일방의 잘난 노친네들이 정중히 사과만 했던들, 그때 그들에게 응분의 보상만 해주었던들 삼십 년 전의 그 피의 강은 흐르지 않았을 거네. 곤륜파의 사과 제의를 묵살한 장문인들은 자신들의 제자들을 데리고 중원으로 돌아왔지. 그리고 곧 현성교의 대대적인 침공이 시작되었네."

철극양이 무거운 한숨을 토해냈다. 유현의 이야기를 듣는 젊은이들의 얼굴에는 여러 가지 표정이 다양하게 떠올라 있었다.

"나머지는 자네들이 아는 바와 같네. 현성교의 교주가 파죽지세로 정파무림을 초토화시켰고, 마지막 일전이 한중에서 있었네. 그때 무적다가가 나섰지. 당시 풍협은 갓 스물을 넘긴 젊은 나이였지만 말 그대로 무적이었네. 그의 손에 현성교의 교주는 패퇴했고, 풍협은 부상을 입은 자신의 정혼녀를 데리고 떠났지."

유현의 눈빛이 날카로워졌다.

"여기서부터는 자네들이 또 모르는 이야기야. 그때 풍협은 현성교의 교주인 임혁을 죽이지 않았네. 구파일방의 장문제자들이 죽인 노인들

중엔 임혁의 어머니도 있었어. 그 사연을 아는 풍협은 현성교가 청해로 돌아가겠다는 약속만으로 물러섰지. 그런데 정파무림의 고귀한 윗분들께서는 그것만으로는 부족했던 거야. 풍협이 사라지자 그들은 저항할 힘도 없는 임혁의 단전을 폐하고 사지를 잘랐네."

선지애가 '아' 하는 탄성을 내지르며 얼굴을 잔뜩 찌푸렸다. 다른 젊은이들의 얼굴색도 그녀와 별로 다르지 않았다. 하오광만이 한마디 반문했을 따름이었다.

"그리고는 그냥 돌려보냈던 겁니까?"

유현은 잠시 하오광을 묵묵히 쳐다보더니 설레설레 고개를 저었다.

"아니, 그 노인네들은 현성교도들을 아예 쓸어버릴 작정이었지. 다시는 중원을 노리지 못하도록 말일세."

"당연히 그래야죠!"

하오광이 주먹을 불끈 쥐었다.

"그런데 못 그랬다네. 현성교의 태상교주가 그때 나타났거든."

"태상교주요?"

"그렇네. 임혁의 아버지였지. 부인을 하늘로 보내면서 그는 아예 교를 떠나 은거해 버렸던 거야. 현성교에 그런 일이 있었다는 걸 그 사람은 전혀 모르다가 뒤늦게 나타났지. 그 한 사람이 나타남으로 인해 현성교도는 더 이상 아무런 희생도 내지 않고 그 자리를 떠났네. 청해로 돌아가지도 않았지. 그들의 근거가 어디인지는 아무도 모르네."

"그렇게 셌습니까?"

유현이 다시 한 번 하오광의 얼굴을 물끄러미 바라보다 대답해 주었다.

"그렇네. 그로 인해 구파일방의 장문인 중 절반이 내상을 입었으니까. 그의 혈광파는 정말 대단했지."

"풍협과 비교하면요?"

"그야 알 수 없지."

하오광이 아깝다는 듯 쩝쩝 입맛을 다셨다.

유현은 철극양을 돌아보며 피식 소리를 내어 웃었다.

"정말 대단한 제자를 두었군. 당시 구파일방의 장문인들과 아주 비슷해. 철가장 앞으로 번창하겠네."

철극양이 주먹을 꾹 움켜쥐었다.

그는 유현을 잔뜩 노려보다 벌떡 몸을 일으켜 자리를 떴다.

철정이 한심한 표정으로 하오광을 바라보다 철극양을 따라 걸음을 옮겼다.

유현은 하오광의 얼굴을 바라보며 히죽 소리를 내어 웃었다.

"그래, 또 궁금한 건 없나?"

하오광은 어쩐지 분위기가 어색하다고 느꼈는지 주위를 돌아보았다. 무언가 찌르는 듯 어색한 분위기 속에서 몇몇만이 하오광을 따라 눈치를 살피고 있었다.

어느덧 밤이 깊어 보초로 세워둔 모닥불 주위에 둘러앉아 있는 몇몇을 제외하고는 대부분 자리에 누워 있었다.

유현이 태인 도장을 향해 빙긋 웃음을 보냈다.

"그래, 좀 속이 풀렸나?"

"음. 고맙네."

"뭐가 말인가?"

"지난 삼십 년간 난 끝없이 고뇌했네. 우리는 견문이 좁아 실수를 한 것일 뿐이라고, 중원을 지키기 위한 선대의 노력은 잘못된 것이 아니라고 강변했지. 그러나 한편으론 우리의 무지가 초래한 엄청난 참극에 너무나 죄스러웠네."

"무지라기보다는 오만이지. 그들에게는 독수리 떼를 죽이는 자네들이 신성 모독을 범한 것이었을 거야. 다른 사고방식을 가진 사람들이 있다는 걸 무시하는 건 무지가 아니라 오만일세. 편견이지."

태인 도장이 고개를 끄덕였다.

"그렇게 시원스레 꾸짖어주는 소리가 너무나 듣고 싶었네. 하지만…… 아무도 그런 소리를 해주지 않았네."

"중원을 수호한 위대한 무맹에게 누가 그 딴 소리를 하겠나……? 근데, 그래서 고맙다는 건가?"

"그렇다네."

"자네 학대받으며 자랐나? 피학에서 쾌감을 느끼는 건 이상한 조짐이라네."

풋 하고 웃음을 흘린 태인 도장이 유현에게 물었다.

"자넨 이제 어쩔 셈인가?"

"진파와 벽화의 뒤를 쫓을 생각이네. 사천을 이 잡듯 뒤지겠네. 그 애들에겐 빚이 많아. 현성교에서 쫓을 것이 분명한데 한 팔이라도 보태야지."

"우리도 놓쳤는데 현성교라고 가능할까?"

"소수마후를 만든 곳이 현성교니 무슨 방법이 있을지도 모르지. 더구나 진파의 부상이 심하니 어딘가에서 치료를 하고 있을 게야."

"저도 돕겠습니다."

유현은 철정을 향해 고개를 돌렸다. 꾹 다문 입술이 믿음직스러워 보였다.

"좋네."

철극양이 철정에게 뭐라 말하려다 입을 다물었다. 그의 얼굴엔 잠깐의 망설임이 스쳤지만 곧 침묵으로 아들의 선택을 지지해 주었다.

태인 도장은 묵묵히 유현을 바라보다 돌연 후 하고 한숨을 내쉬었다.

"그러게. 난 무맹으로 돌아가 현성교의 재침이 임박했다는 것을 알려야겠네."

유현은 고요한 눈으로 태인 도장을 바라보다 한마디 반문했다.

"무맹에서 알아듣겠나?"

"당연하지. 이렇게 급박한 상황인데."

"글쎄…… 난 좀 회의적이네. 그들은 겪지 못했고 우리는 직접 겪었네. 그 차이는 실로 크지. 게다가 앞으로 현성교는 눈에 드러난 활동은 하지 않을 걸세. 소수마후들을 모두 잃었으니 그들을 회수하는 걸 최우선 과제로 삼겠지. 자넨 무맹에서 힘든 싸움을 하게 될 거야."

"으음……."

태인 도장의 얼굴이 심각하게 굳어졌다.

"그렇게 되지 않을…… 걸세."

"나도 그러길 비네."

그때 철극양이 태인 도장을 향해 진지한 목소리로 물었다.

"그런데 진 소협에 대해서는 어찌 말씀하실 생각이십니까? 무맹에서는 아미와 세가 사람들을 진 소협이 죽였다고 알고 있습니다. 소수마후와 같이 행동한다는 것은 또 다른 오해의 소지가 있을 텐데요."

"나도 바로 그 점이 걱정이네."

태인 도장이 눈살을 찌푸렸다. 철극양에게서 무적다가를 넘어서겠다는 무맹의 분위기를 전해 들은 터라 마음이 무거웠던 터였다.

유현이 그런 태인 도장을 바라보며 빙긋 웃어주었다.

"그 점에 대해서는 걱정 말게나. 내 비책(秘策)을 알려주지."

"비책?"

"자네도 진파와 벽화가 죽었다는 시신들을 보았겠지?"

"그렇네."

"자네가 사인을 직접 확인한 게 아닐 테지?"

"맞네. 집법사령들의 보고를 듣기만 했지. 제갈 군사가 은근히 압박을 가해 간섭할 수가 없었네. 멀리서 보기만 했지만 나조차 의심이 가더군. 확실히 소수마공과 연혼사의 자취였네."

유현은 고개를 끄덕였다.

"내 그럴 줄 알았네. 그들의 시신은 어찌 처리했나?"

"일단 모두 무맹으로 옮겼네. 출신 문파에 사실을 알리고 무맹 차원에서 장례를 치르려 했지."

"큭큭. 무맹의 힘을 과시하겠다는 발상이군. 제갈청인의 생각인가?"

태인 도장이 고개를 끄덕였다.

"그럼 무맹에 가서 자네가 직접 살피게. 자네라면 알 수 있을 게야. 혈광파를 기억하지?"

"물론이지. 아! 혈광파……!"

태인 도장이 놀란 얼굴로 무릎을 쳤다.

왜 혈광파를 떠올리지 못했단 말인가. 현성교의 교주가 사용하던 칼날처럼 대기를 찢는 그 끔찍한 장력을! 혈광파라면 연혼사와 비슷한 자취를 남길 수 있을 터였다.

"현성교의 교주라도 나타났던 것인가? 그가 그들을 죽였던 것인 가?"

서둘러 묻는 태인 도장에게 유현은 고개를 흔들었다.

"그건 아니네. 진파가 우리를 미행하던 한 청년의 팔을 잘랐는데, 그 친구가 혈광파를 쓰더군. 현성교의 소교주가 아닐까 싶어 동괴를 넘겨 짚어 보았는데 맞더구만. 아마도 그가 진파에게 죄를 덮어씌웠던 것일 게야."

"그럼 소수마공은?"

"그것도 뻔하지. 동괴가 소수마후들을 제련시켰다고 했네. 본격 제 련에 앞서 무공의 기초를 닦아주었다더군. 어떻게 그 방법이 현성교에 들어갔는지는 모르겠지만, 소수마공을 가르쳤다면 흉내 낸 자국쯤 만 드는 건 쉬운 일이었을 거야."

태인 도장이 감탄한 얼굴로 고개를 끄덕였다.

"허…… 정황상 앞뒤가 딱딱 맞네. 고맙네. 그 정도라면 맹도들을 설득할 수 있겠어."

"그래도 이 소저나 다른 소수마후들의 처리 문제는 변화가 없지 않 을까요?"

철정이 조심스럽게 질문을 던졌다.

유현이 씨익 웃으며 철정의 머리를 쓰다듬었다.

"정말 괜찮은 머리구나. 철가장의 앞날이 기대되는군."

"과찬이십니다."

태인 도장이 철정의 말에 고개를 끄덕였다.

"나도 그 문제는 회의적일세. 어쨌든 소수마후는 살려둬서는 안 되 는 마물들이야."

유현은 태인 도장을 바라보며 고개를 저었다.

"쯧쯧. 도를 닦는다는 자네가 어찌 그런 소리를 하는 겐가? 정말 실망스럽군."

"자네도 봤지 않나? 그 끔찍한 위력을 말일세."

"물론 나도 처음엔 벽화를 제외한 다른 소수마후들은 그저 없애야 할 마물이라고 생각했네. 하지만 절곡에서 벽화가 지르는 고함을 들으면서 생각이 바뀌었네. 그런 절통한 소리는 내 평생 처음이네. 소수마후들 모두의 마음을 대변하는 것처럼 들렸지. 게다가 벽화는 다른 소수마후들을 이끌고 현성교를 떠났네. 현성교도들을 공격까지 했지 않은가."

"그렇지만 그들이 지은 업보를 생각해 보게. 종남을 멸문시켰고, 숱한 양민들을 해쳤어."

"그게 그들이 원해서 한 짓이겠는가? 그들은 벽화를 제외하고는 의식도 없네."

"하지만 그것도 죄가 된다고 할……."

"그만 하지!"

유현이 태인 도장의 말을 잘랐다.

"나는 어쨌든 진파와 벽화의 편이네. 다른 건 내게 무의미해. 그런 이유로 날 설득하려 하지 말게."

"검치……."

"날이 밝으면 일행을 나누세. 자넨 자네의 할 일이 있고, 나는 내 할 일이 있네."

"알겠네……."

무거운 침묵이 모닥불 사이를 떠돌았다.

철정의 작은 한숨 소리가 들렸다.

"몸조심하거라."

"아버님도 조심하십시오."

"녀석! 지애도 잘 돌보거라."

"염려놓으십시오."

철극양과 철정이 이별의 정을 나누는 사이 양쪽으로 갈라선 이들이 가볍게 서로에게 인사를 건네고 있었다.

"잘해보게."

"자네도."

태인 도장과 유현이 굳게 손을 잡았다.

입장은 조금 달랐지만 그들의 마음이 완전히 다른 것은 아니었기에.

태인 도장은 철정의 뒤에 엉거주춤하니 서 있는 전륜파 일행을 보며 유현에게 물었다.

"그런데 저들을 데려가는 게 방해가 되는 건 아닐까?"

"어차피 무맹으로 가봐야 천덕꾸러기밖에 더 되겠는가. 내 알아서 하겠네."

태인 도장이 가볍게 고개를 끄덕였다.

그들은 서로 눈빛을 주고받고는 등을 돌렸다. 이별이란 짧을 수록 좋은 법이다.

태인 도장의 곁에서 걸음을 옮기던 철극양은 귓전을 파고드는 유현의 전음에 움찔했다.

"철가주, 자네 아들이 맘에 들어서 하는 말이네만……. 자네 대제자를 조심하게. 결코 자네나 철가장에 득이 될 인물이 아니네."

철극양이 뒤를 돌아보았으나 유현이 앞장선 여섯 명은 벌써 숲 속으로 사라져 가고 있었다.

"왜 그러나? 정이라면 너무 걱정 말게. 벌써 한 사람 몫을 단단히 하고 있으니."

"그렇지요……."

고개를 돌리는 철극양의 얼굴에 언뜻 심각한 고뇌가 스쳐 지나갔다.

"그런데 검치 어르신……."

"유 숙, 아니, 유 백부라고 불러라. 네 아비와는 호형호제하는 사이는 아니지만 태인과는 그나마 가까운 사이라 할 수 있으니……."

"예……. 그런데 제 아버님과는 면식이 없으셨습니까?"

"아니, 젊을 때도 몇 번 만났고, 내 의지는 아니었다만 은거를 하기 전에도 보았지."

"그럼……."

유현은 철정을 바라보며 빙긋 눈웃음을 그렸다.

"너도 나이를 먹을 만큼 먹었으니 내 말을 이해하리라 믿는다. 난 네 아비의 호쾌한 듯하면서도 답답한 일면이 마음에 들지 않았단다. 지금도 네 아비는 좀 답답해 보이더구나."

철정은 말없이 고개를 끄덕였다.

가문을 일으켜 세우겠다고 동분서주했던 아버지의 마음을 모르는 것은 아니었지만 화산파를 대했던 태도나 친동생인 철극수에게 했던 행동들은 그로서도 쉽사리 수긍이 되지 않았던 점이다.

"하하! 그래도 뭐 어떠냐? 너는 내 맘에 꼭 든다. 철극양이 아들 하나는 멋지게 키웠어!"

이야기를 나누는 새 숲이 끊어지고 훤한 평지가 펼쳐졌다. 어디선가 물소리가 들렸다.

"출발한 지 꽤 시간이 지났으니 잠시 여기서 쉬자. 할 말도 있다."

"예."

모두 자리를 잡고 앉자 유현은 목소리를 가다듬었다.

"그래. 너희 모두 진파의 진짜 신분을 알고 있다며?"

"예. 듣고 나서 정말 놀랐습니다. 참 이상한 전통이더군요."

철정의 말에 유현은 고개를 끄덕였다.

"진 소협이 안됐어요. 자기가 고아라고 알고 있다던데……."

선지애의 말에 유현은 고개를 저었다.

"아니, 이제 진파도 안다."

"예?"

철정이 다급히 물었다.

"그럼 무적다가의 시험을 통과한 것입니까?"

"글쎄…… 그건 아닐 거야. 자기 검공을 완성하면 저절로 알게 된다는데 진파는 아직 완전하지 않거든."

"그럼?"

"내가 가르쳐 주었다. 좀 후유증이 있긴 했지만 말야."

유현이 멋쩍은 듯 수염을 어루만지며 당시의 이야기를 간단히 해주었다.

철정이 가볍게 한숨을 쉬었다. 진파의 심정이 어느 정도는 이해가 갔기 때문이다. 고아라고 말할 때의 그 쓸쓸했던 표정이 언뜻 떠올라 마음이 아팠다. 대단한 신분을 타고났다고 은근히 부러워했던 자신이 조금쯤 한심스러웠다.

철정의 옆에 있던 선지애가 유현을 향해 물었다.

"그런데 왜 태인 도장님께는 그걸 말씀 안 하신 거예요?"

"진파가 자기 신분을 알고 있다는 거?"

"예. 아직도 그분들은 무적다가의 전통을 존중해야 한다고 생각하시던데요."

유현의 눈이 가늘어져 눈동자가 거의 보이지 않았다.

"그동안 진파가 그렇게 바보 취급당했으니 조금쯤은 복수를 해도 되지 않을까 해서 말이지. 진파를 만나면 가르쳐 줄 참이다. 아주 재밌는 장난을 많이 칠 수 있을 거야."

철정과 선지애의 표정이 이상해졌다.

자신들의 부친과 동년배인 유현이 이런 말을 할 줄은 몰랐던 것이다. 유현의 성격에 대해 조금은 알 수 있었다. 묘한 친근감이 생겨났다.

철정의 얼굴에 장난스런 표정이 떠올랐다.

"녀석에게 최고의 선물이 될 수 있겠군요. 아주 좋아할 겁니다."

"그렇지? 나도 그렇게 생각해. 그러니 너희는 이 사실을 아무에게도 말해서는 안 된다. 큼! 알았지?"

"예!"

철정과 선지애가 킬킬거리며 대답했다.

그 웃음에 끼지 못하고 엉거주춤하게 세 사람을 바라보는 전륜파에게 유현은 고개를 돌렸다.

"그래, 너희는 전륜파라 한다고?"

"예에……."

고전륜이 눈치를 보며 대답했다.

그로서는 검치라는 위명이 어렵기만 했던 것.

"내 너희에게 특별히 부탁할 게 있어서 동행을 허락했다."

유현과 동행을 하자고 형제들을 꼬였던 건 전륜파의 머리라 할 수 있는 양린이었다.

외모는 가장 비정상에 속하는 그였지만 머리만은 전륜파의 누구보다 뛰어났던 그. 물론 주먹도 그들 중엔 제일 매서웠지만.

하오광이나 무맹의 인물들은 그들을 종이나 죄인 부리듯 했기 때문에 어떻게 해서든 벗어나려 했던 것이다. 물론 소수마후를 끝까지 쫓을 생각은 전혀 없었다. 중간에 어떻게 빠져나갈 기회가 있으리라 믿었다.

유현의 눈은 전륜파 중 그나마 머리가 있어 보이는 양린에게 머물렀다. 정확한 선택이었다.

"지금의 처지를 벗어나고 싶은 생각 없나?"

"예?"

얼결에 양린이 반문하자 유현은 얼굴에 가득한 수염을 휘휘 쓸었다.

"삼류건달 짓을 그만두고 진짜 무인이 되어볼 생각이 없냐, 이 말이야."

양린의 눈이 커졌다. 유현이 이런 제의를 해올 줄은 꿈에도 몰랐던 것. 고전륜이 활짝 입을 벌리며 응낙하려 하자 양린이 고전륜의 허벅지를 꼬집었다.

"아얏!"

눈치없게도 큰 소리로 고함을 친 고전륜.

산적과 쌍도끼에게도 눈총을 받아야 했다.

"저희가 해야 할 일이 무엇인지 먼저 여쭈어도 괜찮겠습니까?"

양린이 조심스럽게 묻자 유현은 초승달같이 눈매를 오므렸다.

양린이 더욱 마음에 들었던 것.

"괜찮은 사부만 만났으면 너는 지금보다 훨씬 나았겠구나."

양린이 깊숙이 고개를 숙였다.

"좋게 보아주시는 점 감사드립니다."

얌전히 무릎을 붙이고 앉아 다소곳이 고개를 숙이는 양린의 모습에 선지애가 재빨리 입을 틀어막았다. 아무래도 웃을 분위기는 아니었다.

"먼저 내 부탁을 이야기해 주마. 난 너희가 중원 곳곳을 돌아다니며 몇 가지 소문을 내주었으면 하고 바란다. 너희 나름대로 인맥을 동원할 수도 있다."

'인맥 같은 게 남아 있을 리가…… 아니지! 힘만 갖게 된다면 우리 바닥에서 인맥 만들기는 여반장이야!'

양린이 눈을 반짝였다.

"어떤 소문인지요?"

"우선 소수마후에 대한 소문을 내주게나. 현성교에 납치된 가엾은 중원의 딸들로 잔뜩 동정심을 불러일으켜야 해. 그들이 저질렀다 알려진 대부분의 소행을 현성교의 짓으로 돌려주게. 현성교가 재침할 것이라는 건 무맹 측에서는 되도록 쉬쉬하려 할 게야. 그들로선 그 안에 숨기고 싶은 치부가 있거든. 항거 불능의 상대를 잔인하게 짓밟았다는 건 명문정파 어르신네들한텐 체통이 상하는 이야기지. 그것도 널리널리 소문 내주게! 중원의 똥강아지들도 다 알게끔 말야."

양린은 꿀꺽 침을 삼켰다.

단순히 소문만 내는 일은 아니었다.

어쩌면 무맹의 탄압을 받을지도 모를 일이었다.

"그것…… 뿐입니까?"

"아니, 진파에 대해서도 소문을 내주게. 절곡의 전투에 대해 소상히 알리고 무맹을 구한 협객으로 멋지게 소문을 내야 해. 무적다가의 출도객이란 건 빼고 말야. 음…… 별호는 뭐가 좋을까……?"

선지애가 갑자기 끼어들었다. 무언가에 이름을 붙이는 건 그녀가 너무나 좋아하는 것이었다.

"적협(赤俠) 어때요? 진 소협은 흥분하면 얼굴에 붉은 가면을 쓴 것 같던걸요?"

"적협? 그거 좋은데? 그거로 하지. 삼대(三代)가 모두 두 글자 협객 별호라……. 큭큭. 그것도 재미있겠군."

"삼대요?"

"음, 진파의 할아버지는 광협(光俠)이지. 본인은 무척 싫어하셨다고 해. 대머리였거든."

"푸웃!"

"진파 아버지는 풍협(風俠)이잖아. 본인은 멋있다고 좋아했지만 바람기가 많아 그리 부르기도 했다는 건 모르지. 크크. 네가 정말 멋진 작호(作號)를 했구나."

유현의 칭찬에 선지애는 기분이 좋은지 철정에게 살짝 어깨를 기댔다. 거리낌없는 애정 표현이었지만 유현은 아무렇지도 않게 바라보고 있었다.

선지애를 부러운 듯 바라보던 양린은 유현의 부름에 퍼뜩 놀라 고개를 돌렸다.

"아, 그리고 말야."

"예."

"대충 소문을 낸 뒤엔 소화산의 구절곡(九折谷)으로 가주게."

"섬서의 소화산 말씀입니까?"

"웅. 거기가 진파가 자란 곳이지. 그곳은 무적다가의 여러 안가(安家) 중 하나라네."

"예……. 적협의 고향이 거기였군요. 어딘지 압니다."

"적협이라! 좋구나! 하하!"

크게 웃음을 터뜨린 유현은 양린에게 마지막 부탁을 덧붙였다.

"거기에 혹시 무적다가의 사람들이 있는지 알아봐 주게. 만약 있으면 진파의 처지를 상세히 알려주고, 풍협의 소식을 좀 물어보게. 무적다가에서도 뭔가 손을 쓰겠지. 내가 보냈다고 하면 속이거나 해치진 않을 게야. 검치 말고 유현이라는 내 본명을 아는 이들은 그리 많지 않으니 믿어줄 걸세. 그리고 눈앞에서 몇 수 펼쳐 보이면 곧 알아볼걸?"

유현의 과중한 부탁(?)에 점점 얼굴이 굳어져 가던 양린은 마지막으로 덧붙인 유현의 말에 깜짝 놀라 몸을 일으켰다.

산적이 얼른 양린의 바짓자락을 붙들었다.

"야…… 개기지 말어……."

모두가 들을 수 있는 목소리로 속삭이는 엄창직의 손을 뿌리치며 양린이 유현의 앞에 털썩 무릎을 꿇었다.

"저, 저희를 제자로 받아주시겠다는 겁니까?"

"잉?"

고전륜과 산적, 산도끼가 일제히 눈을 부릅떴다.

유현이 빙긋 웃으며 고개를 저었다.

"제자 같은 귀찮은 거 둘 생각은 없지만 너희에게 차차 내 무공을 모두 전수할 생각이야. 너희는 가르치는 재미가 있을 거 같거든."

양린이 감격한 얼굴로 유현에게 날아갈듯 절을 올렸다.

바닥에 머리를 댄 양린은 고전륜 등을 향해 매섭게 눈을 흘겼다.

"뭐 해요? 우리 똥구멍에 광명이 비친 거란 말예욧! 빨리 절들 하라구욧!"

멍하니 서 있던 고전륜 등이 얼른 바닥에 엎드렸다. 그들로서는 아직 잘 실감이 나지 않는지 얼떨떨한 표정이었다.

"당분간 동행하면서 몇 가지 기초적인 걸 가르쳐 주마. 그것만 알아도 엄청 강해질 거야. 너희도 그간 나름대로 놀아봤을 테니 내공 조금 익히고 쓸 만한 초식만 몇 개 알아도, 어디 가서 지금처럼 쥐어터지진 않을 게다."

"내, 내공이라고요?"

생전 자신들과는 인연이 없을 것만 같던 단어에 양린의 음성이 부르르 떨렸다.

아무리 싸움을 잘해도 내공을 익힌 무인들과 붙으면 이길 도리가 없었다. 잠시 기습을 해 득수를 한다 해도 보복은 훨씬 더 무거운 법. 파락호들이 무인들을 피하는 건 이 바닥의 생존 비결 중 하나였다.

"음, 나는 현문정종의 내공 따윈 익히지 않아서 사실 한계가 있다. 하지만 처음 익힐 때는 엄청난 속도로 늘지. 늦게 내공에 입문하는 너희에겐 잘 어울릴 게야."

"어르신!"

고개를 땅에 박는 양린의 눈에서 펑펑 눈물이 쏟아졌다.

고전륜과 산적, 쌍도끼도 무언가 가슴을 치는 것이 있었던 듯 양린을 따라 바닥에 머리를 박았다.

철정과 선지애가 기쁜 얼굴로 그들을 축하할 때 유현의 음성이 고요하게 울렸다.

　"너무 세게 박지는 마. 내 무공은 머리가 나쁜 애들이 익히기엔 좀 복잡하거든."

　그 한마디에 산적과 쌍도끼가 박던 머리를 뚝 멈췄다.

　그러나 고전륜은 결코 멈추지 않았다.

　'난 머리 안 나쁩니다. 움화화화화화화홧!'

제24장 산중여운(山中餘韻)

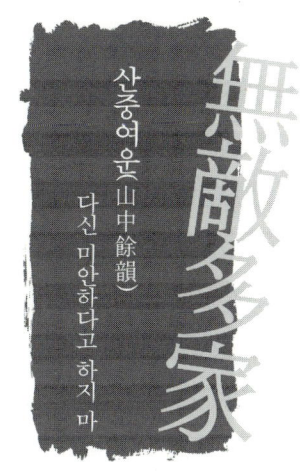

산중여운(山中餘韻)

다신 미안하다고 하지 마

無敵多家

열한 명의

검은 옷을 입은 소수마후들이 한자리에 비잉 둘러서 나무 등걸처럼 우뚝 서 있었다.

하늘을 찌를 듯 솟아 있는 전나무 숲 속이라 한낮임에도 사방이 깜깜했다. 이런 울울창창한 숲은 낮보다 오히려 밤에 더 밝기 마련이다.

소수마후들이 둘러선 가운데에는 바닥에 누워 있는 진파와 그를 돌보는 벽화가 있었다. 벽화의 얼굴은 어느새 변신을 풀고 제 얼굴을 찾은 상태였다.

벽화의 안색이 잔뜩 굳어 있었다.

비록 어릴 때 배운 것이 다였지만 인체와 혈맥에 대해서는 웬만한 노강호보다도 잘 알고 있는 그녀였다.

진파는 하루가 지나도록 깨지 못하고 있었다.

벽화의 얼굴에 후회의 빛이 가득했다.

'그때 너무 흥분했어. 복수는 나중에 해도 되니 오빠의 상세를 먼저 돌봤어야 했는데……. 그 계집과 내가 충돌했던 여파가 기혈을 더 꼬아버렸어.'

임아영의 주문에 맞서 질렀던 고함이 진파의 기혈을 또 한 번 뒤틀었던 것이다. 소수마공에 격중되어 가뜩이나 뒤흔들린 진파의 내부는 완전히 헝클어져 있었다.

묵아가 벽화의 옆에 앉아 진파의 얼굴을 핥고 있었다.

아옹.

그러나 진파는 여전히 정신을 차리지 못했다.

'하루 종일 부풍무영을 펼쳤으니 어느 정도 시간은 벌었어. 지금 치료해야 해.'

현성교의 추적이 걱정되어 밤에도 쉬지 않고 계속 몸을 날린 터였다. 이 정도 거리라면 안심할 수 있었다.

'소수마공은 음공(陰功)이야. 오빠의 몸속은 양기와 음기가 균형을 맞추고 있었는데 이번에 그게 깨지고 말았어. 음기가 너무 강해. 이대로 두면 의식은커녕 목숨도 위험할지 몰라.'

소수마공의 위력을 누구보다 잘 아는 벽화였다.

웬만한 의술이 있는 자라도 지금 진파를 치료하진 못할 터.

벽화는 잘끈 입술을 깨물었다.

'오빠의 음기를 빼내야 해. 어려운 건 그게 아니라 양기와 균형을 이루도록 혈맥을 바로잡아 주어야 한다는 건데…….'

벽화는 잠시 망설이다 고개를 크게 끄덕였다.

'이 방법밖엔 없어. 해보는 거야!'

벽화는 조심스러운 손길로 진파의 얼굴을 부드럽게 어루만지기 시작했다.

벽화의 얼굴이 천천히 진파를 향해 숙여졌다.

눈을 감은 진파의 창백한 얼굴을 보며 벽화는 살짝 얼굴을 붉혔다.

'이게…… 두 번째인가? 처음에는 내가 제정신이 아니었고, 이번엔 오빠가 의식이 없구나. 언제쯤 제대로 해보…… 읍! 이게 무슨 생각이야?'

벽화가 벌떡 몸을 일으켜 세차게 고개를 흔들었다. 얼굴이 발갛게 상기되어 있었다.

'잡념이 들어선 안 돼!'

그것이 재미있게 보였는지 묵아가 따라서 고개를 흔들었다.

아웅.

"뭐가 재밌니?"

괜히 묵아에게 쏘아붙인 벽화는 다시 진파의 얼굴을 바라보았다.

벽화는 크게 심호흡을 하고는 천천히 진파의 입술을 향해 고개를 숙여갔다.

처음도 아니건만 가슴이 동동 요동을 쳤다.

막 입을 맞추려던 벽화는 누군가 따갑게 자신을 쳐다보는 시선을 느끼고는 휙 고개를 돌렸다.

비잉 둘러서 진파와 벽화를 내려다보던 소수마후들이 하나같이 뚫어져라 자신의 얼굴을 보고 있었다. 진파와 벽화를 감싸고 우뚝 선 그들의 눈은 벽화에게 딱 고정되어 있었다.

감정이 담겨 있지 않아 유리같이 투명한 눈빛이었지만 눈도 깜박이지 않고 벽화의 얼굴을 뚫어져라 바라본다.

벽화의 얼굴이 새빨갛게 붉어졌다.

"뭘 봐!"

계속 본다.

"에휴……"

눈을 찡그리며 이마를 손으로 짚은 벽화는 심어로 명령을 내렸다.

[모두 바깥쪽을 향해 몸을 돌린다! 누군가 접근하는 기척이 있으면 즉시 발을 굴려! 절대 돌아보지 마!]

그제야 열한 명의 소수마후는 휘익 몸을 돌려세웠다.

일사불란한 동작으로 제자리에서 둥실 떠 몸을 돌리는 모습이 비조(飛鳥) 같았다.

"하아……!"

하늘을 보며 나직하게 탄식한 벽화는 말똥말똥 눈을 뜨고 있는 또 하나의 방해자를 노려보았다.

묵아가 신기한 것이라도 관찰하듯 벽화와 진파를 눈 동그랗게 뜨고 지켜보고 있었다.

"너도 딴 데 봐! 집중이 안 되잖아!"

갑자기 묵아가 쪼르르 진파를 향해 기어왔다.

그러더니 '이렇게 하려고 그랬지?' 라고 말하는 것처럼 진파의 입술을 혀로 핥았다.

정성스레 구석구석 핥았다.

그러면서 눈으로는 벽화를 올려다보았다.

귀엽기 짝이 없는 그 맑은 눈동자가 벽화에게는 너무 너무 밉살스럽게 보였다.

벽화가 빽 소리를 질렀다.

"이게! 감히 누구 걸!"

벽화의 손이 눈부시게 뻗어 진파의 입술을 핥는 묵아를 잡아챘다.

대롱대롱 눈앞에서 흔들리는 묵아를 보며 벽화는 잔뜩 인상을 찌푸렸다.

"넌 수컷이라며!"

벽화는 홱 고개를 돌리고는 십이후를 향해 묵아를 던졌다.

[십이후! 그놈 잘 안고 있어! 도망가게 하면 안 돼!]

묵아는 표범 새끼답게 공중에서 몸을 휙 뒤집으며 안전하게 십이후의 품에 안겼다.

까웅.

몸을 돌려세운 십이후가 묵아를 꼭 안았다. 그리고는 다시 휙 하니 몸을 돌렸다.

진파의 얼굴을 내려다보며 벽화는 고개를 흔들었다. 진파의 행낭에서 물주머니를 꺼낸 벽화는 소매에 물을 묻혀 진파의 입술을 아주 정성껏 빡빡 닦아냈다. 묵아의 침을 없애려는 듯 꼼꼼히 닦아냈다.

"정말 대단한 분위기야……. 하아……."

다른 소수마후들이 없고 묵아만 안 보인다면 전나무 숲은 그런데로 나쁘지 않은 곳이긴 했다. 하지만 이미 두근거리던 알싸한 감정은 완전히 날아가고 말았다. 그렇다고 소수마후들을 멀리 물리기도 그랬다. 곁에 두어야만 현성교의 심령 제압에 대항할 수 있었으니. 아직 방심할 때가 아니었다.

땅이 꺼져라 한숨을 쉰 벽화는 냅다 고개를 숙였다.

'치료! 이건 치료야!'

벽화와 진파의 입술이 딱 닿았다.

'응?'

진파 탓을 하며 입술부터 대고 흡정대법을 펼치려는데 진파의 입술이 너무 거칠었다.

'너무 거치네? 음…… 오래 대고 있어야 하는데…….'

살짝 눈만 돌려 주위를 살피니 소수마후들은 모두 등을 돌린 채 묵묵히 서 있었다.

벽화는 눈치를 보다 맘을 굳힌 듯 천천히 혀를 내밀어 진파의 입술에 침을 바르기 시작했다.

가슴이 짜르르 하며 살짝 몸이 떨렸으나 그도 잠깐.

'쳇!'

벽화는 잔뜩 인상을 찌푸렸다.

지금 하는 짓이 묵아가 한 것과 별로 차이가 없다는 것을 불현듯 깨달은 것이다. 꼭 고양이 새끼가 된 기분이었다.

벽화는 미간을 찡그린 채 오른손으로 진파의 턱을 벌렸다.

'아무리 치료라지만 이게 진짜 뭐람?'

기도를 확보한 벽화는 숨을 훅 몰아쉬고 단숨에 진파의 입을 덮쳤다.

'음…… 이거 왜 이렇게 안 끌려나와? 아! 됐다!'

진파의 혀를 감은 벽화의 혀가 구석구석을 움켜쥐듯이 쓸어갔다. 소수마공을 끌어올린 벽화는 천천히 기의 흐름에 유의하며 흡정대법을 전개해 갔다.

진파의 몸에 퍼진 소수마공의 음기가 움직이며 벽화의 혀를 통해 천천히 흡수되기 시작했다.

'이게 뭐야! 이건 전부 오빠 탓이라구! 오빠 탓이야!!'

벽화는 투덜대면서도 진파의 혀를 열심히 빨았다.

오래 오래 빨았다.

구구구구구…….

산비둘기가 짝을 찾는지 목청을 돋우고 있었다.

가끔씩 어디선가 입맛을 다시는 소리가 들렸지만 아무런 기척도 없는 숲에 안심하곤 노래를 부르기 시작했던 것이다.

여전히 소수마후들은 검은 장벽처럼 우뚝 서 있었고, 묵아는 어느새 십이후의 품 안에서 잠든 상태였다.

진파와 벽화는 전나무 낙엽 위에 나란히 누운 상태였다.

진파와 계속 입을 맞대고 있던 벽화가 스르르 고개를 들었다.

얼굴이 붉게 상기되어 있었다.

비록 치료였지만 두 시진이 넘게 아무 방해 없이 입을 맞춘 터라 어느새 완벽히 분위기에 젖어버렸던 것.

진파의 옆에 비스듬히 누운 채 고개만 든 벽화는 그윽한 눈으로 진파를 바라보았다. 벽화의 눈동자가 많이 커져 있었다. 입술도 많이 빨갰다. 조금 부풀어 보이기도 했다.

'됐어. 다행이다. 성공했어.'

벽화는 진파의 뺨을 부드럽게 쓸었다.

진파의 입술도 상당히 부풀어 있었다. 두 시진은 아주 긴 시간이다.

'음양의 기운은 조화를 되찾았어. 오빠가 스스로 내력을 움직이려면 좀 더 시간이 필요하겠지만 일단 안심이다.'

너무 정신을 집중했던 터라 머리가 다 아팠다. 혀는 더 많이 아팠다.

벽화는 진파의 어깨에 살짝 머리를 기대고 누웠다.

주위를 둘러싼 소수마후들의 등이 큼직하게 보였다.

'앗! 두 시진이나 세워났네?'

[모두 그 자리에 앉아!]

소수마후들이 일제히 풀썩 주저앉았다.

'미안하네……. 미안, 언니들. 얘들아, 미안해. 오빠 치료하느라 그랬어.'

벽화는 공연히 낯이 뜨거웠다.

치료였다고 하지만 어디 그 느낌뿐이었던가.

벽화는 오래 오래 입을 맞추게 되면 침이 달게 변한다는 걸 처음으로 알았다.

처음 안 건 그뿐만이 아니었다.

간간이 입술도 빨았는데 기분이 너무나 야릇했다.

나중엔 치료의 목적을 잊을 뻔할 정도로 야릇했다.

벽화는 저도 모르게 자신의 입술을 오므려 위아래 번갈아가며 차례로 빨았다.

'아…… 이런 느낌이었어……'

벽화는 꽉 눈을 감으며 진파의 어깨에 볼을 비볐다.

규칙적으로 뛰는 진파의 심장 소리가 들려왔다. 그 소리를 듣고 있자니 점차 마음이 평온해져 왔다.

'계속 이러고 있으면 좋겠다……'

전나무 숲에서 우는 산비둘기들의 고요한 울음소리, 싱그러운 나무 냄새, 낙엽 냄새, 따뜻한 진파의 품. 계속 이 순간이 영원히 지속되었으면 싶었다.

'오빠가 깨어나면 이동해야겠지……. 현성교에서 또 추적해 올지도 몰라.'

진파가 깨어난다고 생각하니 갑자기 여러 가지 걱정이 밀려왔다.

"하아……."

벽화는 나직하게 한숨을 쉬었다.

죽기로 싸웠던 소수마후들을 보면 뭐라고 할까, 자기가 소수마후임을 알면 뭐라고 할까, 소수마후인 걸 알았으니 자길 떠나지나 않을까……. 온갖 생각이 벽화의 머리를 복잡하게 스쳐 지나갔다.

"오빠……."

벽화가 나직하게 혼잣말을 하기 시작했다.

"나… 사실은 소수마후야. 오빤 계속 아니라고 하면서 사람들과 싸우기까지 했는데…… 사실은 나 소수마후야. 그중에도 대장이야……."

벽화의 눈이 스르르 감겼다.

"나… 원해서 소수마후가 된 게 아니야……. 현성교에서 우리를 어릴 때 납치했어……. 다른 애들은 다 죽고 우리만 남았어……. 오빠가 목을 자른 막내도 원해서 사람들을 죽인 게 아니야……. 그 앤 진짜 겁이 많은 애였다구……."

벽화의 눈에서 주르르 눈물이 흘러내렸다.

"미안해…… 오빠. 오빨 속이려고 했던 건 아니었는데…… 그 동굴에서야 겨우 모든 게 기억났어……. 어쩌다 보니까 말을 못했어……. 오빠가 나 버릴까 봐 무서웠어……. 오빠가 나 싫어할까 봐……."

벽화는 진파의 목을 꼬옥 끌어안았다.

"오빠… 나 싫어하지 않을 거지……? 믿어도 되지……? 나 지켜준다는 약속 끝까지 지켜줄 거지……? 오빠……."

벽화의 눈물이 방울방울 진파의 얼굴에 떨어졌다.

그때 갑자기 벽화의 어깨를 감싸는 손이 있었다. 낮은 목소리가 들렸다.

"그럼⋯⋯!"

힘은 없었지만 분명한 의지가 느껴지는 목소리.

진파였다.

벽화의 몸이 흠칫 굳어버렸다. 쾅 하고 귓속에 벼락이라도 친 것만 같았다.

'드, 들었을까⋯⋯? 다, 다 들었을까⋯⋯?'

고개를 들어 진파의 얼굴을 봐야 하는데 몸이 움직이지 않는다.

'들었을 거야⋯⋯. 어쩌지? 어떻게 하지⋯⋯? 아냐! 어차피 말하려 했잖아! 오빠를⋯⋯ 믿자! 믿자!!'

벽화는 머뭇머뭇 하면서 천천히 고개를 들었다.

"오, 오빠⋯⋯."

진파는 천천히 손을 들어 벽화의 머리를 쓰다듬었다.

아무 말도 없었지만 그 손은 너무나 따뜻했다.

너무나 듬직했다.

벽화의 눈에 뿌연 물막이 고이기 시작했다. 진파는 아무 말도 하지 않았지만, 그 손길만으로도 진파의 마음을 너무도 절실히 느낄 수 있었다. 벽화의 눈에서 저도 모르게 펑펑 눈물이 솟구쳤다.

"널⋯⋯."

진파는 목이 마른지 꿀꺽 침을 삼키고 천천히 말을 이었다.

"싫어할 리가 있겠니⋯⋯. 네가 어떻게 변해도 널 믿을 거야⋯⋯. 너도 날 믿어. 끝까지 널 지켜줄 게⋯⋯."

"오빠!"

벽화는 진파의 몸에 엎드리며 왈칵 울음을 터뜨렸다.

일곱 살 때 납치당한 두려움이, 엄마 아빠를 졸지에 잃은 슬픔이, 현성교에 대한 치 떨리는 원한이 한꺼번에 터져 나와 벽화는 엉엉 울음을 터뜨렸다.

가슴속에서 터져 나오는 너무 커다란 슬픔 속에는 한줄기 기쁨도 섞여 있었다. 말로는 표현 못할 가슴 벅찬 고마움에 벽화는 몸을 떨며 마음껏 울었다.

진파가 조용히 벽화의 머리카락을 쓸어 내려주었다.

벽화의 몸을 부드럽게 안아주었다.

"오빠…… 다…… 들은 거야……?"

"응."

"나 소수마후라는 것도?"

"응."

"내가 대장이라는 것도?"

"응."

"다 알고도 날 지켜주겠다는 거야?"

"그래."

"오빠……."

벽화는 진파의 목을 끌어안았다. 진파의 몸에 완전히 몸을 싣고 꼭 끌어안았다.

진파가 조용히 말했다.

"나도 미안해."

"뭐가?"

실컷 울어 눈이 조금 부어 있었지만 벽화는 진파를 보며 다정하게 물었다.

"사실은… 동굴에서 유 숙과 네가 얘기할 때 네가 소수마후란 걸 들었어."

"……!"

"네가 망설이는 것 같아서… 아는 척하지 못했어. 사실 서운하기도 했고……. 네가 말해 주길 기다리겠다고 고집 부렸지……. 미안하다. 생각이 모자랐어. 내가 먼저 말했으면 널 힘들게 안 했을 텐데……. 미안하다……. 정말 미안해……."

벽화는 잠시 말이 없었다.

여러 표정이 벽화의 얼굴을 스쳐 지나갔다.

진파는 벽화의 표정이 바뀌어가는 것을 보며 슬며시 불안해졌다.

'알면서도 모른 척해서 화난 걸까……?

진파는 다시 한 번 사과하려 했다.

"정말 미안……."

진파는 말을 끝낼 수 없었다.

벽화의 검지가 진파의 입술을 짚고 있었다.

진파의 위에 엎드리듯 몸을 실은 벽화가 한 손으로 턱을 짚고는 진파의 눈을 가까이 들여다보았다. 바싹 다가선 벽화의 얼굴에는 엷은 미소가 떠올라 있었다. 벽화의 긴 머리카락이 진파의 얼굴로 흘러내리며 볼을 간질거렸다.

벽화의 얼굴에 생긋 미소가 떠올랐다.

"미안하다고 하지 마. 나도 오빠 속였잖아……. 우리 둘 다 미안하니까 그걸로 됐어. 앞으론 우리 미안하다는 말 하지 말자. 그러기 전에 속에 있는 거 다 말하자."

벽화의 입김이 콧등을 간질였지만 그마저도 너무나 달콤했다.

진파의 얼굴에도 웃음이 떠올랐다.

"그래."

진파 위에 포개져 누운 벽화는 방긋거리며 활짝 웃었다. 벽화의 몸이 미미하게 흔들렸다.

'……!'

진파는 불현듯 지금 어떤 자세를 취하고 있는지 온몸으로 깨달았다. 벽화는 바닥에 누워 있는 자신의 몸 위에 엎드려 있었다.

벽화의 가슴이… 가슴에 맞닿아 있다.

벽화의 온몸이 전신으로 느껴진다.

벽화의 얼굴이 바로 코앞에 있다.

진파는 오랫동안 잠잠했던 보호대 속의 무언가가 꿈틀하는 것을 느꼈다. 얼굴이 벌겋게 달아올랐다.

"벼, 벽화야……."

"응?"

여전히 달콤한 미소를 베어 물고 벽화가 되물었다.

"으으……."

"뭐야? 오빠 또 어디 아파? 왜 그래?"

"아, 아니……. 숨이 좀 막혀서 말야……. 비, 비켜줄래?"

"어? 무거웠어? 미안! 아, 이 말 안 하기로 했지!"

벽화는 얼른 진파의 몸 위에서 내려와 진파의 옆에 앉았다.

온몸을 짓누르던 뭉클거리는 무언가가 떨어져 나가며 진파의 가슴 가득 허전함이 스치고 지나갔다.

무언가 이상했다. 무언가 잘못했다.

진파는 자신이 방금 엄청난 실수를 했다는 것을 즉각 깨달았다.

'이, 이런……! 벽화는 지금 일곱 살이 아니잖아! 이럴 필요 없는 거였잖아! 이런! 이런!!'

습관이란 무서운 것이다. 느껴지자마자 멀리 하려는 반응이 즉시 튀어나왔지만 진짜 공연한 짓이었다. 벽화는 이제 완전히 기억을 찾은 또래의 소녀 아닌가!

진파는 벌떡 몸을 일으켰다.

가슴이 찡하고 아파왔지만 인상을 쓴 이유는 그것 때문이 아니었다. 절호의 기회를 놓쳤다. 으으으……! 벽화의 입술이 눈앞에서 아른거렸다. 방금 전까지 바로 눈앞에 있었던 그 빠알간 입술이 아른거렸다.

벽화가 걱정스러운 표정으로 진파의 어깨에 손을 얹었다.

"오빠, 많이 아파? 갑자기 움직이면 아직 아플 거야."

부드러운 손길이 어깨에 느껴졌지만 진파는 울고만 싶었다. 속으로 비명을 토해냈다. 절규를 질렀다.

'아아아아악! 엄청 좋은 분위기였는데!!'

벽화의 숨결이 귓불에 느껴졌다.

"많이 아픈가 보네? 내상은 거의 치유했는데……. 외상도 별로 없고……."

벽화의 향기가 코끝을 스쳤다. 진파는 번쩍 눈을 떴다.

'그래! 아직 기회는 있어! 지금 하면 돼! 늦지 않았어!!'

진파는 잔뜩 무게를 잡고 벽화에게 천천히, 아주 천천히 고개를 돌렸다.

목소리를 낮게 깔고 엄청나게 분위기를 잡았다.

"벽화야."

"응?"

그러나 진파는 뒷말을 잇지 못했다.

벽화의 어깨 너머로 생각도 못했던 광경이 눈에 들어왔기 때문에.

자신들을 포위하듯 둘러싸고 등을 돌리고 서 있는 존재들을 발견했던 것이다.

열한 명의 소수마후.

진파의 눈이 휘둥그레졌다. 저절로 신음 소리가 터졌다. 소수마후 하나에 얼마나 힘을 뺐던가!

"큭!"

진파는 가슴이 뻐근한 고통에도 불구하고 몸을 튕겨 세우며 벽화의 앞을 가로막았다.

허리춤에서 맹렬히 철우를 빼 들었다.

채앵―

"이것들이 언제!"

진파의 뒷등을 보며 벽화가 포옥 한숨을 내쉬었다.

열한 명의 소수마후는 여전히 진파와 벽화를 가운데에 세워두고 비잉 둘러앉아 있었다.

다른 점이라곤 그들의 똑같은 얼굴을 진파가 멍하니 보고 있었다는 것뿐이었다.

진파는 자신이 소수마후들의 공격에 정신을 잃은 후 뭐가 어찌 되었던 것인지 대충 벽화에게 들은 참이다.

"그러니까… 저… 들이 지금 모두 네 말을 듣는다 이거냐?"

"응······. 난 일후거든. 동괴를 죽였으니 내 명령이 최우선이야. 현성교에서 또 우리를 조정하려고 했는데 다행히 그때는 벗어날 수 있었어. 계속 가능할지는 모르겠지만 말야."

벽화의 얼굴이 어두워졌다.

"그렇구나······. 근데 너 저 얼굴들 어떻게 할 수는 없는 거니?"

진파는 똑같이 생긴 열하나의 얼굴을 보며 질린 표정으로 물었다.

관제묘에서 벽화와 처음 만났을 때도 저 얼굴이었다.

하지만 같은 얼굴 열하나가 눈도 깜박이지 않고 자신을 바라보는 것은 정말이지 참을 수 없는 기분이었다.

"아! 깜박했네."

진파의 말에 머리를 친 벽화는 심어로 명령을 내렸다.

[모두 변신을 풀어!]

이십대 중반의 어딘가 병적인 아름다움이 감돌던 소수마후들의 얼굴이 꿈틀꿈틀 움직였다.

이목구비가 변화하며 각기 다른 얼굴들이 모습을 드러냈다.

나이도 조금씩 차이가 나고 개성도 조금씩 달라 보이는 얼굴들.

하나같이 엄청난 미인들이었다.

'예, 예쁘다!'

진파는 눈을 크게 뜨고 그들의 얼굴을 하나하나 천천히 바라보았다.

표정이 굳어 있고 눈빛이 멍한 것이 처음 벽화를 만났을 때와 비슷하게만 보였다.

소수마후 특유의 핏기없는 얼굴이 사라진 그곳엔 어딘가 감싸주고만 싶은 여린 얼굴들만이 있었다. 강한 인상을 가진 몇몇마저도 감싸주고 싶은 구석이 있는 모습들. 어딘가 빈틈이 휑하게 엿보이는 것이 처음 이벽화를 만났을 때와 똑같았다.

그들의 얼굴을 살피던 진파의 얼굴이 천천히 굳어갔다. 진파의 얼굴이 미미하게 흔들렸다.

조금 가라앉은 목소리로 진파가 물었다.

"벽화야."

"응?"

"이 여자들 중에 너보다 어려 보이는 애들도 있구나……."

"응. 동생들이지."

"네가 일후랬지? 전부 서열이 매겨져 있니?"

"응. 저기 저 언니부터 차례대로 이후부터 십삼후……. 아니…… 십이후…… 까지야……."

벽화의 목소리가 돌연 작아지더니 마지막엔 떨리기까지 했다.

진파가 다시 물었다.

"혹시 아래 서열로 갈수록 점점 어려지는 거니……?"

"으응……. 사후까지는 나보다 언니고…… 팔후까지는 나랑 동갑이야……. 그 아래는 나보다…… 어려……."

진파의 목소리가 떨리기 시작했다.

"너… 지금 십삼후라고 했다가 말 바꿨지……? 혹시…… 나와 정이가 목을 자른 소수마후가…… 십삼후니? 그리고 이 중에 제일 어린 애였니……?"

입을 벌려 대답을 하려던 벽화의 얼굴이 조금씩 조금씩 무너지기 시작했다. 눈썹이 흔들리고 깜박이던 눈에 뿌옇게 물막이 고여갔다.

벽화의 목소리가 심하게 떨려왔다.

"맞아……. 그… 애는…… 우리 중…… 제일…… 어려……. 잡혀

왔을 때 갠…… 네 살이었어…….”

“그, 그럼 지금 몇 살이라는 거야……?”

“정확한 나이는 모르지……. 대충 십 년쯤…… 지난 것 같은데……
정확히는 몰라…….”

벽화의 눈에서 뚝뚝 눈물이 떨어지기 시작했다. 죽은 염영이 떠올라
끊임없이 눈물이 솟아올랐다.

‘내, 내가 열네 살짜리 꼬마를 죽였다는 말인가……?’

진파는 그만 고개를 숙이고 말았다.

그를 보는 열한 명의 시선을 견딜 수가 없었다.

모두 벽화를 처음 만났을 때와 똑같은 분위기다. 어딘가 감싸주고
싶은 이상한 표정들…… 분위기들……. 세상에서 격리된 유리벽 속에
있는 것 같은 이상한 여자들…….

“빌어… 먹을……!”

진파가 씹어뱉듯 욕설을 내뱉었다.

의식이 없다지만 이들도 잃었던 기억을 되찾으면 벽화와 같을 것이
다. 모두 현성교에 납치되어 소수마후로 제련되었을 뿐인 여자들…….

살인을 저질렀다고는 하지만 도구로 이용되기만 한 여자들…….

그중에 제일 어린 여자 아이를 자기 손으로 죽여 버렸다…….

처음 죽인 사람이 열네 살짜리 어린 여자애다…….

진파는 끊임없이 욕설을 내뱉었다.

누구를 향한 욕인지 무엇을 향한 분노인지 부글부글 끓어오르는 노
여움으로 진파의 얼굴이 차츰차츰 붉게 물들기 시작했다.

“오빠, 이제 가야 해. 현성교에서 우릴 쫓고 있을 거야.”

벽화가 몸을 일으키며 말했다.

진파는 계속 고개를 숙인 채 땅만 보고 있었다.

벽화의 눈이 진파의 어깨를 바라보았다.

강하게만 보이던 어깨.

그 어깨가 왠지 조금 외로워 보인다.

진파는 아까부터 아무 말도 하지 않는다. 계속 욕설을 내뱉으며 얼굴을 시뻘겋게 붉히더니 아무 말도 없이 땅만 노려본다.

'오빠… 힘들게 해서…… 미안해.'

무적다가라는 정파 명문의 자제가 마녀들인 자신들과 한편이 될 수는 없을 것이다.

진파의 난처함을 이해할 수 있었다. 진파의 망설임을 이해할 수 있었다.

벽화는 십이후에게 다가가 아직도 잠들어 있는 묵아를 받아 안았다.

진파에게 다가간 벽화는 그 앞에 외무릎을 꿇고 묵아를 건네었다.

"받아, 오빠."

진파가 고개를 들어 벽화를 바라보았다.

어느새 얼굴은 제 색깔을 거의 찾고 있었으나 붉은 기가 아직도 은은히 남아 있었다.

묵아를 받아 든 진파는 묵묵히 품속에 녀석을 넣었다.

"그럼 갈게."

벽화가 작게 속삭였다.

진파의 눈이 커졌다.

"무슨 소리야!"

"오빠 몸은 아직 완전히 회복된 건 아니야. 무리해서 공력을 끌어올리지는 마. 반나절을 여기서 보냈기 때문에 이젠 움직여야 해. 오빠가 우릴 용서하지 않는다면…… 할 수 없지……. 하지만 나는 일후야. 지금 쟤네들은 의식이 없어. 현성교에 잡히면 또 살인 도구가 될 거야. 그렇게 놔둘 순 없어. 무슨 방법을 써서든 우릴 제압하려는 그년을 없애 버릴 거야."

"벽화야!"

"오빠와 헤어지고 싶진 않지만 오빠가 쟤네들을 용서하지 않으면 할 수 없어. 난 저들을 책임질 의무가 있어."

진파는 무릎을 펴려는 벽화의 팔을 잡았다.

"왜 내가 용서를 해야 하지?"

벽화를 바라보는 진파의 눈이 타는 듯했다.

"오빠……."

"오해하고 있구나. 내가 화를 낸 건 저들이 소수마후여서가 아냐. 계속 아무 말도 못한 건 뭐라고 말을 꺼내야 할지 몰라서야. 막내동생인 아이를 내 손으로 죽였는데 네 얼굴을 어떻게 마주 보니? ……용서를 받아야 할 건 너희가 아니라 나야. 그 애도 너와 같을 거라는 걸 그때는 생각도 못했어."

"오빠……."

벽화의 눈동자가 세차게 흔들렸다. 진파가 이렇게 말해 줄 줄은 몰랐다. 자기뿐 아니라 모두를 받아줄 줄은 몰랐다. 살인 도구 소수마후가 아니라 모두를 사람으로 대해줄 줄은 정말 몰랐다. 진파의 마음을 너무 몰랐다.

진파가 벌떡 몸을 일으켰다.

"현성교에서 쫓아온다니 일단 더 멀리 가자. 여긴 좋지 않아. 좀 안

정된 장소에 가면 다른 애들을 구할 방법을 생각해 보자. 너도 의식을 되찾았으니 쟤들도 가능할 거야. 내가 도와줄게. 너 혼자 감당하려고 하지 마."

진파가 벽화의 손을 꽉 잡았다.

벽화는 진파를 보며 웃어주려고 애를 썼다. 활짝 웃으며 오빠는 정말 멋지다고 말해 주려 했다.

하지만 자꾸 눈물이 흘러내렸다.

*   *   *

전나무 낙엽이 수북하게 깔린 어두운 숲 속.

오십여 명의 그림자가 조용히 숲 속을 수색하고 있었다.

달빛에 언뜻언뜻 반사되는 검은 옷과 복면. 벽화를 추적하는 현성교도들이었다.

선두에 서 있던 임수가 조용히 왼손을 들었다.

그의 수신호를 따라 모두가 동시에 발걸음을 멈추었다.

임수의 옆으로 휘익 검은 그림자가 하나 내려섰다. 그의 누이 임아영이었다.

"발견했니?"

임수는 고개를 끄덕이며 말없이 발밑을 가리켰다.

전나무 낙엽이 쌓여 있는 그곳에는 소수마후들이 비잉 둘러앉았던 자국과 진파, 벽화가 누웠던 자취가 뚜렷하게 남아 있었다.

둥근 원을 이루고 있는 자취들을 하나하나 세어보던 임아영이 고개를 끄덕였다.

"여기서 둥글게 진을 쳤구나. 그들이 틀림없다. 가운데에서 무적다가의 출도객을 치료했나 보구나."

고개를 끄덕인 임수가 외무릎을 꿇고 좀 더 자세히 훑어보기 시작했다.

임아영은 동생을 방해하지 않고 주위를 향해 휙 팔을 저었다.

명령을 기다리던 오십여 수하들이 그 자리에 주저앉아 숨을 고르기 시작했다.

'너무 강행군을 했군.'

임아영은 살짝 미간을 찌푸렸다.

소수마후들을 쫓느라 수하들을 너무 혹사시켰던 것이다. 부풍무영으로 착지도 거의 안 하고 날아다니는 소수마후들을, 아무리 일류고수들이라고 해도 따라잡는 것은 거의 불가능했다. 일후가 부상자를 데리고 있지 않았다면 정말 긴 추격이 될 뻔했다.

'아직은 그들의 심령이 느껴지는데…… 이게 언제까지 갈지 모르겠구나……. 좀 더 확실히 제령술(制靈術)을 익혀둘 걸 그랬다. 동괴가 그리 쉽게 당할 줄은……. 망할 늙은이, 끝까지 애를 먹이는군.'

임아영은 여러 생각을 하며 동생 임수가 하는 양을 조용히 바라만 보고 있었다.

임수는 신중한 몸짓으로 낙엽 속에 남겨진 자취들을 꼼꼼히 관찰하는 중이었다.

'팔은 잃었지만 이번에 수아가 큰 공부를 했구나.'

약간은 들떠 보였던 임수는 이제 완연히 날카로운 장부의 모습을 하고 있었다. 그것이 임아영의 마음을 흡족하게 했다.

그때 휘익 바람이 불었다.

피풍의가 펄럭이며 임수의 빈 어깨가 드러났다.

임아영은 소리없이 부드득 이를 갈았다.

자식 같은 동생이다.

그 동생이 팔을 잃었다.

교로 돌아가면 생활하는 데나 무공을 펼치는 데 지장이 없을 정도로 정교한 의수를 만들어줄 수는 있겠지만 본인의 몸만이야 하겠는가…….

'내 그 녀석은 친히 오체를 분시하겠다.'

임수의 마음을 다잡으려 그 앞에서는 진파의 능력을 칭찬했었지만 갈아 마셔도 시원치 않았다.

임수가 천천히 임아영에게로 걸어왔다.

"누님, 좀 이상하군요."

"뭐가 말이니?"

"그들은 이곳에 상당히 장시간 있었습니다. 적어도 여섯 시진은 있었어요. 떠난 건 네 시진 남짓 되었군요."

"그런데?"

"이곳까지 추격해 온 것이 누님의 제령술이 아니었다면 가능했을까요?"

"너라면 가능했지 않겠니?"

임수가 고개를 흔들었다. 그의 얼굴에는 무언가 석연치 않다는 표정이 진하게 떠올라 있었다.

"그들은 다름 아닌 소수마후들입니다. 이곳까지 오는 동안 거의 땅에 발을 딛지 않았습니다. 뚜렷한 목적지도 없는 이상 그들을 이 넓은 산속에서 찾는 건 불가능에 가깝지요. 게다가 일후는 용의주도하게 무공이 떨어지는 소수마후들도 챙긴 게 분명합니다. 오는 내내 살펴보았지만 누님이 아니었다면 저라도 찾지 못했을 겁니다. 그런데……."

"그런데?"

"보십시오. 이곳엔 너무도 확실하게 여러 자취를 남겨두었습니다. 마치 보란 듯이요. 이건 일후답지 않습니다."

"너무 높이 평가하는 것은 아닐까?"

"아닙니다. 의식을 완전히 회복한 그녀의 능력은 상상도 할 수 없을 정도입니다. 제령술이 아니면 우리 둘이 힘을 합친다 해도 결코 그들 열하나를 감당할 수 없지요."

"무얼 말하고 싶은 것이냐?"

"여기서 여섯 시진이나 보냈다는 것은 그놈을 웬만큼 회복시켰다는 것을 의미하겠지요. 얼마든지 자취를 없애고 사라질 수 있는 능력이 일후에겐 있습니다. 더구나 그놈도 산에 상당히 익숙한 놈이구요. 아무래도 우리에게 쫓아오라 말하는 것 같아 찜찜합니다."

"거꾸로 우리를 치겠다……?"

"그런 뜻이 있는 것 같습니다."

"으음……."

임아영은 어둑어둑한 숲 저편을 바라보며 생각에 잠겼다.

임수의 말도 일리는 있었지만 너무 과하게 생각하는 것은 아닐까 하는 마음이 들었다.

'혹시 너무 신중해져 소심해진 것일까……?'

하지만 분명 임수의 추측에도 가능성은 있었다.

전력(戰力)만을 놓고 본다면 지금의 인원으로 소수마후 열둘과 무적다가의 후손을 상대한다는 것은 말도 되지 않는다.

그러나 그녀와 임수에겐 언제든지 그들을 제압할 수 있는 방법이 있었다.

그것도 둘씩이나.

임아영은 마침내 임수에게 고개를 돌렸다.

"수아야, 경계를 철저히 하고 은밀히 접근하자꾸나. 우리는 저들을 보지 않아도 느낄 수 있으니 우리가 더 유리하다 할 수 있다. 지금 때를 놓치면 더 상황이 나빠질지도 모르니 지금은 모험을 해야 할 때야."

"알겠습니다. 하지만 매사에 주의해서 나쁠 것은 없습니다."

"그래. 그럼 출발하자꾸나."

"예, 누님."

임수가 왼팔을 크게 젓자 자리에 앉았던 수하들이 일제히 몸을 일으켰다.

일행의 최선두를 걷는 임아영의 얼굴엔 살짝 어두운 기색이 깔려 있었다.

'확실히 소심해졌구나……. 우리에겐 무음각(無音角)이 있잖니……. 오히려 조심할 건 무적다가의 후예이지 소수마후들이 아니란다, 수아야.'

임아영의 눈은 먹이를 노리는 맹수의 그것으로 서서히 바뀌기 시작했다.

'네게 또 하나의 진리를 가르쳐 주마……. 자신감을 잃게 되면 누구도 이길 수 없는 거란다……. 이 누나가 네게 그것을 가르쳐 주마.'

제25장 무적심공(無敵心功)

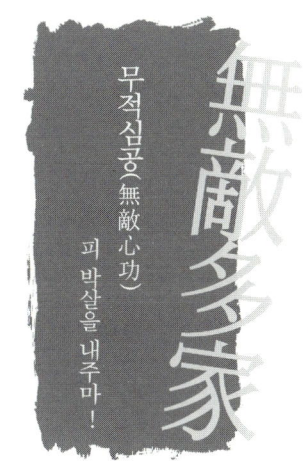

무적심공(無敵心功)

피 박살을 내주마!

"오빠,

저 봉우리에 오르자구?"

"응."

진파와 벽화는 바위로만 빽빽하게 이루어진 거대한 산봉우리를 바라보고 있었다. 그들의 뒤에는 눈빛이 몽롱한 열한 명의 소수마후가 따르고 있었다.

"사방이 환히 트여 있을 텐데 괜찮을까?"

"괜찮을 거야. 오면서 계속 보았는데, 이 산은 유독 운무(雲霧)가 짙더라. 조금만 있으면 저 봉우리 절반은 운무에 잠길 거야."

"안 보이면 우리가 더 불리한데? 그들은 우릴 소리로 제압해."

진파가 씨익 웃으며 벽화의 어깨를 두드렸다.

"걱정 마. 내가 다 생각해 둔 게 있단다. 일단 왼쪽으로 좀 가자. 여기선 자취를 남기지 않도록 주의해."

"알았어."

진파가 먼저 몸을 날리자 벽화는 짧게 심어로 명령했다.

[모두 나만 따라와!]

열두 명의 소수마후가 일제히 허공을 박차고 날아올랐다.

진파는 꽃들이 흐드러지게 만발한 너른 벌판에 내려서서 고개를 휘휘 젓고 있었다.

'또 뭔가 찾나 보구나. 뭘까?'

종남산에서도 이러다가 하수오를 찾아냈던 진파였기에 무언가 생각이 있다는 것을 알 수 있었다.

진파가 손가락을 튕겼다.

딱!

"그렇지! 있을 줄 알았어!"

진파는 벌판의 한쪽에 우뚝 솟아 있는 바위로 몸을 날렸다.

그 뒤를 벽화와 소수마후들이 따랐다.

검은 그림자 열셋이 허공을 둥둥 날고 있었다.

바위 앞에 선 진파가 뒤를 돌아보았다.

"벽화야, 쟤네들 눈 감으라고 그래."

"왜?"

"눈은 금강불괴가 아닐 거 아냐."

"우리 금강불괴 아니야."

"어쨌든 눈은 더 약할 거 아니냐. 저렇게 눈을 부릅뜨고 있다간 쏘일 수도 있어."

"응?"

진파의 말에 주위를 보니 간간이 벌들이 날고 있었다.

"여기 벌집 있어?"

"응. 이거 찾아왔다. 곧 맛난 거 먹여줄게."

"오빠…… 지금 꿀 같은 거 먹을 시간이……."

"벌집이 필요해서 그래. 일단 눈이나 감으라고 시켜."

"알았어……."

벽화는 고개를 갸웃거리면서도 소수마후들에게 눈을 감으라 명을 내렸다.

벽화의 명령에 열한 명의 소수마후가 일제히 눈을 감았다.

'칫! 그때도 눈만 감으라고 할 걸 그랬네!'

그사이 진파는 몸을 구부려 바위 틈새로 조심스럽게 손을 내밀고 있었다.

부웅 하는 벌들의 날갯짓 소리가 요란했지만 진파의 얼굴엔 살짝 웃음기마저 서려 있었다.

"아야, 미안하다. 조금만 가져갈게. 다는 안 가져가니까 걱정 말라구……."

벌들은 마치 진파의 손이 무섭기라도 한듯 진파의 손을 피하고만 있었다.

자신들의 집을 가져가는데도 한 번도 공격하지 않는다는 게 이상해 벽화는 눈을 동그랗게 떴다.

조금만 가져가겠다는 말과는 달리 진파는 바위틈 사이의 벌집을 거의 반이 넘게 따가지고 벽화에게 내밀었다.

"받아."

"어? 으응……."

끈적끈적한 벌꿀이 손에 묻었으나 벽화는 그것에 신경 쓸 사이도 없이 마술처럼 벌집을 따내는 진파의 손을 보고 있었다.

뭔가 현기가 어려 있는 손짓.

한 번도 쏘이지 않는 것이 신기하기만 했고, 눈앞을 나는 벌들도 그리 공격적이지 않았다.

"그래, 그래……. 대단히 미안하다만 또 열심히 만들면 되니까 좀 봐줘라……. 그래……."

진파가 조심스럽게 몸을 물리기 시작했다.

신중해 보이기는 했지만 전혀 긴장한 듯 보이지 않는 태도.

너무나 익숙해 보였다.

"오빠 많이 해봤구나."

"응? 당연하지. 벌꿀이 얼마나 밥으로 좋은데. 달지. 몸에 좋지. 가끔 벌한테 쏘여도 약 되지. 두루두루 익혀두면 좋은 기술이야."

벽화는 진파의 장난스런 말투에 웃음 짓다 고개를 갸웃하며 물었다.

"근데 이거 정말 뭐 하러 딴 거야?"

"일단 저기로 가자. 여기 계속 있으면 덤벼들 수도 있어."

"응."

진파는 벽화들을 데리고 바위에서 멀찍이 물러나 목표로 삼은 봉우리 밑으로 향했다.

소수마후들을 비잉 둘러앉게 한 진파는 벽화의 손에서 벌집을 받아 들고 한 조각 떼어내 입에 넣었다.

"냠냠……. 너도 좀 먹어. 쟤네도 좀 주고. 한 조각씩만 줘야 한다. 나머진 쓸 데가 있어."

"응? 어디?"

진파는 벽화의 말에 대답하지 않고 먼저 벽화의 입에 벌꿀 한 조각을 넣어주었다.

"이거 진짜 귀한 석청(石淸)이야. 꿀 중에 쵀고로 치는 거라구. 맛있게 먹어."

벽화의 눈이 동그래졌다. 입 안에서 요리조리 굴리며 천천히 맛을 음미했다.

"어때? 맛있지?"

"응. 이런 맛은 처음인데?"

"벌집째 먹는 걸 소청(巢淸)이라고 해. 보통은 꿀을 내려서 꿀만 먹지. 하지만 제일 맛나고 달콤한 건 이게 아니래. 인청(人淸)이 제일 달대나?"

"인청? 그게 뭐야?"

진파는 씨익 웃으며 벽화를 바라보았다. 진파가 낮게 속삭였다.

"나도 할멈한테 들은 말인데…… 남녀가 오래 오래 입을 맞추고 있으면 침이 점점 달아진다고 그러더라. 그게 어떤 꿀보다 달콤한 거래. 어때? 좀 웃기지?"

벽화의 얼굴색이 조금 빨갛게 변했다. 벽화는 소수마후들에게 얼른 몸을 옮겨 벌꿀 조각을 조금씩 떼어내 먹었다. 볼이 화끈거렸다. 그사이 진파는 품속에서 묵아를 꺼내 꿀을 먹였다. 배가 고팠던지 녀석은 아귀처럼 벌집을 씹어 삼켰다.

"천천히 먹어, 임마. 그게 다야. 이거 다 너 줄 줄 아냐?"

벽화는 소수마후들만을 바라보며 진파를 향해 물었다.

"오빠…… 이거 어디 쓸 건데?"

벽화의 질문에 진파는 씨익 미소를 지었다.

"잘 봐. 벌집을 이루고 있는 황갈색 벽들이 보이지?"

십이후에게 꿀을 먹이며 벌집을 이루고 있는 황색의 육각 틀을 본 벽화가 고개를 끄덕였다.

"응."

"그걸로 밀랍(蜜蠟)을 만든단다."

"그래?"

"응. 필요한 건 꿀이 아니라 그 벌집이야. 꿀만 빼 먹으면 좋겠는데 시간이 없으니까 꿀은 맛만 봐야지. 꿀 내릴 시간은 없어. 많이 버리긴 하겠지만 그래도 꽤 남을 거야. 나중에 먹자."

"벌집으로 뭐 할 건데?"

제 안색을 되찾은 벽화가 진파를 보며 물었다.

진파는 싱그러운 웃음을 지었다.

"밀랍을 만들어야지. 벌집에 조금만 열을 가해주면 아주 끈적끈적하게 변해. 그리고 조금 있으면 다시 딱딱해진단다. 이걸로 너희 모두 귀를 덮어줄 거야."

"귀를?"

"응. 그렇게 하면 진짜 아무 소리도 안 들릴 거야. 나중에 떼내면 그만이고."

벽화의 눈이 커졌다.

"정말이야?"

"그럼! 너는 심어로 명령을 내릴 수 있다고 그랬지? 현성교에서는 지금 소리로밖에 조정 못한다면서? 이 방법이면 그들이 어떤 소리를 내도 차단할 수 있어."

웃고 있는 진파의 눈동자 한구석엔 차가운 결의가 번뜩이고 있었다.

벽화는 정상에 올라와 진파의 예측에 감탄하고 있는 중이었다.

모두와 함께 올라온 산봉우리 정상은 몸을 숨길 곳도 없는 평평한 무대 같은 곳이었다. 흔한 잡목 하나 보이지 않았다.

봉우리 바로 아래까지 진파가 말했던 대로 짙은 안개가 스멀스멀 올라오고 있었다. 조금 있으면 정상 부근은 완전히 안개에 잠길 것 같았다.

'오빠 정말 산을 잘 아는구나.'

진파가 선택한 곳은 정말 몸을 숨기기에는 최상인 곳이었다.

시야가 탁 트여 있어 안개를 뚫어볼 수 있는 벽화에겐 장애가 되지 않았다. 사방을 한 번에 경계할 수 있는 위치. 더구나 적들은 안개로 인해 멀리서 그들이 앉아 있는 걸 본다 해도 마치 나무들이 서 있는 것처럼 보일 것이다.

더구나 산봉우리 뒤편은 툭 끊어진 벼랑이었다. 바닥에 세찬 급류가 흐르는 듯 은은한 물소리가 여기까지 들렸다. 건너편 절벽까지 오십여 장이 넘어 보였지만 소수마후들의 부풍무영이라면 단숨에 날아 건널 수 있는 거리였다. 만일의 경우에도 후퇴는 용이해 보였고, 진파의 말대로 청각을 완전히 차단할 수만 있다면 추격하는 현성교도들을 몰살시키는 것도 가능해 보였다.

벽화는 눈을 빛냈다.

'좋아! 여기서 끝장내는 거야! 이번엔 그냥 돌려보내지 않겠다!'

그때 진파가 고개를 돌려 벽화를 바라보았다.

"벽화야, 내가 삼매진화로 벌집을 부드럽게 만들 테니까 니가 쟤들 귀를 막아줘. 두껍게 발라도 돼. 양은 충분하니까."

"응."

"일단 저번처럼 둥글게 앉히자. 주위를 경계하게 시키고."

벽화가 심어로 명령을 전하자 소수마후들이 둥글게 진파와 벽화를 둘러싼 채 전방을 향해 주저앉았다.

"밀랍이 귓속에 들어가지 않도록 조심해."

"응."

"시작하자."

진파와 벽화는 빠른 동작으로 한 명 한 명 소수마후들의 귀를 밀랍으로 봉했다.

열한 명의 소수마후들은 부동 자세로 앉아 전면만을 날카롭게 바라보고 있었다.

벽화가 모두의 귀를 막자 진파는 벽화를 자신의 앞에 끌어 앉혔다.

"자, 대충 준비는 끝났다. 여기라면 언제든 피할 수도 있고 현성교의 움직임도 금방 파악할 수 있을 거야."

"여기서 반격할 생각이지?"

"아니, 상황을 봐야지."

"왜? 일부러 여기로 유인한 거 아니었어?"

"그런 뜻도 있지만 우선은 안정적인 시간을 좀 벌려고 여길 택했어. 소리를 막은 게 소용이 없을지도 모르잖아. 여긴 피하기도 좋은 곳이야. 물론 그들에게 다른 방법이 없다면 여기서 치자구. 그리고 너한테 물어볼 것도 좀 있다."

진파의 신중한 계획에 고개를 끄덕이던 벽화는 고개를 갸웃하며 반문했다.

"뭔데?"

"니가 유 숙과 얘기할 때 내가 들은 건 어떻게 소수마후가 되었나 하는 거밖에 없었어. 오면서 계속 생각했다. 넌 어떻게 의식을 되찾을 수 있었지? 이유가 뭐라고 생각하니?"

"그건 오빠 만났기 때문이야."

진파의 얼굴은 조금 야릇한 표정이 되었다. 입으로 손을 가져가더니 낮게 헛기침을 몇 번하고 말을 꺼냈다.

"뭐, 내가 그렇게 잘생겼냐? 기분 좋은 말이긴 한데, 단지 그것뿐이라면 쟤네들은 왜 그냥 있는데?"

벽화는 쿡 하고 웃음을 터뜨리고 말았다.

과연 진파였다.

"오빠가 잘생기긴 했는데 그 이유 때문은 아냐."

"그럼?"

진파의 표정이 변하는 걸 재미있어 하던 벽화가 진지하게 얼굴을 굳히고 설명을 시작했다.

"내가 일후가 될 수 있었던 건 우연히 어떤 분을 만났기 때문이었어. 그 사람 덕에 난 한동안은 맑은 정신을 지킬 수 있었거든. 그래서 다른 애들을 챙길 수 있었지. 그들에게 납치된 후 몇 년이 지났을 때 서서히 소수마후의 본격 제련이 시작되었어. 낮에는 수련을 시키고 밤에는 그들이 강제로 의식을 잠재웠지. 그렇게 하면 점점 이지가 흐려지게 돼. 생각이 죽고 기억이 죽고, 마지막엔 감정도 죽어버려."

"죽일 놈들."

진파의 욕에 벽화는 생긋 미소를 지었다.

"…그러던 어느 날, 잠든 머리맡에 어떤 얼굴 하나가 보였어. 말은 할 수 없었는데 볼 수는 있었지. 똑똑히 기억해, 그 사람 얼굴은. 의식을 완전히 제압당할 때까지 한 번도 잊은 적이 없어. 그 사람이 그때 내 머리에 손을 얹고 무언가 공력을 주입시켰어. 그게 내 의식을 완전히 잠재우지 않고 지켰던 것 같아. 힘이 모자라 완전히 막아주지는 못했지만 말야. 시간이 없었는지 무슨 일이 있었는지는 모르겠는데 안타깝다는 얼굴로 금방 갔어."

"누군지는 모르니?"

벽화는 진파의 얼굴을 보며 또박또박 대답했다. 그녀의 눈은 진파의 표정 하나라도 놓치지 않으려는 듯 반짝반짝 빛나고 있었다.

"지금은 알아. 오빠 만나서 내 의식이 깨어나기 시작한 건, 오빠가 그 사람과 얼굴이 거의 똑같았기 때문이야. 그 사람은 풍협 다나철. 오빠 아버지셔."

"뭐!"

진파의 얼굴이 와락 일그러졌다.

진파는 그 후 한동안 아무 말이 없었다. 벽화는 그런 진파를 바라보다 천천히 말을 꺼냈다.

"내게 오빠 아버지는 생명의 은인이야."

"그만 해."

진파는 마른침을 삼켰다. 목이 말랐다.

"아버지라 하지 마. 난 그잘 아버지로 인정할 수 없어."

"오빠……."

벽화가 안타까운 얼굴로 진파에게 무어라 말하려 했지만 진파는 벽화의 말을 끊어버렸다.

"세상 어떤 아버지가 자기 아들이 고아인 줄 알고 크게 내버리냐? 어떤 아버지가 자식 이름을 그따위로 짓는데! 자식 인생을 왜 멋대로 갖고 놀아! 난 인정할 수 없어!"

"오빠, 부자 간이란 건 자식이 인정하고 말고 할 사이가 아니잖아."

"내가 아니라면 아닌 거야! 너도 그냥 풍협이라고 해! 내겐 남보다 못한 사람이야!!"

벽화는 얼굴이 붉어진 진파를 물끄러미 바라보기만 했다. 진파의 눈 언저리는 새빨갛게 얼룩이 져 있었다. 엄청나게 화가 나 있는 것이 분명했다.

'오빠… 난 그런 아버지도 없어……. 현성교에선 우리 아빨 죽였어…….'

그러나 벽화는 입을 벌려 말하지는 않았다. 이것만은 진파 스스로 해결해야 할 문제였다.

진파의 얼굴이 그사이에 차츰 제 색을 찾아갔다.

"너한테 화내서 미안… 아, 이 말은 안 하기로 했지. 어쨌든 그… 풍협이 네 머리에 뭔가 공력을 주입시켰다 그거지? 그게 머리의 어느 곳을 보호한 거니?"

벽화는 짧은 한숨을 내쉬고는 진파의 말에 대답했다.

"뇌호혈이었던 것 같아. 머리가 아플 때는 항상 뒷머리부터 아팠거든. 오빠가 보여준 무적검보를 따라 해보고 알았는데, 그때 그분이 내 머리에 심어준 건 무적심공이었어."

진파의 눈이 커졌다.

"무적심공이라고?"

"응. 절곡에서 위험할 때도 그때 익혀둔 무적심공의 경로가 도움이 됐어."

진파는 손으로 턱을 잡으며 살짝 미간을 찌푸렸다.

"뇌호혈을 보호한다……. 무적심공을 다른 사람의 몸에 주입해서 그 사람 의식을 보호할 수도 있나……? 연구해 볼게. 잘하면 나도 할 수 있겠구나."

"할 수 있겠어?"

"어떤 식으로 했는지 좀 더 생각해 보고. 무적심공은 그리 복잡한 게 아니라서 잘만 생각하면 금방 방법을 알 수 있을 거야. 잘하면 네 친구들도 의식을 회복시킬 수 있겠다."

"정말?"

벽화의 얼굴이 파르르 떨렸다.

언니를 언니라 부르고 싶고, 친구들의 이름을 그대로 부르고 싶었다. 그들의 목소리로 벽화라 불리고 싶었다.

그들은 숫자로 구분된 살인 병기가 아니라 고락을 함께 나눈 친자매 같은 존재들. 벽화에겐 누구보다도 소중한 이들이었다. 벽화는 새로운 희망으로 가슴이 뜨거워지는 것을 느꼈다.

진파가 한마디 더 덧붙였다.

"음……. 네 경우는 현성교에서 사멸시키려는 의식을 어릴 때부터 지켜준 게 무적심공인데…… 쟤네들은 이미 의식이 완전히 통제된 상태니 좀 다르긴 할 거야. 어쨌든 시도해 볼 가치는 충분해."

"고마워! 그 말만으로도 충분해, 오빠! 오빠 꼭 해낼 거야!"

"고맙긴……. 근데 현성교에서 소리쳤다는 그 주문 말야, 너도 어느 정도 영향을 받니?"

"응……. 아직 완전히 이길 정도는 못 되는 것 같아. 그때 절곡에서 부딪쳤을 때도 위험할 뻔했어. 그 여자 공력이 나보다 높았거나 비슷하기만 했어도 아마 당했을 거야."

"그럼 너도 귀를 막아두자."

"안 돼. 오빠와 의사소통하는 게 불편할 거야. 그렇게 되면 오히려 위험해질 수도 있어."

"그럴까? 그럼 난 무적심공에 대해 생각 좀 해볼 테니까 네가 감시를 맡아주렴. 그들이 접근하면 금방 알리고."

"응."

진파는 가부좌를 틀어 앉고 눈을 내리 감았다.

무적심공의 구결을 떠올리기 전, 진파의 입에 슬쩍 가는 미소가 스쳤다.

'그래도 벽화를 구해줬으니 좀 봐주죠. 하지만 아직 아버지라고 인정한 것 아닙니다!'

진파의 머리 속에 무적심공의 구결이 촘촘히 떠오르기 시작했다.

*　　　　　*　　　　　*

철정은 유현의 뒤를 따르다 툭 한마디 던졌다.

"유 백부님."

유현은 아무 말도 없었다.

"유 백부님!"

좀 더 목소리를 높이자 그제야 유현이 철정을 돌아보았다.

"왜?"

"무슨 생각을 그렇게 하세요?"

"딱히 생각을 한 건 아닌데 말이다……."

유현이 눈살을 찌푸리는 것을 보고 선지애가 나섰다.

"유 백부님, 무슨 중요한 거라도 생각나셨어요?"

"아니. 단지 말야……."

유현은 두 눈을 빛내며 자신을 바라보고 있는 철정과 선지애를 보며 고개를 흔들었다.

"니들한테 괜히 백부라 부르라고 한 것 같아."

"그게 무슨 말씀이세요?"

"유 백부님이 뭐냐? 무슨 할아버지 부르는 거 같아 마음에 안 들어. 벽화는 내게 아저씨라고 친근하게 부르는데 말이다."

철정과 선지애는 잔뜩 긴장해 있다가 풋 하고 웃음을 터뜨렸다.

"그렇다고 진파처럼 유 숙이라고 부를 수는 없잖아요. 백부께는 보통 님자를 붙이지 그냥 백부, 백부 하는 놈들은 거의 없어요."

철정이 웃으며 말하자 유현은 고개를 저었다.

"나도 알아. 하지만 맘에 들지 않는 건 들지 않는 거야. 딴거로 바꾸자."

"아저씨라고 할까요?"

"그건 지애만 그렇게 불러라. 사내놈이 그렇게 불러봤자 하나도 귀엽지 않아."

"그럼 저는 뭐라고 부릅니까?"

"내가 숟가락질하는 것까지 가르쳐 줘야 하냐? 나머진 네가 알아서 해. 사내놈 호칭에 신경 쓸 만큼 한가한 머리가 아니다."

철정이 슬며시 고개를 숙이며 볼을 부풀렸다. 선지애가 깔깔대며 손뼉을 두드렸다.

"아저씨, 그런데 궁금한 게 있어요."

"오! 무엇이냐?"

철정은 아예 고개를 돌려 하늘을 바라보았다.

"우리 이렇게 천천히 가도 괜찮을까요?"

"그렇진 않지. 하지만 이게 질러가는 거다."

"어떻게 확신하세요?"

"벽화는 이 산을 잘 몰라. 그건 진파도 마찬가지지. 내가 가르쳐 준 산세는 취발산으로 향하는 일직선의 길밖에는 없었거든."

"그렇다면 더 막막하잖아요."

"아니."

유현의 얼굴에 슬쩍 웃음이 떠올랐다.

"태인 도장이나 다른 이들한테는 일부러 말을 안 한 거야. 벽화는 이리저리 방향을 바꾸긴 했지만 분명히 취발산 쪽으로 가고 있어. 우리는 그곳을 최단 거리로 가는 중이다."

철정이 슬쩍 눈만 돌리며 유현에게 물었다.

"그래서 그렇게 여유 부리신 겁니까? 하루를 전륜파에게 투자하셨어요."

"그놈들이 생각보다 영 머리가 안 따라주니 어쩔 수 없었다. 일단 양린에게 필요한 걸 다 가르쳤으니 그 녀석이 나머지 놈들을 가르치면서 해 나가겠지. 그들이 맡은 일은 꽤 중요해. 그걸 하려면 어느 정도 자기 몸을 지킬 수는 있어야 한다. 헛투자는 아니니 걱정 마라."

전륜파 네 명은 오전 내내 유현에게 가르침을 받다가 양린만 남기고 하루 종일 내공 수련만 했다. 양린 말고는 유현이 가르치는 초식의 오의를 깨닫는 자가 없었기 때문이다. 양린에게 간단히 환월십오식의 오의와 응용법을 가르친 유현은 그들 네 명을 모두 하산시켰던 것이다.

"그 사람 그 정도로 똑똑하던가요?"

"음, 사랑에 눈이 멀지 않았으면 대성할지도 몰라. 대단한 자질이더구나."

선지애가 배를 움켜잡았다.

"그 사람들 애정 관계는 너무 복잡하고 재미있어요."

"뭐, 좋지 않니? 한형제가 한부부가 될 수도 있는 게지. 세상을 사는 방법은 여러 가지란다."

유현이 얼굴색 하나 변하지 않고 진지하게 고개를 끄덕였다.

철정은 멀리 굽이쳐 흐르는 능선 자락을 보며 큭큭 웃음을 참았다.

"이리로 가는 거지요? 빨리 가죠."

"아니."

유현은 헝클어진 머리를 휘날리며 고개를 저었다.

"이 길로 간다."

"예?"

철정은 유현이 가리킨 길(?)을 보며 반문할 수밖에 없었다.

그럴 수밖에. 낭떠러지를 가리키며 길이라는데 누가 묻지 않겠는가?

"여기만 뛰어 건너면 일직선이야."

철정은 어이없는 얼굴로 절벽 건너편을 바라보았다. 그곳엔 수직의 깎아 지르는 바위 능선이 칼날처럼 버티고 서 있었다. 마치 잘 벼린 칼을 수직으로 연달아 세워놓은 것만 같은 산세.

"저 위로 간다는 말씀입니까? 그것도 여길 건너서요?"

"물론이지. 자신없으면 돌아가도 좋다. 일단 건너편 절벽에 붙어서 차차 기어올라 가면 돼. 물론 진짜 사내만 할 수 있는 것이지."

"그럼 지애는요?"

"더 진짜인 사내가 업는 것이지."

선지애가 손뼉을 쳤다.

"그럼 철랑이 절 업겠군요!"

철정이 선지애에게 엄지손가락을 치켜 올렸다.

유현은 선지애에게 포권을 취했다.

"패배를 인정한다."

킥킥대던 세 명은 차례로 몸을 날렸다.

철정이 거검을 등에 진 채 절벽을 건너뛰었고 그 뒤를 선지애를 업은 유현이 따랐다.

칼날을 세운 듯한 절벽을 기어올라 가며 철정이 눈을 빛냈다.

'진파야, 좀만 기다려. 내가 간다!'

"헉, 허억……."

앞서가던 철정은 어느새 숨을 몰아쉬고 있었다.

한동안 기세 좋게 유현의 앞을 펄펄 날았지만 유현이 앞선 지 벌써 꽤 되었다. 계속 이어지는 칼바위의 연속에 철정의 기력은 많이 흐트러져 있었다.

말이 이어진다고 하지만 삼사 장씩 건너뛰는 것이 기본. 까마득한 눈 아래에는 푸른 악마가 입을 벌린 것처럼 숲이 버티고 있었다.

만일 떨어지기라도 한다면 온몸이 부서져 작살날 터. 자연히 손발에 힘이 많이 들어가 쓸데없는 체력 소모가 많았다.

등에 짊어진 키만한 거검도 동작에 많은 부담을 주어 철정은 거의 한계에 도달해 있었다.

앞서가던 유현이 힐끔 뒤를 돌아보고는 칼바위 능선 한쪽, 움푹 파인 바위 구덩이 속에 선지애를 내려놓았다.

"흐…… 아직 더 갈 수… 있습니다."

철정이 가쁜 숨을 토하며 눈을 빛냈지만 유현은 고개를 흔들었다.

"이런 위험한 바위 능선을 탈 때 제일 조심해야 할 게 뭔지 아느냐?"

"뭡… 니까?"

이를 악물며 철정이 대답하자 유현은 수염을 쓸어 올리며 대답했다.

"산을 우습게 보는 거야."

"저는……."

"숨이 턱에 찼는데도 더 갈 수 있다는 게 우습게 본다는 것이다. 무림인들이라고 해서 예외가 아냐. 오히려 몸을 좀 수련했다는 놈들이 자만심 때문에 더 실수를 자주 한다. 산을 우습게 보면 산은 한순간에 인간을 버려. 그럼 끝이지. 여기서 떨어지면 금강불괴라도 무사하지 못할걸?"

유현은 수도로 목을 긋는 시늉을 하며 장난스럽게 말했다.

그는 까마득한 바닥이 아찔하게 내려다보이는 바위 언저리에 너무도 편안한 자세로 앉아 여유자적하게 철정을 바라보고 있었다.

선지애까지 업고 똑같은 거리를 달려왔으나 유현은 조금도 지쳐 보이지 않았다. 아직 내상이 완벽하게 회복된 것도 아니라면서.

"여기 와서 운기조식을 취해라. 더 이상 무리하면 안 돼."

"철랑, 아저씨 말씀대로 하세요."

철정은 묵묵히 고개를 끄덕이고는 선지애의 곁으로 갔다.

"검을 푸세요."

"괜찮소."

철정은 거검을 등에 멘 채 좌정을 하고 곧 운기조식에 들어갔다.

시원한 바람이 불며 선지애의 얼굴을 가린 망사가 나부꼈다.

유현은 바람에 날리는 수염을 귀찮은 듯 쓸다가 선지애에게 말을 던졌다.

"그런데 너는 그 예쁜 얼굴을 왜 가리고 다니느냐?"

"제가 예뻐요?"

"나 두 눈 다 제대로 박힌 사람이다. 그리고 눈깔이 하나 없는 놈이라도 네가 예쁘다는 건 인정할 게야."

망사가 펄럭이며 명랑한 웃음소리가 터졌다.

선지애는 몸만 돌려 유현을 바라보았다.

아무리 움푹한 구덩이라고는 하지만 간신히 한 사람만 지나다닐 수 있을 정도로 폭이 좁은 바위 능선.

선지애는 자신의 한계를 알기에 더 조심하고 있었다. 자신이 두 사람에게 부담이 되고 있다는 것을 잘 알고 있기 때문에 스스로 조심하는 게 조금이나마 두 사람을 돕는 것이라 여겼다.

"저도 아저씨께 여쭙고 싶은 게 있어요."

"내가 먼저 물었는데?"

"아까 제게 지셨잖아요."

유현이 손으로 이마를 쳤다.

"물어봐라."

"제가 따라간다고 했을 때 왜 아무 말씀 없이 승낙하셨죠? 이 길을 오리라고 미리 아셨다면서요. 지금도 제가 부담이 되고 있잖아요."

유현은 선지애를 바라보며 빙긋 웃었다. 수염 때문에 눈만 보이는 유현이었지만 눈만으로 웃으면서도 충분히 즐겁게 보였다.

"사내놈 하나 데리고 가는 것보다는 좀 힘들어도 미인하고 함께 가는 걸 선택하지. 이건 내 평생의 신조다."

"킥! 정말 그것뿐이세요?"

"뭐… 그것만은 아니다. 너희 둘은 좀 이상할 정도로 붙어 있으려 하더구나. 평소에 어른들 대하는 걸 보면 예의범절에 익숙한 녀석들 같던데, 애정 표현에는 전혀 그렇지 않더군. 뭔가 이유가 있다 싶었고 그래서 네 동행을 허락했다."

"아저씬 참 세심한 데까지 살피시는군요."

감탄한 듯 고개를 끄덕인 선지애가 모자에 붙은 망사를 올렸다.

맨얼굴을 드러낸 선지애는 햇빛이 찬란한 듯 조금 눈을 찡그렸다.

"아저씨 말씀대로 저희가 붙어 있는 데는 이유가 있어요."

선지애는 자신의 특이한 체질에 대해 유현에게 차분히 이야기해 주었다. 지금은 나아져 낮에는 정상으로 돌아오지만 아직도 밤에는 얼굴이 멋대로 붓는다는 것을. 그 체질 때문에 항상 철정이 음기를 다스려 준다는 것을.

유현은 눈을 껌벅였다.

"뭔가 이유가 있겠다 싶었지만 참……. 너 어릴 때 맘고생이 많았겠구나."

"철랑이 아니었다면 전 아마 자살이라도 했을 거예요. 철랑을 만나기 전엔 하루 종일 부어 있는 상태였으니까요. 부모님 원망도 많이 했었죠."

좌정을 하고 있는 철정을 보며 선지애는 빙긋이 웃어 보였다. 초탈한 듯한 그 웃음을 보며 유현은 고개를 끄덕였다.

"저 녀석 잘 잡았다. 속이 깊은 놈이야."

"저도 그렇게 생각해요. 아무리 태중 혼약한 사이라지만 누구나 혼담을 파기하고 싶은 얼굴이었으니까요. 하지만 철랑은 그러지 않았어요. 절 놀린 적이 단 한 번도 없어요. 아무나 할 수 있는 일이 아니죠."

"내가 밤에는 피해줄 테니 최선을 다해 가장 효과가 센 치료를 하거라."

선지애가 고개를 젖히며 웃음을 터뜨렸다. 눈물까지 맺힌 눈을 훔치며 선지애가 물었다.

"그럴 시간 없잖아요. 밤에도 달려야 하지 않아요?"

"따라잡아도 곧바로 합류하진 않을 생각이다. 얼마 동안은 조금 뒤에서 따를 생각이야."

"왜요?"

"우리가 합류한다고 해서 전력이 상승하는 건 아니다. 소수마후 열둘과 진파라면 그 인원만으로도 충분히 현성교를 상대할 수 있지. 그들이 불가능하다면 우리가 합류해도 불가능하다."

"그렇다면 우리가 뒤에서 따른다 해도 도움이 안 되잖아요."

"아니야."

유현이 고개를 저었다.

"현성교에선 소수마후를 제압하는 특별한 주술이 있는 게 틀림없다. 그렇지 않았다면 절곡 전투 때 벽화가 그냥 물러나지 않았을 게야. 우린 그 주술을 방해하는 거다. 그러기 위해선 따로 있는 게 더 나아."

선지애의 눈이 동그래졌다.

"아저씨, 주술도 막을 수 있으세요?"

유현의 눈이 초승달처럼 가늘어졌다.

"난 검치야. 검으로 하는 건 뭐든 다 익혔지. 그런 내가 주술을 물리치는 파사검(破邪劍)도 모를 것 같냐?"

"와아! 아저씨 멋져요!"

선지애가 엄지손가락을 치켜 올렸다.

그러나 이어진 유현의 말에 손가락을 접을 수밖에 없었다.

"하지만 성공할지는 반반이다. 동괴처럼 심어전성의 수법을 쓰는 주술은 막을 도리가 없어. 내 파사검은 진언을 막는 것이거든. 그들의 주술이 진언만을 이용하는 것이길 빌 뿐이다."

*　　　*　　　*

진파는 꿀꺽 침을 삼켰다.

"오빠, 긴장하지 마."

"그래."

벽화를 잠시 바라본 진파는 다시 고개를 돌려 앞을 바라보았다.

진파의 앞에는 십이후가 다소곳이 앉아 있었다. 다른 소수마후들은 여전히 우뚝 앉아 전방을 노려보고 있는 중이었다.

무적심공을 해체라도 하듯 낱낱이 떠올린 진파는 뇌호혈에 무적심공을 심을 수 있는 구결을 찾아낼 수 있었다. 그것이 과연 이미 의식이 완전히 사라진 소수마후들에게 효과를 발휘할 수 있을지는 미지수.

망설이는 진파에게 강력히 실행을 권한 이는 벽화였다.

어차피 의식이 완전히 제압되어 아무것도 느끼지 못하고 아무것도 생각하지 못하는 상태.

"우린 더 나빠질 것도 없어."

벽화의 그 한마디가 진파의 망설임을 없애 버렸다.

진파가 결심을 굳히자 벽화는 십이후를 불러 진파의 앞에 앉혔던 것이다.

진파는 찬찬히 십이후의 얼굴을 바라보며 벽화에게 물었다.

"얘는 몇 살이니? 제일 어린 것 같은데."

"납치됐을 때가 다섯 살이랬으니까 얼다섯 살쯤 됐을 거야."

진파가 끄응 신음 소리를 냈다.

"왜 하필 얘냐? 지금은 막내잖아."

"걔가 우리 중 제일 독한 애거든. 독한 만큼 정신력도 강했어. 그래서 선택한 거야."

벽화의 말을 듣고 보니 과연 고양이 눈매를 한 십이후는 원래 만만치 않은 성격을 갖고 있었던 걸로 보였다. 지금이야 멍한 눈빛을 하고 있었지만, 자기 의식을 되찾는다면 한성깔 단단히 할 눈이었다.

"이름이 뭐니?"

"정가영(鄭苟影)이야."

"가영이라……."

진파는 나직하게 이름을 부르며 정가영의 뒷머리에 손을 가져갔다.

"잠깐, 오빠."

"왜?"

"그때 오빠 아버…… 그분은 내 이마를 짚었어. 어딜 짚어도 상관없는 거야?"

"이마를 짚었다고?"

"응."

진파는 미간을 찡그렸다.

뇌호혈이 아파왔다는 벽화의 말에 뇌호혈 주변에 무적심공을 심은 것이라 생각했던 것이다.

진파의 이마에 설핏 땀방울이 내비치기 시작했다.

잘못한다면 그나마 있는 희망의 싹을 자를 수도 있었다.

그의 손에 한 소녀의 의식이 완전히 지워질 수도 있었다.

"벽화야, 그때 이마를 짚고 난 다음에 어떤 걸 느꼈니? 기의 흐름 같은 거 혹시 기억나?"

벽화는 기억을 더듬는지 아미를 살짝 찌푸린 채 골똘히 생각에 잠겼다. 그러나 곧 힘없는 얼굴로 고개를 저었다.

"기의 흐름 같은 건 기억이 안 나. 기억나는 거라곤 그분 얼굴이랑 내 기분이 굉장히 편안했다는 것뿐이야."

"후······."

진파는 가볍게 한숨을 내뱉으며 정가영의 얼굴을 바라보았다.

눈도 깜박이지 않고 바라보는 아무 감정도 담기지 않은 얼굴.

영원히 이 얼굴에 그 어떤 표정도 나타나지 않을 수 있었다. 그 생각만으로도 엄청난 부담이 되었다.

"오빠, 가영인 단단한 애야. 우리 모두 그래. 웬만해선 망가지지 않아. 걱정 말고 해봐."

진파는 뒤통수에 댔던 손을 돌려 가영의 얼굴을 쓰다듬었다.

아무 느낌도 없는지 계속 진파만 바라보는 가영의 눈.

"벽화야······ 애 독한 성격이라고 그랬지?"

"응."

"난 이 얼굴에 정말 독한 기색이 가득한 그런 표정이 떠오르는 걸 보고 싶다······. 너도 그렇지?"

진파의 말에 벽화는 가영의 어린 시절을 떠올렸다.

정말 독한 아이였다.

단 한 번도 울지 않은 아이.

백 명의 여자애 중 울지 않은 애는 가영이 한 명뿐이었다.

벽화는 어느새 눈시울이 뜨거워졌다.

"나도… 그 표정을 다시 보고 싶어."

벽화를 바라보던 진파는 고개를 돌렸다. 가영의 볼을 톡톡 치며 다짐이라도 하듯 중얼거렸다.

"그래……. 한 번 해보자. 무리하지 않고 뇌호혈만 한 번 자극해 보는 거야. 조금씩 자극을 줘보자."

혼잣말을 하듯 나직하게 중얼거린 진파는 가영의 뇌호혈에 손을 대고 천천히 노궁혈을 통해 무적심공을 뽑아내기 시작했다.

실처럼 가늘게 뽑아낸 무적심공의 기로 천천히 가영의 뇌호혈 주변을 자극해 갔다.

부드럽게 어루만져 주듯 아주 천천히 자극해 갔다.

진파의 이마에서 조금씩 진땀이 배어 나오기 시작했다. 극도로 미세하게 공력을 조절하는 진파는 마치 칼끝에서 널을 뛰듯 정신이 바싹 곤두선 상태였다.

그때였다.

진파의 귀에 벽화의 전음이 울렸다.

"오빠, 현성교 놈들이 온 모양이야. 이후가 신호를 보냈어."

진파는 천천히 가영에게 주입하던 무적심공을 회수하기 시작했다. 공력의 운용은 세심하기 짝이 없었지만, 그의 이마에는 서서히 붉은 기가 떠올라 아래로 번지고 있었다.

'이 개자식들! 이번엔 피 박살을 내주마!'

진파의 눈이 새파랗게 빛나기 시작했다.

제26장 의지견정(意志堅定)

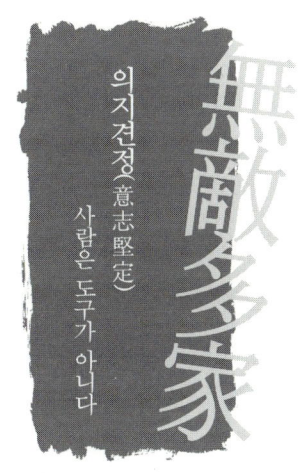

無敵多家

의지견정(意志堅定)

사람은 도구가 아니다

임수가

손짓을 하자 옆에서 달리고 있던 임아영이 왼손을 번쩍 들었다.

임수와 임아영을 정점으로 학이 날개를 편 것처럼 쫘악 퍼져 평원을 질주하던 현성교도들이 그 자리에 우뚝 섰다.

임수는 임아영의 손을 놓고 한걸음 앞으로 나섰다. 팔이 잘린 터라 아직 완전히 균형을 잡지 못해 임아영이 옆에서 부축을 하며 왔던 것.

"이상하군요."

"왜?"

"너무 대놓고 자취를 남겼다고 생각하지 않으십니까?"

"또 그 얘기냐?"

"여기까지 흔적을 너무 많이 남겼습니다. 아무래도 고의로 유도하고 있는 것이 틀림없습니다."

"걱정하지 마라. 우리가 힘을 합치면 일후도 대항하지 못할 거야. 오히려 관건은 무적다가의 그놈이 얼마나 회복했나 하는 거다."

"소수마후들을 너무 간단히 보시는 것 아닐까요?"

"그렇지 않아."

임아영은 답답한 듯했다.

"제령술은 나 혼자 펼치지만 네가 공력을 더해주면 더 큰 위력을 낼수 있다. 거기다 우리는 아직 쇠뇌도 넉넉하다."

임아영의 장담에도 불구하고 임수의 눈은 계속 진파가 향한 봉우리에 고정되어 있었다.

"어디로 향했지?"

임아영의 질문에 임수는 왼손으로 눈앞을 가리켰다.

정상이 운해에 뒤덮여 하얀 구름모자라도 쓴 듯 보이는 바위 봉우리였다.

"저곳입니다. 아예 저리 갔다고 드러내 놓고 알려주는 것 같군요."

임수의 날카로운 눈도 진파가 이곳까지 유인하고는 자취를 감추고 벌집을 따냈다는 것을 발견하지는 못한 것이다. 진파가 그것만은 철저히 감췄기 때문이다.

임아영은 단호하게 고개를 흔들었다.

"지나친 조심성이다. 그들이 설마 무슨 수를 준비했다고 해도 상관없어. 이번에 일후는 우리에게 대항할 수 없을 것이다."

임아영은 임수의 손을 잡고 몸을 날렸다. 그 뒤를 따라 현성교도 오십여 명이 봉우리를 향해 까맣게 달려들었다.

"오빠, 어떻게 하지?"

"일단 저들을 이 봉우리 정상으로 오르게 만들어야지. 이곳에서 우리 열네 명은 모두 제대로 볼 수가 있지만 저들은 그렇지 않을 거야. 우리 모두 신법에 특출하니 여기야말로 절호의 장소다. 이 봉우리는 후면을 포위할 수 없으니 만일의 경우 후퇴도 걱정없어."

벽화와 진파가 전음을 주고받으며 봉우리 아래에 멈춰 선 현성교도들을 바라보고 있었다.

십이후 정가영도 자기 자리로 돌아가 움직이지 않고 앉아 있었다.

"올라올까?"

"그럴 거야. 우리가 여기 있는 줄 모를 놈들이 아니니까. 제압을 하려 해도 아무 움직임이 없으면 제놈들이 답답해서라도 올라오겠지. 안 오면 오게 만든다."

진파의 얼굴엔 어느새 은은한 붉은 얼룩이 떠올라 있었다.

홍관백린사의 피가 배인 영향이겠지만 마치 붉은 가면을 눌러쓴 것처럼 보여 한층 위압적으로 보이는 전사의 얼굴.

벽화도 새파랗게 눈을 빛내며 임아영을 쏘아보고 있었다.

임아영은 눈을 감고 있었다.

임수는 그의 누이가 소수마후들의 심령을 감지할 수 있다는 것을 알기에 지켜만 보는 중이었다.

소수마후의 제련법을 복원해 낸 사람이 바로 임아영.

실제 제련을 맡은 이는 동선이었지만 이론적인 부분은 임아영 또한 완벽하게 알고 있었다.

임아영이 어느 수준까지 제령술을 익혔는지는 임수도 알지 못했으나 그녀의 지나친 자신감이 어딘가 불안한 임수였다.

임아영이 번쩍 눈을 떴다.

그녀는 고개를 들어 뿌연 운해가 덮인 봉우리 정상을 노려보았다.

"넌 저 운해 속에 뭐가 보이니?"

"나무들 아닐까요? 그 정도 형체밖에는 판단할 수 없군요."

"모두 몇 개인지 분간이 가느냐?"

"열넷으로 보입니다. 누님도 보이실 텐데요?"

"보이지 않아도 알 수 있다. 느껴진다. 분명히 저 봉우리 정상 어딘가에 있어. 나무로 보이는 저 형체들은 아마도 소수마후들과 무적다가의 후예일 것이다."

"나무들일 뿐 다른 곳에 은신해 있을 수도 있지 않을까요?"

"시험해 보면 알겠지."

임아영이 침착한 태도로 번쩍 팔을 치켜들자 현성교도들이 일제히 쇠뇌를 준비했다.

"목표는 구름의 정상에서 십 장 정도 아래로 잡는다."

임아영의 명에 따라 현성교도들이 일사불란하게 쇠뇌를 조준했다.

"발사!"

쐐액 하는 귀청을 찢는 파공음과 함께 검은 철시들이 자욱하게 봉우리 정상을 향해 날아오르기 시작했다.

화살의 궤도를 지켜보던 임아영이 한 번 더 명을 내렸다.

"오조준이다. 일 장 더 위를 노린다."

임아영의 명에 잠시 후 철시들이 다시금 날아올랐다.

"꽂히면 나무고 튕겨내면 그들이다. 잘 봐라."

임아영과 임수는 운해의 저편을 뚫어져라 응시하였다.

그리고 그들은 보았다.

대부분의 철시들이 튕겨져 나가는 것을.

임아영의 얼굴에 미소가 떠올랐다.

"저것도 함정이라 준비했단 말이냐? 어리석은 것들!"

임아영은 임수를 향해 고개를 돌렸다.

"네가 좀 도와주렴."

"예, 누님."

임수는 임아영의 뒤에 서서 그녀의 등에 손바닥을 댔다.

임아영이 옷자락을 휘날리며 복잡한 수인을 맺었다.

그녀의 입이 열렸다.

절곡의 주문과는 비교도 되지 않는 커다란 주문이 터져 나왔다.

"훔리지리지 시바바 나자아 옴 남지구 다못삼 먁삼 남지시 따아 모
나……. 훔리지리지……."

파지옥진언(破地獄眞言)을 거꾸로 외는 임아영의 목소리가 귀청을
찌를 듯 점점 높아져 갔다. 임아영이 마침내 수인을 맺은 손을 치켜들
며 고함을 내질렀다.

"주인을 잃은 소수마후들은 새로운 주인에게 복종하라—! 모두 산에
서 내려와 내 앞에 경배하라—!"

벽화의 몸이 부르르 떨리고 있었다.

진파는 그녀의 머리에 손을 대고 침착하게 벽화를 바라보았다.

"지금이라도 늦지 않았어. 귀를 막는 게 어때?"

"안 돼……. 오빠 덕분에 분명히 버틸 수 있어……. 싸움이 시작되
었을 때 우리끼리 의사 전달이 안 되면 혼란이 생겨……. 먼저 저년만
해치우면 돼……!"

벽화는 몸을 떨면서도 진파의 제안에 고개를 흔들었다.

진파가 고개를 끄덕였다.

"어떤 수를 써도 통하지 않는다는 것을 알면 저것들도 어쩔 수 없을 게다. 올라오겠지. 다행히 다른 애들은 영향을 받지 않나 보다."

벽화는 턱을 부르르 떨며 고개만 끄덕였다. 진파의 말대로 다른 소수마후들은 아무런 움직임도 없이 전방만을 노려보고 있었다.

벽화의 눈에서 새파란 살광이 점점 짙게 뿜어져 나왔다.

고통을 받으면 받을수록 현성교에 대한 원한이 점점 더 깊이 온몸에 아로새겨졌다.

"조금만 참아."

진파는 무적심공으로 벽화의 뇌호혈을 보호해 주며 부드득 이를 갈았다. 진파의 눈이 임아영과 임수를 향해 고정되어 있었다.

'빨리 와라! 여길 너희 무덤으로 만들어주마!'

임아영이 고개를 갸웃했다.

임수가 격체전력을 멈추고 그녀에게 물었다.

"누님, 저 위에 있는 게 맞습니까?"

"너도 봤지 않느냐?"

"그건 그렇지만… 아무 반응이 없지 않습니까?"

"그새 무슨 수를 썼단 말인가?"

그러나 임아영의 얼굴에는 한 점의 당혹감도 보이지 않았다.

"어쩌실 생각이십니까?"

"네가 생각하기에는 지금 형세가 어떠냐?"

"우리가 절대적으로 불리합니다."

"그래서?"

"일단 교로 전령을 보내 원군을 요청해야 합니다. 이대로는 우리만으로 제압하기 힘듭니다."

"쯧쯧."

임아영이 혀를 찼다.

"왜 그러십니까?"

임수의 얼굴에 조금 불만 어린 기색이 서렸다.

임아영은 임수를 바라보며 침착하게 지시했다. 그녀의 손에는 검은 호각이 들려 있었다.

"너도 꺼내렴."

임수의 얼굴에 감탄과 경악이 동시에 스쳐 지나갔다.

"그걸 생각 못했군요!"

"무슨 수를 썼는지는 모르지만 소수마후들은 지금 제 상태가 아닐 것이다. 어쩌면 무적다가의 출도객이 위험해져서 멈추었는지도 모르고. 쓸데없는 걱정은 패배감을 몰고 올 뿐이다."

임아영은 주위를 둘러보며 짧게 명령을 내렸다.

"모두 위로 오른다!"

임아영이 나직한 목소리로 명령을 내리자 현성교도들이 천천히 봉우리를 향해 접근해 갔다.

"무음각은 거리 제한이 있으니 중간쯤 올랐을 때 불자꾸나."

"알겠습니다, 누님."

임수의 얼굴에도 이제 미소가 떠오르고 있었다.

그들은 수하들을 앞세운 채 서서히 봉우리를 오르고 있었다.

운해에 가득 뒤덮인 봉우리는 서서히 전운이 감돌기 시작했다.

진파는 회심의 미소를 머금고 봉우리를 오르는 현성교도들을 바라
보고 있었다.

'됐다!'

벽화가 서서히 소수마공을 운용하기 시작했다.

그녀의 손에 차디찬 우윳빛 광채가 어리더니 점차 안으로 갈무리되
어 뿌옇게 빛나고 있었다.

"오빠, 선제공격을 하는 게 낫지 않을까?"

"아냐. 아직 한 수가 더 있을지도 몰라. 이곳에서 내려가면 후퇴할
때 불리하다. 조심해서 나쁠 게 없어."

"저들에게 더 남은 수가 있을까?"

진파가 고개를 저었다.

"그래도 뭔가가 있어. 저들의 얼굴을 봐라. 불안감이 없다."

벽화가 앞에 선 현성교도들과 임수, 임아영을 살펴보니 과연 그들의
얼굴은 결전을 앞에 둔 긴장만 있을 뿐 어떤 불안감도 없어 보였다.

진파의 전음이 나직하게 들려왔다.

"하지만 걱정 마. 다른 수가 있더라도 상관없어. 우선 쟤네들을 모
두 바닥에 엎드리라고 해."

벽화가 심어로 소수마후들에게 명을 내리자 일제히 앉았던 몸을 눕
혀 바닥에 배를 깔았다.

진파의 입이 벌어지며 하얀 이가 드러났다.

'안개 속에서 나와 싸운다는 것이 어떤 것인 줄 깨닫게 해주지.'

진파는 옆에 앉은 벽화에게 짧게 전음을 보내며 몸을 일으켰다.

"넌 여기서 기다려."

"오빠!"

벽화를 내려다보며 진파는 빠르게 전음을 내뱉었다.

"넌 재들을 지켜야 하잖아. 여기서 무적심공을 계속 운기하고 있어. 마공이나 사공엔 더없이 강력한 심공이니까. 쇠뇌를 든 놈들은 절대 이곳까지 오지 못하게 할 거야. 올라와 봤자 저들 둘이다. 그때 놈들을 치는 거야."

"안 돼, 오빠! 너무 위험해! 같이 가!"

벽화가 벌떡 몸을 일으키려 했으나 진파의 손이 그녀의 어깨를 잡았다.

"걱정 마. 내 연혼사는 이런 곳에서 제일 무서워. 우린 반드시 이길 거야."

벽화는 진파의 말을 반박하려 했으나 그럴 수 없었다.

진파가 허리를 굽혀 벽화의 얼굴을 내리 덮었기 때문에.

벽화가 눈을 동그랗게 떴다. 그러나 곧 사르르 눈을 감았다. 진파의 부드러운 입술이 느껴졌다. 등골이 찌릿 울리는 기묘한 느낌. 혼자서 할 때와는 너무 달랐다.

진파와 벽화는 서로의 입술을 살짝살짝 부딪치다 조금씩 조금씩 입술을 빨았다. 단내가 피어났다. 앞니가 타닥타닥 부딪쳤다. 벽화가 살며시 입을 벌렸다.

그러나 더 이상 진파의 입술은 느껴지지 않았다.

감미롭지만 짧은 입맞춤을 한 후, 진파는 벽화의 눈앞에서 사라졌던 것이다.

가는 전음이 벽화의 귀에 들렸다. 왠지 부끄러워하는 듯한 음성이었다.

"관제묘 이후론 처음… 이지? 거기에 엎드려서 기다려. 그러면 아무도 너흴 볼 수 없을 거야. 곧 올게."

빨개진 얼굴을 숙이며 벽화는 속으로 중얼거렸다.

'바보! 처음이 아니라구!!'

그러나 효과는 확실했던 듯 벽화는 소수마후들과 함께 정상에 남았다. 벽화조차 엎드린 정상에는 거뭇한 그림자 하나 보이지 않는 구름의 바다만 있었다.

"아저씨, 여기서 파사검을 쓰는 게 가능하신 가요? 더 접근해야 하는 것 아닙니까?"

"왜 네가 아저씨라고 부르냐? 다른 호칭 연구하랬잖아."

"아저씨! 지금 그런 거 따질 땝니까?"

"영악한 놈."

유현과 철정, 선지애는 벌판의 바위 뒤에 숨어 봉우리를 오르는 현성교도들을 관찰하고 있었다.

유현의 장담대로 직선거리로 질러와 진파를 따라잡는데 성공했던 것이다.

철정은 다급했다. 현성교의 무리들이 벌써 봉우리에 절반 가까이 올라 있었다.

운해가 넘실대는 거의 끄트머리까지 접근한 것이다. 조금만 더 들어간다면 정상까지는 삽시간이었다.

"빨리 가요!"

유현은 침착한 눈으로 봉우리를 응시하며 슬쩍 고개를 저었다.

"저 봉우리를 보고 느낀 것 없느냐?"

"뭘 느껴요!"

팍팍 내지르는 철정의 전음에도 유현은 침착하기만 했다.

"저 봉우리는 이 근처에서는 가히 천혜의 요새라 할 만한 곳이다. 여기선 안 보이지만 뒤편은 깎아 지르는 절벽이다. 소수마후들이라면 충분히 넘을 수 있겠지만 현성교는 결코 추적할 수 없어. 과연 진파야. 산을 잘 아는구나."

유현의 설명에 그제야 철정의 어조가 누그러들었다.

"진파에게 무슨 생각이 있다는 말씀입니까?"

"음. 저 장소를 선택한 건 까닭이 있을 것이다. 아마도 연혼사로 역습을 꾀할 생각 같구나."

"연혼사요?"

"그래. 안개 속이라면 연혼사는 고금제일의 병기다. 다수를 상대하는데 가장 효과적이지. 일단 우리도 봉우리 밑으로 접근하자꾸나. 복병 노릇을 하자. 진파가 공격을 시작하면 우리는 배후를 친다."

"파사검은요?"

"상황을 봐가면서 쓰도록 하지. 특별한 준비가 필요한 것도 아니니 너무 잔소리 말라."

유현은 철정과 선지애에게 손짓해 은밀히 봉우리 쪽으로 이동하기 시작했다.

안개는 점점 짙어지고 있었다.

봉우리의 중간쯤에 도달한 임아영은 수하들에게 손짓해 전진을 멈추게 했다. 어느덧 안개가 스멀스멀 내려와 그들의 주위도 시야가 점점 좁아지고 있었다.

"철시는 충분한가?"

"예! 걱정 마십시오!"

"좋아. 소수마후들이 튀어나오면 그들의 발을 묶는 데만 사용한다. 무적다가 놈을 집중적으로 노려라! 학익진 형태로 우리 앞에 포진한다."

"존명!"

명을 마친 임아영은 임수를 돌아보며 입으로 무음각을 가져갔다.

"수아야, 준비해라."

"저는 준비되었습니다. 그런데 안개 밖으로 수하들을 물려야 하지 않을까요?"

"이곳보다 거리가 멀어지면 무음각이 위력을 발휘할 수 없잖니. 공력의 소모가 심하니 힘을 보충하기 위해선 저들을 방패로 삼아야 한다. 만일의 사태에 대비해야지."

임수는 묵묵히 고개를 끄덕였다. 임아영의 전음이 이어졌다.

"따로 표적을 정할 수가 없으니 정상 전체를 목표로 한다."

"알겠습니다."

임수와 임아영의 볼이 동시에 부풀었다. 그러나 그들이 입에 문 검은 호각에선 어떤 소리도 새어 나오지 않았다.

벽화는 온몸을 짓누르는 격한 압력에 눈을 크게 떴다.

정상에 자욱하게 깔린 안개가 마치 지진에 휘말린 건물들처럼 부르르 요동치는 것이 확연히 눈에 보였다.

그녀를 제외한 소수마후들이 모두 다 격렬하게 몸을 떨었다. 아래 서열의 소수마후들은 피까지 토해냈다.

'이건!'

벽화는 똑같은 느낌의 압력을 경험한 기억이 났다. 열정 사태들을 만났을 때 비로 이런 압력을 느끼며 피를 토하고 말았던 것.

벽화가 다급하게 심어로 명령했다.

[움직일 수 있는 후(后)들은 모두 이곳으로 와!]

피를 토하던 십후 이하 세 명의 소수마후를 제외하고는 모두가 벽화의 주위에 모여들었다. 단 한 명도 신법을 펼치지는 못하고 뛰거나 걸어서, 심지어 기어서 오는 이들도 있었다. 벽화는 번개같이 몸을 날려 움직이지도 못하는 동생들을 구한 후 제자리로 돌아왔다.

여전히 안개가 격렬한 파동을 일으키며 거대 무비한 압력이 그들을 짓눌렀지만 벽화의 고통은 그리 크지 않았다.

'이후 언니까지 신법을 쓰지 못하는데 어째서 나만……? 아! 오빠가 준 뱀가죽 때문이구나!'

홍관백린사의 가죽이 몸을 보호해 주어 벽화가 느끼는 무음각의 압력이 내부에까지는 도달하지 않았던 것이다.

'이건 아무래도 음공(音功)의 일종이구나! 대기(大氣)를 진동시키다니! 하지만 니들 실수했어!!'

벽화의 손이 눈부시게 원을 그렸다.

소수마후들이 모여든 곳을 중심으로 벽화의 소수를 따라 안개가 밀려나기 시작했다. 허공을 향해 장을 때리는데도 아무런 소리조차 없었다.

'안개 때문에 음공의 진폭이 눈에 보여! 좀만 참아! 내가 보호해 줄게!!'

[모두 다 그 자리에 누워! 소수마공으로 내상을 치유한다! 최대한 빨리!]

쉴 새 없이 소수를 휘두르던 벽화는 '으음…' 하는 신음 소리에 힐끔 눈을 돌렸다.

십이후 정가영이 인상을 잔뜩 찌푸린 채 신음 소리를 내고 있었다. 창백한 얼굴로 무표정하게 명령을 수행하는 다른 소수마후들과 달리 정가영의 얼굴에는 분명한 고통이 떠올라 있었다. 소수마후에게는 있을 수 없는 반응이었다.

'가영아!'

벽화의 눈에 뿌연 물막이 어렸다.

'오빠의 치료가 효과가 있어! 희망이 있어!'

벽화의 소수가 더욱 빨리 움직였다.

소수마후들의 중심에 서서 양손을 휘두르는 벽화의 얼굴에 환희의 빛이 가득 떠올랐다.

'오빠! 가영이가 아픈 것을 느끼고 있어!!'

진파는 정상에서 내려와 안개의 움직임을 따라 꿈틀꿈틀 몸을 움직이고 있었다. 회색 빛 바위 봉우리 표면에 바싹 배를 대고도 진파의 움직임은 빠르기 그지없었다.

전면에 희뿌옇게 버티고 선 오십여 명의 윤곽이 보이기 시작했다. 무공을 익히지 않은 사람의 눈에는 아무것도 보이지 않을 것이고, 설사 일류고수라 해도 이 정도 안개 앞에선 삼 장 이상을 보기 힘들 것이다.

'안개가 더 짙어졌군.'

진파의 입이 하얗게 벌어졌다.

진파는 엎드린 상태 그대로 스르륵 팔을 뻗었다.

스무 가닥의 연혼사가 봉우리 표면을 따라 지렁이가 기어가듯 천천히 뻗어 나가기 시작했다.

오른손의 연혼사에서는 발출시 귀를 찢는 파공음이 터지기 마련이었으나 공력을 미세하게 조절해 천천히 내뻗자 아무 소리도 나지 않았다.

부채꼴 모양의 방사선으로 퍼진 연혼사가 조금씩 조금씩 현성교도들을 향해 이동해 갔다.

'좀 더 와라.'

연혼사를 모두 뻗어낸 진파는 그들의 전진을 기다렸으나 웬일인지 아무도 더 이상 움직이지 않았다.

마치 누군가를 보호하듯 학익진을 오므려 펼친 상태로 쇠뇌를 부여잡고 있었다.

진파의 눈이 반짝했다.

'가운데에서 뭔가를 준비하는 모양이군.'

진파의 마음이 약간 급해졌다. 임수 남매가 무음각으로 소수마후들을 공격한다는 것은 알 수 없었지만 더 이상 기다리고만 있을 때가 아니었다.

진파는 바닥에 몸을 댄 채 발부리에 힘을 주어 바위를 걷어찼다.

탁 하는 소리와 함께 모두의 이목이 진파에게 집중되었다.

"적이다! 쏴라!!"

진파가 있는 방향을 향해 까만 철시들이 성난 메뚜기 떼처럼 쏘아졌다.

그러나 진파는 이미 거기에 없었다. 현성교도들의 삼 장 앞까지 단숨에 전진한 진파는 스무 가닥의 연혼사를 모두 튕겨냈다.

'겨냥이 틀렸어! 자식들아!'

스무 가닥의 연혼사가 바닥에서 떠오르며 현성교도들을 무자비하게 휩쓸었다. 찌르고 베고, 날리며 갈랐다.

단 한 순간에 현성교도 이십여 명의 해체된 잔해가 그림처럼 허공에 떠올랐다.

하얀 운해가 잠시 동안 시뻘건 피안개로 물들었다.

단숨에 몸이 반 토막나 죽은 이들은 미처 아픔을 느낄 사이도 없었지만 사지 중 한곳을 잘린 이들이 끔찍한 비명을 내질렀다.

두 팔이 잘린 현성교도 한 명이 그제야 자신의 처지를 깨닫고 미친 듯 부르짖었다.

"아아아아악!! 내 팔!!"

이를 악문 절규가 터져 나왔다.

"모두 쏴! 아무 데나 갈기란 말야!!"

멀쩡한 자들, 부상자들 중에도 활을 쏠 수 있는 자들은 전면을 향해 무작정 철시를 날리기 시작했다.

그러나 그들의 목조차 하나하나 허공으로 떠오르기 시작했다.

"진파가 시작했다. 우리는 적의 수뇌를 노린다! 지애는 남은 수하들을 처리해!"

유현이 대답도 기다리지 않은 채 격전장으로 몸을 날렸다.

철정과 선지애가 입술을 깨물며 그 뒤를 따랐다.

"지애, 조심해!"

"철랑도!"

선지애와 짧은 전음을 나눈 철정이 거검을 손에 잡고 일직선으로 봉우리를 오르기 시작했다.

유현의 팔에 감긴 쇠사슬이 풀리며 부우웅 하는 세찬 파공음이 안개를 갈랐다. 그와 함께 쩌렁쩌렁한 고함이 터져 나왔다. 적들의 사기를 죽이고 진파에게 원군이 도착했음을 선포하는 목소리.

유현의 쩌렁쩌렁한 일갈이었다.

"나 검치가 여기 왔다!!"

"진파야! 나도 왔어!!"

유현과 철정의 목소리를 들은 임아영은 다급하게 전음을 보냈다.

"수아야! 몸을 빼자! 정상을 향해 은신술을 최대한 펼쳐 이동한다. 지금이 오히려 기회야!"

임수가 눈을 부릅떴다.

"우리만요? 이들을 모두 버리란 말입니까?"

"밑에서 올라오는 저놈들까지 합세하면 마지막 기회도 놓치고 말아! 놈들이 이곳에만 신경을 쓸 때 우리는 소수마후들을 회수한다!"

"누님!"

"교도들은 모두 교를 위해 죽음의 서약을 한 이들이다. 이들의 죽음은 헛된 것이 아니야! 네가 진짜 소교주라면 이럴 때 결단을 내릴 줄 알아야 한다!"

임수의 바로 눈앞에 있던 현성교도가 진파의 연혼사에 당해 오른팔이 날아갔다. 임수의 얼굴에 쫘악 하고 한줄기 붉은 피가 튀었다. 임수는 그것을 피하지 않았다. 똑똑히 기억이라도 하듯 눈도 감지 않았다.

부드득 이를 간 임수가 임아영에게 전음을 보냈다.

"빨리 가지…… 요. 반드시 복수… 하겠습니다!"

임수의 신형이 뿌옇게 흐려지며 안개 속으로 자취를 감추었다.

임수를 따라 은신술을 펼치는 임아영의 얼굴에 작은 미소가 맺혔다.

'장하다! 그게 바로 지도자의 자세란다!'

"교도들은 목숨을 걸고 저놈들을 막아라! 교의 영광을 위해 신명을 바쳐라! 검은 별의 가호가 그대들의 머리 위에 내릴 것이다!"

떠나가며 내린 임아영의 전음에 현성교도들의 얼굴에는 이상한 광기가 서리기 시작했다.

그들은 이제 더 이상 비명을 지르지 않았다.

팔다리가 떨어져 나간 채로 악귀같이 전면을 향해 쇠뇌를 발사하기 시작했다.

유현과 철정의 검이 미친 듯이 휘몰아쳤다.

광풍이 몰아치듯 현성교도들의 중심을 관통한 그들은 진이 깨진 현성교도들을 이 잡듯 도륙해 갔다.

진파의 파상공세에 그들마저 합세하자 현성교도들의 악에 받친 저항도 점점 물거품이 되어가고 있었다.

욕지기와 병장기 부딪치는 소리가 가득한 봉우리.

그때 진파의 다급한 전음이 유현의 고막을 때렸다.

"유 숙! 이곳을 맡아주세요!"

"너는?"

"수뇌 둘이 보이지 않아요! 역습을 꾀한 모양입니다! 전 벽화에게 갈게요!"

유현의 눈이 커졌다.

"어서 가라! 여긴 염려 말고!"

진파가 대답도 안 한 채 안개 속에서 픽 하고 꺼지듯 사라졌다.

유현은 눈을 빛내며 검을 휘두르는 손에 힘을 주었다.

'힘을 내라, 얘들아!!'

정상이 코앞에 다가오자 임아영은 빠르게 전음을 내뱉었다.

"위치를 확인하는 대로 무음각으로 선제공격하자꾸나. 곧바로 제령술을 펼칠 테니 격체전력을 준비하렴."

"알겠습니다."

결의에 가득한 임수의 얼굴을 보며 임아영은 만족한 미소를 지었다.

옷깃을 휘날리며 정상에 올라서자 가운데에 한데 몰려선 검은 그림자들이 눈에 띄었다.

"저기다!"

임아영과 임수는 전면에 보이는 거무스레한 그림자들을 향해 힘껏 무음각을 불었다.

아무런 소리도 없었으나 짙은 안개가 소용돌이치며 거센 파문을 일으켰다. 거대한 안개의 파도가 소수마후들을 향해 해일처럼 밀려갔다.

"이제 격체전력을 준비해. 제령술로 단숨에… 헉!"

임아영이 헛바람을 들이켰다.

우뚝 서 버티고 있던 소수마후들이 일제히 두 손을 펼쳐 안개를 쳐내기 시작했던 것이다. 열두 명의 소수마후가 손을 떨치자 뿌옇게 흐리던 안개가 단숨에 흩어지며 뒤로 밀려나기 시작했다.

'지금쯤 움직이지도 못해야……. 이런! 안개 때문에 무음각의 공격이 눈에 보이는구나!'

"수아야, 빨리!"

임아영의 다급한 외침에 임수가 임아영의 등 뒤로 왼팔을 내뻗었다.

임아영은 수결을 맺으며 양손을 가슴에 모았다.

안개가 갈라지며 새파랗게 살광을 토하는 벽화의 눈이 보였다. 그 뒤에는 무표정하게 늘어선 소수마후들이 하얀 손을 휘날리며 안개를 몰아내고 있었다.

임수의 내력이 밀려들기 시작하자 임아영은 질끈 이를 물으며 심어전성으로 제령의 주문을 읊었다.

'지금 제압하지 못하면 낭패다!

"홈리지리지 시바바 나자아 옴 남지구……! 소수마후들은 무릎을 꿇고 내 앞에 경복하라!!"

그러나 열한 명의 소수마후는 일체의 동요도 없었다. 유일하게 비틀거리던 벽화의 입에도 미소가 떠올라 있었다. 벽화만이 제령술의 영향을 받았지만 그녀의 눈에는 보였던 것이다. 정상을 향해 귀신처럼 떠오르는 진파의 신형이.

진파는 제령술을 펼치고 있는 두 남매를 발견하자마자 커다란 호통부터 내질렀다. 벽화가 몸을 떨고 있는 것이 눈에 보였던 것이다.

"하아아아아—!"

진파의 맑은 기합성이 임아영의 주문을 단숨에 깨뜨리며 정상에 울려 퍼졌다. 그와 동시에 날카로운 귀곡성이 터져 나왔다.

츄리리리리릿—

연혼사 스무 가닥이 안개를 뚫고 임수와 임아영을 향해 쇄도했다.

"누님! 놈이 왔습니다!"

"무슨 수를 써서라도 막아! 지금이 고비다!"

임수가 진파를 향해 단숨에 몸을 돌렸다. 임수의 왼팔이 임아영의 등에서 떨어졌다. 그와 동시에 하나밖에 남지 않은 왼팔이 허공을 가로질러 자욱한 수를 놓았다.

눈을 멀게 하는 휘황한 붉은 빛이 안개를 핏빛으로 물들였다.

임수의 혈광파와 진파의 연혼사가 공중에서 충돌했다.

꽈꽈꽈꽈꽝!

"컥!"

임수가 피를 토하며 날아갔다. 한 팔로는 진파를 대적조차 할 수 없었던 것이다.

"수아야!"

임아영의 당황한 목소리가 터졌다.

벽화의 심어가 맹렬한 기세를 담고 열한 명의 소수마후에게 떨어졌다.

[모두 저 외팔이를 죽여! 단숨에!]

열한 명의 소수마후가 순식간에 허공으로 떠올라 임수를 향해 벌 떼처럼 몰려들었다.

그와 함께 벽화의 신형이 팟 하고 사라졌다. 그녀의 소수만이 나타나 허공을 갈랐다.

"컥!"

임아영은 벽화의 소수에 목을 제압당한 채 믿을 수 없다는 듯 눈을 부릅떴다.

"헉!"

혈광파로는 대적할 수 없다는 것을 깨닫고 진파를 향해 무음각을 불려던 임수의 얼굴이 창백하게 질렸다. 옷깃이 나부끼는 심상치 않은 소리에 뒤를 돌아보았더니 눈앞을 가득 채우고 날아오르는 소수마후들의 검은 피풍의만 보였다.

소수마후들의 하얀 손이 그를 향해 쇄도했다. 죽음의 손길처럼 허공을 가르며 떨어지는 하얀 번개.

슈우우우욱! 파파파파팡!

부풍무영과 소수마공의 폭풍우 속에서 임수는 난파하기 직전의 조각배마냥 정신없이 바닥을 뒹굴기 시작했다.

벽화는 뚫어져라 임아영을 보고 있었다. 진파는 임수를 힐끔 보더니 벽화의 옆으로 다가섰다.

"저놈이 죽는 걸 똑똑히 지켜봐라. 우리가 친구들의 죽음을 지켜봐야 했던 것처럼……. 저놈이 죽으면 다음은 너다."

끄륵 하는 가래 끓는 소리와 함께 임아영의 얼굴에 이상한 표정이 떠올랐다.

완벽한 제압을 당한 자답지 않게 그 표정은 자신만만했고 또한 오만했다.

벽화의 왼손이 임아영의 쇄골을 바수며 어깨에 틀어박혔다.

"아직도 그따위 눈으로 우릴 보냐? 아직도!!"

임아영은 몸을 떨었으나 비명 하나 지르지 않고 오연하게 벽화를 쏘아보고 있었다.

벽화는 오른손으로 임아영의 정수리를 잡아채 눈앞으로 바싹 끌어당겼다.

벽화가 잡고 있는 임아영의 목에서 다섯 줄기의 빠알간 핏물이 주르륵 흘러내렸다.

울대가 상하지는 않았던지 끄륵 하는 소리와 함께 임아영의 입이 벌어졌다.

"너희는… 교의 도구일 뿐이야……."

"그… 래……?"

벽화는 임아영의 어깨를 쑤신 왼손을 빼내 임아영의 복부에 틀어박았다.

우드득.

갈비뼈가 부서져 나가며 임아영의 비장이 손에 잡혔다.

벽화가 임아영을 노려보며 씹어뱉듯 소리쳤다.

"네놈들 현성교를 반드시 멸망시켜 버릴 테다! 우리가 도구가 아니라는 것을 지옥에서 깨닫게 해주마!"

임아영의 얼굴에 처음으로 고통 어린 빛이 떠올랐다. 그러나 이를 악물 뿐 그녀의 입에선 신음조차 터지지 않았다.

"내 힘이 모자라⋯ 너희에게 패했다만⋯⋯ 교주님이 오시면 너도 어쩔 수 없다⋯⋯. 교주님의 제령술엔 거리 제한도 없지⋯⋯. 동괴처럼 심령 제압도 하실 수 있어. 큭큭. 우린 네년들이 어디에 숨어도 찾아낼 수 있어⋯⋯. 네년들이 죽지 않는 이상⋯⋯. 네년들이 움직이는 이상⋯⋯. 큭큭큭!"

"뭐야! 다시 말해 봐! 자세히 말해 봐!"

진파가 소리를 지르며 임아영을 다그쳤다.

임아영은 숨이 다해가는지 끄륵끄륵 받은기침을 내뱉으며 오른쪽으로 고개를 툭 떨구었다.

임아영을 노려보던 벽화의 눈빛이 파르르 떨렸다. 동괴처럼 심어제령술을 익힌 자가 더 있을 줄은 꿈에도 몰랐다. 더구나 현성교의 교주일 줄은⋯⋯.

"오빠⋯⋯."

진파와 벽화는 얼굴을 마주 보며 임아영에게서 시선을 떼고 말았다. 죽은 줄로만 알았던 것이다. 그래서 그들은 옆으로 젖혀진 임아영의 눈이 기이하게 빛나는 것을 볼 수 없었다.

임수의 귓속으로 다급한 전음이 쏟아졌다.

"수아야, 이 절벽 밑으로 뛰어내려라! 무음각을 불면 그년들을 잠깐

은 멈추게 할 수 있어! 물소리가 들리니 살 수도 있을 거야! 현성의 불
길이 너를 수호하실 거다! 누난 틀렸어!! 너라도 살아남아 교의 영광을
이끌어라! 어서 피해!!"

임수의 눈이 세차게 흔들렸다.

"어서!!"

귀청을 뒤흔드는 임아영의 잇따른 전음에 임수는 질끈 이를 물으며
무음각을 힘껏 불었다. 그를 공격하던 열한 명의 소수가 갑자기 덜컥
공격을 멈추었다.

동작을 멈춘 소수마후들의 포위망을 삽시간에 뚫은 임수가 봉우리
의 반대편을 향해 전력을 다해 질주했다.

꽉 깨문 그의 입술에서 한줄기 피가 흘러내렸다.

임수의 눈과 임아영의 눈이 순간적으로 마주쳤다.

임수의 눈에 뿌옇게 어린 물막을 보며 임아영의 입에 만족한 웃음이
떠올랐다.

"너로 인해…… 내 일생이 헛되지 않았다……. 꼭 교의 영광을 네
손으로……!"

"이런!!"

벽화를 달래려 애쓰던 진파가 그제야 임수의 행동을 눈치 챘다.

어느새 소수마후들은 손을 멈춘 채 우뚝 서 있었고, 임수는 절벽을
향해 막 뛰어내리고 있었다.

"서랏!"

진파의 오른손이 임수의 등을 노리고 뿌려졌다.

츄리리리릿―

"윽!"

진기가 제대로 이어지지 않았으나 진파는 있는 대로 남은 진기를 뽑아내 연혼사에 실었다.

"끄윽!"

임수의 다리 한쪽이 연혼사에 잘려 피를 뿌리며 떠올랐다. 균형을 잃은 임수의 몸이 절벽 아래로 까마득히 추락했다.

그때 죽은 줄만 알았던 임아영의 고개가 서서히 들려지며 진파와 벽화를 오연히 노려보았다.

"큭큭…… 수아가 교주님과 함께 돌아오면 네년들 모두 수아의 종이 될 것이다……. 네년들은 교주님을 거역할 수 없어……. 네년들은 영원한 우리의 도구다……."

진파가 임아영의 말을 끊고 단호하게 외쳤다.

"좋아할 것 없다. 네 동생은 결코 여길 벗어날 수 없어! 다리를 잘랐으니 절대 피하지 못해!"

"뭐?"

이미 빛이 꺼져 가는 눈이라 임수가 무사히 탈출한 것으로만 알았던 임아영의 얼굴이 당혹스럽게 일그러졌다.

"이, 이놈……!"

"내세엔 다른 사람의 입장도 살필 줄 아는 사람으로 태어나라. 사람은 결코 도구로 쓰는 존재가 아냐!"

단호한 일갈과 함께 진파의 철우가 임아영의 목을 쳤다.

임아영의 머리가 허공으로 날아올랐다. 허공에 떠오른 임아영의 머리가 벽화의 소수에 다시 두 쪽으로 갈라졌다.

진파와 벽화의 눈이 똑같이 불타고 있었다.

"없니?"

"없어!"

"더 자세히 살펴!"

급류의 양편에서 철정과 진파가 목소리를 높이고 있었다.

모두가 절벽을 내려와 구석구석 급류를 수색했지만, 임수의 모습은 그림자조차 찾을 수 없었다.

벽화의 얼굴은 딱딱하게 굳어 있었다.

진파가 벽화의 곁에 서서 손을 잡았다.

"오빠, 정말 우리를 찾아낼 수 있는 걸까? 너무 쉽게 따라온다 생각은 했지만……."

진파가 벽화의 어깨를 감싸 안았다. 벽화의 눈을 바라보는 진파의 시선엔 강한 힘과 의지가 담겨 있었다.

"아직 늦지 않았어. 급류를 따라 샅샅이 수색하자!"

진파는 그 말을 끝으로 몸을 날려 급류를 따라 달리기 시작했다. 벽화를 향할 때는 자신에 넘치던 진파의 얼굴이 와락 일그러져 있었다.

유현과 철정도 서로 마주 보며 고개를 끄덕였다.

"벽화야, 우리도 가자. 지애는 네가 데려오렴."

선지애와 벽화가 눈인사를 건네고는 나란히 손을 잡고 몸을 날렸다. 그 뒤를 열한 명의 소수마후가 피풍의를 휘날리며 뒤따랐다.

거대한 호수가 눈앞에 펼쳐져 있었다.

굽이쳐 흐르는 급류의 끝은 분지에 펼쳐진 너른 호수였다.

유현 등은 호수를 오가며 수색을 계속했지만 임수의 흔적은 끝내 발견되지 않았다.

진파가 눈에 불을 켜고 호수 안까지 몇 번이나 뛰어들었으나 아무소득도 없었다.

이를 갈며 서 있는 진파의 어깨를 유현이 툭 쳤다.

"일단 요기부터 하자. 모두 힘을 내야지. 고기라도 좀 잡아오자. 식사를 하며 이후를 의논하자꾸나."

유현이 철정에게도 손짓했다. 진파와 철정의 등을 쳐 재촉하며 유현은 고개를 돌렸다.

"너희는 모닥불이라도 피워놓아라."

"알았어요."

벽화는 소수마후를 둥글게 둘러앉혔다.

선지애는 말없이 나뭇가지들을 주워 모아 모닥불을 피워 올렸다. 벽화도 그녀를 도와 삭정이들을 가져다 모닥불 곁에 쌓아 올렸다.

어느덧 뉘엿뉘엿 해가 지고 사방이 어둠에 휩싸이기 시작했다.

벽화가 밝혀놓은 모닥불만이 불가에 둘러앉은 이들의 얼굴을 너울너울 비치고 있었다.

"악!"

그때 갑자기 선지애가 날카로운 비명을 토해냈다.

"언니!"

망사를 눌러쓴 선지애는 말을 할 형편도 못 되는 듯 벽화를 향해 손을 저을 뿐이었다.

벽화가 몸을 날려 선지애의 몸을 안았다. 상태를 알기 위해 그녀의 망사를 젖혔다.

'……!'

벽화는 똑똑히 보았다.

자신들 말고도 얼굴 근육을 움직일 수 있는 사람이 세상에 또 있었다. 아니, 의지와 무관하게 얼굴이 꿈틀거리는 사람을 처음 보았다.

선지애의 얼굴이 멋대로 꿈틀거리고 있었다.

삽시간에 부푸는 그녀의 얼굴은 차츰차츰 원래의 미태를 잃고 흉물스럽게 일그러졌다.

모든 변화가 끝나자 선지애가 학학 숨을 몰아쉬었다.

"언니…… 괜찮아요?"

"괜찮아. 항상 이런 걸 뭐. 고마워. 좀 놀랐지?"

선지애가 몸을 바로 하자 벽화는 고개를 흔들며 털썩 선지애의 옆에 앉았다.

"놀라긴요. 우리 얼굴도 그런 식으로 변해요."

"너네들은 그래도 예쁘게 변하잖니."

"원해서 변하는 게 아니니 그 얼굴 진짜 싫어요."

벽화는 묘한 눈으로 선지애를 바라보았다.

흉한 얼굴을 드러내고도 선지애는 당당했다. 진파가 처음 관제묘에서 그녀의 얼굴을 보았을 때처럼. 벽화의 눈에 선지애는 자신의 신세를 전혀 비관하지 않는 듯 보였다. 벽화는 묘한 동질감과 함께 감탄스런 마음이 들었다.

"왜 그런 거예요?"

불쑥 이유를 물었으나 실례를 범한 것만 같아 벽화는 얼른 사과했다.

"미안해요, 언니."

"아니, 이유랄 것도 없어. 운명이지. 타고난 거야."

선지애가 자신의 체질에 대해 담담하게 이야기해 주자 벽화는 안타까운 듯 고개를 흔들었다.

"언니도 참 운이 없네요."

"난 그렇게 생각하지 않아."

"왜요?"

"이런 얼굴이 아니었으면 철랑과 나는 지금처럼 가슴 깊이 서로 아끼고 사랑하지는 못했을 거야. 철랑을 위해서라면 죽을 수도 있어. 철랑도 그럴 거야."

벽화는 잠시 선지애의 얼굴을 바라보다 진정으로 감탄한 듯 고개를 끄덕였다.

"언닌 정말 강하군요."

"너한테 그 말을 들으니 내가 천하무적이라도 된 것 같은걸?"

서로의 얼굴을 바라보던 두 소녀가 조용히 웃음을 터뜨렸다.

"너도 포기하지 마. 운명에 지지 마. 진 소협도 있고, 우리도 있잖아."

"고마워요, 언니. 나도 언니처럼 지지 않을게요. 이놈의 운명을 반드시 이겨내겠어요."

그때 유현이 모습을 드러냈다. 그의 뒤에는 철정과 진파가 각기 검으로 물고기를 줄줄이 꿴 채 뒤따르고 있었다. 무슨 이야기를 나누었는지 진파와 철정의 얼굴이 꽤나 밝아 보였다.

유현이 밝은 목소리로 벽화에게 말했다.

"고기 왔다. 굽자."

모닥불에 물고기가 익어가는 먹음직스런 냄새가 가득했지만 그들의 얼굴은 각자의 상념에 잠겨 있었다.

그것을 깬 것은 유현이었다.

"일단들 먹어. 먹고 얘기하자."

유현이 시범이라도 보이듯 구운 물고기를 덥석 집어 입에 가져갔다. 모두가 물고기 한 마리씩을 다 먹자 유현은 수염을 쓸며 입을 열었다.

"이제 정리를 좀 하자."

모두의 시선이 유현을 향했다.

"현성교의 제령술은 세 종류다. 호각을 이용한 것과 주문을 이용하는 것, 마지막으로 심어전성을 이용하는 것이다. 다행히도 오늘 물리친 자들은 심어전성으로 제령술을 쓰진 못했다. 심어전성을 쓰는 시전자의 능력이 강하면 강할수록 제령의 효과도 높아질 게야. 교주라는 이가 동괴보다 셀 것은 당연하고……."

유현은 어둡기는 하지만 강한 의지를 드러내는 벽화의 눈을 보며 기쁜 듯 눈을 오므렸다.

"그 여자 말은 아마도 대부분 사실일 게다. 너희를 어디서도 찾을 수 있다는 말도 사실일 거야. 소수마후의 의식을 감지하는 주술이 따로 있거나 너희 몸에 무슨 금제가 걸려 있겠지. 방법은 하나다. 너희 몸에 걸린 게 주술이든 금제든 그것부터 풀어내야 한다는 것이지."

"방법이 있을까요?"

선지애가 기대감을 품고 물었다. 벽화의 손을 꼭 쥔 채였다.

유현은 두 사람을 바라보며 눈을 빛냈다.

"있지!"

"정말이요?"

벽화와 선지애가 동시에 되물었다. 그녀들의 목소리엔 놀라움과 희망이 넘쳐흘렀다.

유현이 진파에게 고개를 돌렸다.

"네가 말하렴. 아까 우리가 물고기를 잡으며 정리한 얘기 말이다.

빈틈이 없는지 다시 점검하자꾸나."

"허점이 없는지 유 숙이 찬찬히 짚어주세요."

"오냐."

진파가 벽화와 선지애를 향해 고개를 돌렸다.

"벽화야, 네가 정신을 완전히 회복한 게 그 동굴에서였지?"

벽화가 고개를 끄덕였다.

"열정 사태와 부딪쳤을 때 넌 완전히 정신을 잃었어. 그렇지?"

"응."

"동굴에서 깨어났을 때는 네 의식을 완전히 찾았던 것이고. 맞지?"

"응."

"유 숙을 만난 다음에 동굴에서 나와 반나절 가까이 근처에 있었던 것도 기억나지?"

"당연하지."

"바로 그거야."

벽화가 어리둥절한 얼굴로 물었다.

"그게 뭐 어쨌다구?"

"처음 절벽 가의 동굴에 도착해서 우리가 보낸 시간이 하루야. 그동안 그 소교주란 놈하고 동괴는 우리를 찾지 못했어. 만약 네 의식을 쫓아올 수가 있었다면 더 빨리 우리를 찾았을 거야. 하지만 그들은 우릴 못 찾았어. 거기다 유 숙과 함께 그 동굴을 나와 반나절 가까이 시간을 보냈지. 그런데도 그놈들은 반나절이 지나서야 우릴 따라붙었다구. 이제 알겠니?"

"그럼… 기절했을 때는 못 찾는다…… 이거야?"

"그뿐만이 아냐!"

진파의 입에서 자신만만한 미소가 떠올랐다.

"그 여자가 말했지? 움직이는 이상 너희가 어디 있든 찾아낼 수 있다고?"

"그랬지."

"하지만 네가 정신을 차린 후에도 놈들은 널 찾지 못했어. 그랬다면 동굴 안에 있었을 때 너나 내가 그들의 존재를 감지했을 거야. 그때 우리 둘 다 갑자기 무공이 높아졌으니까."

"그럼?"

"그래."

진파가 힘차게 고개를 끄덕였다.

"소수마후라도 완전히 제정신을 차리면 그들은 찾지 못해. 위치를 확인해야 제령술을 시도할 수 있을 뿐이야. 어디 있는지 모를 때는 제령술도 쓸 수 없는 거야. 그들은 너는 찾을 수 없어. 너 혼자만 있다면 절대 찾을 수 없는 거야. 이곳까지 우리를 추격할 수 있었던 건 바로 쟤네들과 함께 있었기 때문인 거야."

벽화의 눈이 커졌다.

"오빠!"

벽화가 진파의 목을 와락 끌어안았다.

유현이 흐뭇한 듯 고개를 끄덕였고, 철정과 선지애도 손을 맞잡았다.

"그만 떨어지지 그러냐."

철정의 말에 진파가 피식 웃었다.

"너랑 선 소저는 만날 붙어 있으면서 왜 그러냐?"

"쿵! 우린 치료를 위해서 그런 것뿐이다."

"아~ 그래서?"

철정과 진파가 농담을 주고받는 사이 벽화는 진파의 품에서 빠져나와 진파의 앞에 십이후를 데려왔다.

"오빠, 가영이가 오빠 치료에 반응을 보였어."

"뭐? 정말?"

"응. 무음각으로 공격받을 때 얘만 아픈 표정을 지었어."

"어디 보자."

유현과 진파가 정가영의 앞에 서서 꼼꼼히 살펴보기 시작했다.

벽화는 기대감에 찬 시선으로 그들을 바라보고 있었다.

유현이 고개를 끄덕이며 벽화에게 시선을 돌렸다.

"그렇구나. 감각은 어느 정도 돌아온 것 같다. 의식이 아직 남아 있는지는 의문이다만."

진파가 정가영의 머리를 검지로 슬쩍 밀자 정가영의 시선이 진파를 향했다.

무섭게 째려보는 눈빛.

벽화의 말대로 과연 독한 눈이었다. 그러나 진파는 함박웃음을 지었다.

"벽화야, 얘가 날 째려봐. 정말 독해 보인다. 정말 독해. 아하하하하!"

벽화는 웃음을 머금은 채 유현에게 질문을 던졌다.

"아저씨, 오빠가 무적심공으로 뇌호혈을 계속 자극하면 다른 아이들도 모두 정상으로 돌아오겠죠? 그럼 현성교도 우릴 찾지 못하겠죠?"

희망이 가득한 벽화의 얼굴이 갑자기 굳어졌다.

유현이 고개를 흔들었기 때문이다.

"지금으로선 확신할 수 없다."

"유 숙! 효과가 있잖아요?"

"의식이 남아 있는지 완전히 지워졌는지를 알 수 없잖니. 물론 의식을 완전히 회복하면 추적은 피할 수 있어. 하지만 뿌리를 뽑지 않은 이상 여전히 현성교주에게 제압당할 우려가 있다. 벽화처럼 완전히 의식을 회복해도 심어전성의 제령술은 여전히 위력적이었잖니. 게다가 언제까지 도망만 다닐 거냐? 현성교에서 다시는 제령술을 못 쓰도록 해야 한다. 의식 금제의 뿌리를 완전히 뽑으려면 다른 방법이 필요해."

진파가 다급하게 물었다.

"방법이 있죠? 그렇죠?"

유현이 힘차게 고개를 끄덕였다.

"있다."

"뭡니까? 저도 할 수 있나요?"

유현은 진파를 바라보며 고요히 말을 이었다.

"이런 종류의 공부(功夫)에 가장 능통한 이가 있지. 그 사람을 찾아야 한다. 아직 너로선 무리지."

"그게 누굽니까? 어디 있어요?"

"어디 있는지는 찾아봐야 한다. 다행히 찾을 수 있는 방법은 알고 있지. 그는……."

유현은 진파의 어깨에 손을 얹었다.

"네 아버지 풍협 다나철이다."

『무적다가』 제4권에 계속…

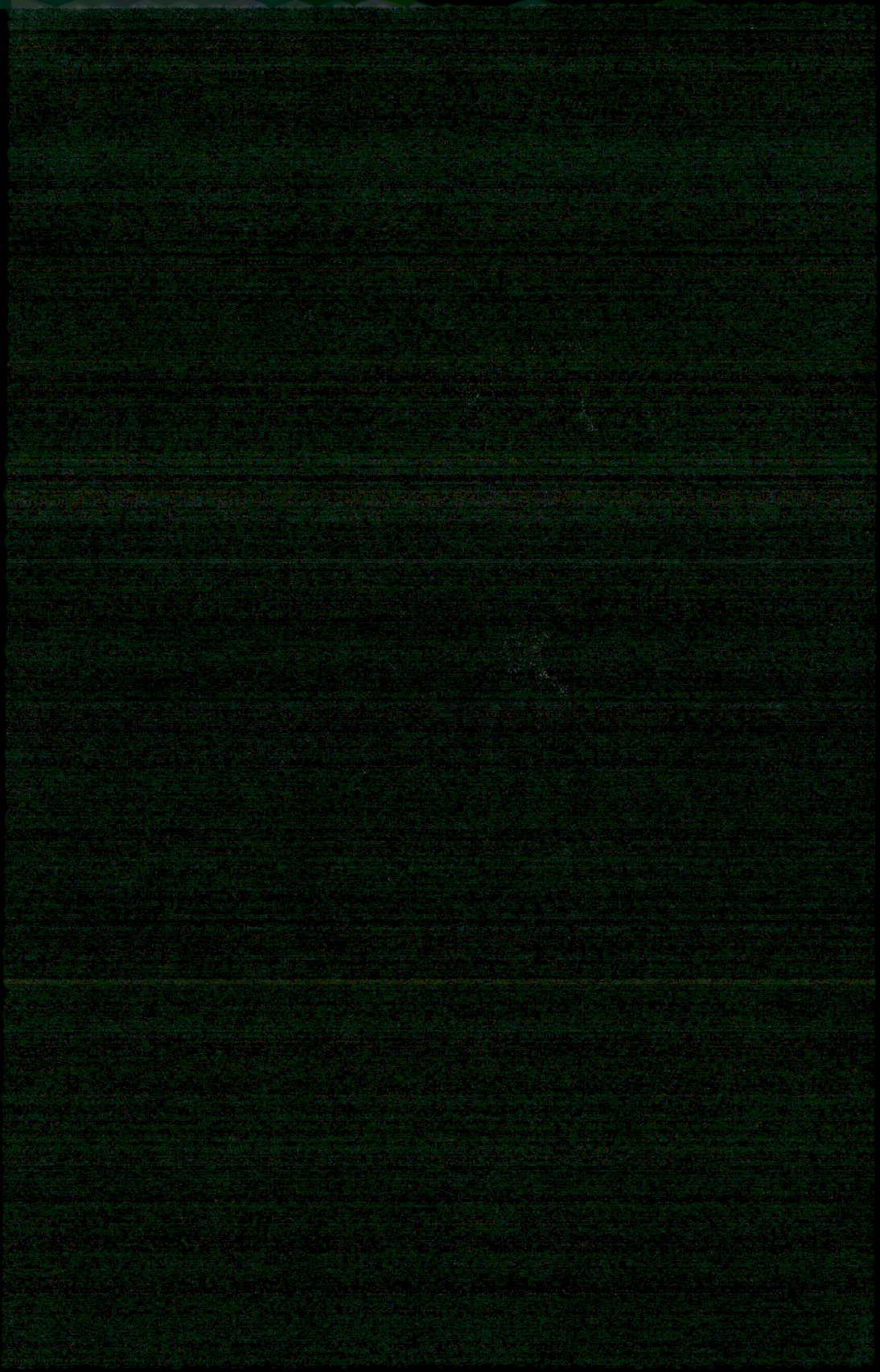